ENGANO *irresistível*

Universo dos Livros Editora Ltda.
Rua do Bosque, 1589 – Bloco 2 – Conj. 603/606
CEP 01136-001 – Barra Funda – São Paulo/SP
Telefone/Fax: (11) 3392-3336
www.universodoslivros.com.br
e-mail: editor@universodoslivros.com.br
Siga-nos no Twitter: @univdoslivros

VI KEELAND

ENGANO *irresistível*

São Paulo
2018

Grupo Editorial
UNIVERSO DOS LIVROS

Beautiful Mistake

Diretor editorial: **Luis Matos**

Editora-chefe: **Marcia Batista**

Assistentes editoriais: **Aline Graça e Letícia Nakamura**

Tradução: **Alline Salles**

Preparação: **Jéssica Dametta Cruz**

Revisão: **Sandra Scapin e Leonardo do Carmo**

Arte: **Aline Maria e Valdinei Gomes**

Capa: **Thiago de Barros**

Dados Internacionais de Catalogação na Publicação (CIP)
Angélica Ilacqua CRB-8/7057

K34e

Keeland, Vi

Engano irresistível / Vi Keeland ; tradução de Alline Salles. -- São Paulo : Universo dos Livros, 2018.

336 p.

ISBN 978-85-503-0279-9

Título original: Beautiful mistake

1. Literatura norte-americana 2. Literatura erótica 3. Ficção I. Título II. Salles, Alline

---

18-0159 CDD 813.6

Índices para catálogo sistemático

Às vezes criamos o nosso próprio caminho.
Às vezes o caminho é criado para nós,
e a única coisa que podemos fazer é segui-lo.

Capítulo 1

Rachel

Deve haver uma explicação científica para a relação entre ser geneticamente abençoado e agir como um babaca.

Olhei de novo, tentando entender o motivo para a minha amiga estar parada em pé do lado de fora do banheiro masculino, completamente embriagada. Claro que a fila para o banheiro feminino estava cinco vezes maior, porque só os homens podem se aliviar quando têm vontade. O Cara Casado estava ali parado, digitando em seu celular – provavelmente mentindo para alguma mulher que não desconfiava de nada. Analisei o seu dedo anelar esquerdo enquanto os outros trabalhavam com afinco. Sem aliança. *Pasma.* Tenho certeza de que um aliança brilhante de metal, que simboliza o comprometimento eterno com outra pessoa, costuma dificultar o ato de dizer que está solteiro e *procurando a mulher dos seus sonhos.*

Aff. Que babaca.

Eu amo Ava, mas acho que desconfiaria de qualquer cara com seus trinta anos que dissesse esse tipo de besteira no primeiro encontro.

Meu olhar subiu da mão do Cara Casado para o seu rosto, exatamente no momento em que ele olhou para cima. Se ao menos olhos pudessem lançar facas… Fiz careta para o desgraçado. Não sei por que fiquei surpresa quando ele sorriu para mim.

Idiota.

Provavelmente pensou que eu o estava secando.

Peguei meu celular do bolso para me distrair, olhar para baixo e ler algumas mensagens enquanto aguardava. Só que... eu não conseguia ler as malditas palavras sem os óculos. Deixei o celular de lado e senti que estava sendo observada enquanto esperava pacientemente. Franzir o cenho usa mais músculos faciais do que sorrir, e não valia a pena produzir uma ruga por aquele idiota.

Depois de ir ao banheiro e quase queimar as mãos ao lavá-las – a água da pia no O'Leary tem apenas uma temperatura: mais quente que tudo –, estava pronta para ir para casa. Meu turno tinha terminado há mais de uma hora, e Ava havia ficado depressiva desde que o traidor entrara, então duvidava de que ela se oporia a ir embora mais cedo.

Uma voz grave bonita me fez parar ao sair do banheiro.

— Eu te conheço de algum lugar?

Virei-me e vi o Cara Casado desencostando-se da parede, como se estivesse me esperando. *Ignore-o, Rachel. Não vale a pena gastar seu tempo com ele.* Olhei em seus olhos para garantir que ele soubesse que eu o tinha escutado, então me virei de costas e segui pelo corredor comprido até o bar.

Ele não entendeu a deixa. Seguindo ao meu lado enquanto eu me distanciava, ele começou a dizer alguma coisa. Parei de repente e virei para encará-lo.

— Você é um completo babaca. Sabia disso?

Ele teve a coragem de parecer surpreso.

— Eu? Então, acho que nos conhecemos mesmo?

— Conheço o seu *tipo*.

— O que isso significa?

Revirei os olhos.

— Você pensa que só porque é lindo pode ferrar com todo mundo, que pode sorrir e se safar de qualquer coisa. Bom, espero mesmo que o carma te pegue algum dia, que sua esposa bonitinha acabe dando para metade de Nova York e te transmita uma DST que faça seu pau grande cair.

Ele ergueu as mãos.

— Ouça, docinho, não sei quem você pensa que eu sou ou o que pensa que meu *pau grande* fez de errado, mas tenho quase certeza de que está me confundindo com outra pessoa.

Minha expressão lhe dizia para parar de mentir.

— Estou aqui com *Ava*.

— *Oh. Ava*. Isso explica tudo.

Rosnei para ele — literalmente.

— *Grrrrrrr...* Bom, deveria.

O imbecil deu um sorriso enorme.

— Você fica fofa quando rosna assim.

Meus olhos quase saltaram para fora.

— Está mesmo *dando em cima de mim*?

— Isso seria errado, não seria? Considerando... que você sabe sobre mim... e sobre Ava e tal.

— Você é um mala. — Virei para me afastar.

— Espere. — Ele pegou meu braço, me fazendo parar de novo. — Posso te perguntar só uma coisa?

— O quê?

— Quem é Ava?

Inacreditável. Era o tipo de cara que não se lembrava do nome das mulheres com quem transava. Quero dizer, fazia *duas semanas* desde a última vez em que haviam dormido juntos.

— Volte para casa, para sua esposa, *Owen*.

Deixei o Owen Casado parado no corredor e voltei para a mesa onde Ava estava afogando as mágoas em silêncio.

— Quer ir embora daqui? Estou meio cansada e preciso me levantar cedo.

Achei melhor não mencionar meu pequeno desentendimento com Owen. Isso só pioraria as coisas. Infelizmente, Ava tinha começado a se apaixonar de verdade pelo babaca. No mês em que estavam saindo, ele a fez delirar, enchendo-a com aquele papo de como via o futuro deles, com dois filhos e um *pug*.

Ironicamente, ele estava certo. O futuro deles envolvia, sim, dois filhos e um *pug*. Porque ele estava segurando uma coleira enquanto passeava com suas duas filhinhas loiríssimas no momento em que ela o viu no parque. Só que ele se esqueceu de mencionar que, nessa versão do futuro, sua *esposa* também estaria segurando o filho deles de um mês de idade enquanto passeavam.

Ava cambaleou um pouco ao sair da banqueta.

— Eu deveria subir neste balcão e dizer para todas as mulheres tomarem cuidado com aquele babaca.

Em outra situação, eu teria concordado. Mas, naquela noite, tinha quase certeza de que, se ela subisse no balcão, acabaria no hospital.

— Ele não é digno da sua saliva.

Peguei a blusa dela do encosto da banqueta e segurei para que ela vestisse. Ava suspirou e, nas duas primeiras vezes, errou o buraco para enfiar o braço.

Atrás do balcão, Charlie — que tinha nos ouvido quase a noite toda — estava servindo uma cerveja.

— Chega. De agora em diante eu quero nomes. — Ele bateu a caneca cheia no tampo de madeira, derramando cerveja por todo lado. — Vou investigar qualquer babaca com quem uma de vocês duas estiverem saindo. — Charlie O'Leary era dono do *pub* no Brooklyn onde Ava e eu trabalhávamos. Ele também era um policial aposentado.

Sorri.

— Ok, mas saiba que isso me faz querer te dar nomes de suspeitos de assassinato, só para ver suas orelhas ficarem daquela cor roxa adorável quando você está bravo. — Inclinei-me sobre o balcão e lhe dei um beijo na bochecha. — Boa noite, Charlie.

Ele resmungou alguma coisa sobre ser grato por não ter filhas e me deu tchau.

— Podemos sair pela porta dos fundos? — Ava perguntou. — Não quero passar por ele na saída.

— Claro. É lógico.

Entrelacei meu braço no dela para me certificar de que ficasse equilibrada enquanto andávamos. Depois de dar alguns passos, olhei para cima e vi o Cara Casado parado ao lado da porta dos fundos.

— Humm, Ava, deveríamos sair pela frente. Ele está parado na porta dos fundos agora.

Ela olhou em volta.

— Não, ele está na porta da frente conversando com Sal, o novo garçom.

Ela estava mais bêbada do que eu pensava. Apontei o queixo na direção da saída, uma linha reta até Owen.

— Aquela é a porta de trás, Ava.

— Eu sei. Owen está na da frente.

Franzi o cenho.

— Aquele não é o Owen? Com a camisa azul de botão?

Ela bufou do jeito que pessoas bêbadas geralmente fazem.

— Eu disse que ele era o cara bonito de camisa azul, não o deus grego com cara de modelo.

Virei rapidamente minha cabeça em direção ao bar. Havia apenas um cara perto da porta da frente e eu não o conhecia. Ele estava conversando com Sal.

— Owen está conversando com o novo garçom agora?

Ela olhou de novo e, então, suspirou e assentiu.

— Eu deveria falar para Sal dar um soco nele.

— Ava... o cara conversando com Sal agora, neste exato momento, é Owen?

— Sim.

— A camisa dele é *marrom*, Ava. Não azul.

Ela se virou de novo para a porta da frente, apertou os olhos e deu de ombros.

— Talvez. Não estou conseguindo enxergar muito bem. Minhas lentes estão embaçadas por causa da maquiagem e do choro.

Quando ela dissera que o seu ex havia acabado de entrar no bar e apontara para a direção da porta da frente, havia apenas um cara com uma camisa azul de botão.

Merda.

Tinha despejado tudo no cara errado.

Já que eu não podia fazer Ava sair pela porta da frente, onde o *verdadeiro* Owen estava parado, engoli em seco. Claro que o Owen Errado ficou de olho em mim, com um sorriso no rosto, enquanto eu caminhava até a porta de trás.

Ele assentiu para minha amiga quando passamos.

— Tenha uma boa noite, Ava. Boa noite, Estressadinha.

Saí de maneira covarde, olhando para a frente, sem fazer contato visual com o cara, até estarmos fora do estabelecimento.

Ava não estava tão determinada. Virou a cabeça e manteve os olhos fixos no Owen Errado, mesmo quando saímos na rua. Ela podia estar bêbada e com lentes embaçadas, mas não estava cega.

— Puta merda. Viu aquele cara? E ele disse meu nome?

Olhei para trás enquanto a porta do bar se fechava. O Owen Errado acenou com um sorriso presunçoso.

— Você está ouvindo coisas.

Deus, eu ia me atrasar.

Como se as aulas de segunda não fossem ruins o suficiente depois de trabalhar em dois turnos no domingo, minha blusa estava com uma mancha de café, porque tive que pisar fundo no freio quando um idoso passou em um Cadillac enorme. Ele resolveu que precisava virar à esquerda... estando na faixa da direita.

O primeiro dia de aula sempre era um pesadelo. As pessoas perambulavam pelo *campus*, ou ficavam paradas no meio do caminho, enquanto ensinavam aos colegas o caminho para os muitos prédios. Buzinei para dois alunos que faziam exatamente isso. Eles olharam para mim como se eu fosse a irritante.

Vamos. Mexam-se, pessoal.

Depois de dar três voltas pelo estacionamento, parei em um lugar reservado em frente ao Nordic Hall. Estiquei-me para remexer no porta-luvas, e metade do conteúdo caiu no chão enquanto eu procurava o que precisava.

Achei.

Enfiei um bilhete antigo debaixo do meu limpador de para-brisa e fui para a sala 208. Precisava muito fazer xixi, mas teria que segurar até o fim da aula. Eu sabia de três coisas sobre o professor West, além de que ele era do departamento de composição de música. Um: ele se livrou de sua última auxiliar porque ela se recusou a corrigir todos os trabalhos que ele queria. Dois: na última semana, quando eu contava para alguém que havia sido remanejada para o professor West, todo mundo fazia uma cara — nada encorajadora — e dizia que ele era um babaca e que quase fora demitido alguns anos atrás. E três: detestava quando os alunos chegavam atrasados. Era conhecido por trancar a porta da sala assim que a aula começava, para que os retardatários não conseguissem interromper.

Nenhuma dessas opções caía bem para mim. Mas que escolha eu tinha? Havia perdido meu cargo de auxiliar do professor Clarence quando ele morreu de forma repentina por conta de um aneurisma, há três semanas. Nessa altura, eu tinha sorte de estar realocada. E, sem o cargo de auxiliar, não conseguiria pagar a mensalidade do Conservatório de Música. Já estava trabalhando como garçonete em tempo integral no O'Leary só para pagar meu aluguel e uma parte da mensalidade.

Quando eu cheguei na sala de aula, gotas de suor desciam por meu decote. A porta estava fechada, então esperei um minuto, na tentativa de ficar mais apresentável, alisando meus cachos escuros e selvagens o máximo que conseguia, considerando a umidade. Era inútil tentar tirar a mancha que cobria quase meu seio direito inteiro, então, em vez disso, troquei de mãos e a escondi com a pasta de couro que estava carregando. Inspirando fundo, segurei a maçaneta da porta.

Trancada.

Merda.

E agora? Verifiquei a hora em meu celular. Estava apenas oito minutos atrasada, e era o primeiro dia do segundo semestre letivo do ano. Mesmo assim, o professor já havia dado início à aula lá dentro. Será que eu deveria bater à porta e interromper a aula, sabendo que ele implicava com isso? Ou simplesmente não apareceria no meu primeiro dia no novo cargo?

Atraso era o menos pior.

Ou foi o que pensei.

Bati levemente à porta com os nós dos meus dedos, torcendo para algum aluno no fundo da sala escutar e me deixar entrar sem ser notada.

O professor ficou em silêncio assim que a porta se abriu. Era um auditório, então eu entrei pela fileira de cima, enquanto ele estava lá embaixo. Para minha sorte, quando entrei na ponta dos pés, ele estava de frente para o outro lado e escrevendo na lousa.

— Obrigada — sussurrei ao me acomodar no assento mais próximo do fundo e soltar a respiração de alívio.

Mas talvez aquela sensação de imunidade fosse prematura.

O professor ainda estava escrevendo quanto perguntou:

— Quem chegou atrasado?

Aff.

Queria me afundar no assento e fingir que não tinha sido eu. Mas eu era a auxiliar, não uma aluna. Precisava que eles me respeitassem, já que daria aula nessa sala às vezes.

Limpei a garganta.

— Eu cheguei atrasada, professor.

Ele tampou a caneta de lousa e se virou.

Pisquei algumas vezes. Meus olhos só podiam estar zoando comigo. Peguei a bolsa, encontrei meus óculos e os coloquei – mesmo que minha visão de longe estivesse perfeitamente normal –, como se, por algum milagre, colocar os óculos fosse transformar em outra pessoa o homem parado à frente da sala.

Mas não era outro.

Não havia como negar. Aquele era um rosto do qual as pessoas não se esqueciam.

Um maldito rosto lindo.

Era *ele*.

Puta merda.

Era *ele* mesmo.

Estava ferrada.

Eu estava realmente ferrada.

O professor observou a sala de mais de duzentos alunos, incapaz de determinar de onde a voz tinha vindo. Rezei para que ele desistisse e desse uma bronca geral na sala sobre sua intolerância em relação a atrasos.

Não tive essa sorte. Nunca tive nenhuma.

— Levante-se. Quem quer que tenha chegado atrasado, por favor, levante-se.

Ah, Deus.

Senti o peso do desconto na mensalidade de vinte e cinco mil dólares que eu tinha como auxiliar naufragar no meu estômago. Foi difícil me levantar da cadeira. Mas ele estava aguardando. Não tinha como evitar. Isso seria um problema.

Hesitante, levantei-me, prendendo a respiração para ele não me reconhecer.

Talvez tivesse bebido muito e nem se lembrasse de nossa rápida conversa no bar, na noite anterior.

— Não vou tolerar atrasos de alunos. Isso interrompe a minha aula.

— Entendi.

A luz acima de sua cabeça refletia em seu rosto como se ele fosse um ator em cima de um palco, dificultando a visão das fileiras no topo da sala. Ele ergueu a mão e encobriu os olhos. Agora, eu estava vinte fileiras acima dele — devíamos estar a mais de quarenta e cinco metros de distância —, mesmo assim, quando nossos olhos se encontraram, ficaram travados como se fôssemos as duas únicas pessoas na sala.

Soube o momento em que ele me reconheceu. Assisti a tudo em câmera lenta. Um sorriso preguiçoso se abriu em seu rosto bonito, embora não um sorriso de felicidade. Diria que era mais parecido com um cachorro que acaba de encurralar um gatinho no canto e está prestes a se divertir com o pobrezinho.

Engoli seco.

— Não acontecerá de novo. Sou Rachel Martin, professor. Sua auxiliar.

Capítulo 2

Rachel

A sala estava completamente vazia. Nem tinha certeza se ele sabia que eu ainda estava sentada lá. Se sabia, estava fazendo um ótimo trabalho em me ignorar enquanto guardava o seu notebook.

— Ao contrário dos boatos que provavelmente ouviu, eu não mordo.

Pulei quando ele falou. Agora que o auditório não estava mais cheio de alunos, a acústica do espaço enorme ressoava sua voz grave por todas as paredes.

Levantei-me e comecei a descer pela passarela da vergonha até a frente da sala. Sem dúvida, eu devia um pedido de desculpas ao cara, mesmo que ele não fosse um professor — um professor que seria meu novo chefe pelas quinze semanas seguintes, no mínimo. Queria me dar um chute na bunda por não ter me desculpado na noite anterior, quando saí do bar. Agora, iria parecer que só estava fazendo isso por causa da situação em que estava envolvida.

O que era verdade, não me entenda mal, mas não queria que *parecesse* isso.

Respirei fundo.

— Sinto muito por ontem à noite.

A expressão dele era ilegível.

— Imaginei que sentiria, bem neste momento.

— Obviamente, pensei que você fosse outra pessoa.

— Foi o que deduzi. Você pensou que eu fosse o babaca, o cara do pau grande, não é?

Fechei os olhos. Durante os últimos noventa minutos havia repassado a conversa toda da noite anterior na minha cabeça. Pensei que tivesse me lembrado de tudo que havia dito mas, aparentemente, não lembrava. Quando abri os olhos novamente, o professor West ainda estava me observando. Seu olhar era bem intenso.

Desatei a falar.

— Minha amiga Ava saiu com esse cara chamado Owen por um mês ou mais. Ele falava um monte de merda desde o primeiro dia, mas ela não percebeu. Certa noite, quando ela estava saindo do trabalho, ele foi ao seu encontro e disse: "Você se importa se te acompanhar até a sua casa? Minha mãe sempre disse para seguir os meus sonhos". Ela caiu na dele, em toda a farsa, desde o primeiro dia. Então, em um sábado, ele estava supostamente fora da cidade, a trabalho, e ela estava do outro lado da cidade fazendo umas coisas para a mãe. Ao voltar do mercado, ela pegou um atalho pelo Madison Square Park e deu de cara com ele. Ele estava com a esposa e as filhas.

— E, aparentemente, você pensou que eu fosse ele?

Assenti.

— Ela chegou durante o meu turno e começou a beber vários Long Island. Quando Owen entrou, ela apontou para a direção em que ele estava e disse que era o cara de camisa azul.

— E imagino que nós dois estivéssemos de camisa azul?

Não consegui me conter e sorri, pensando em Ava na noite anterior.

— Na verdade, não. Ava não é de beber muito. Acabou que ela estava mais alterada do que pensei. A camisa de Owen era marrom... Não era nem preta, que poderia ser confundida com azul-marinho ou algo assim.

Observei os lábios do professor West se curvarem.

— De qualquer forma, sinto muito mesmo. Mal lhe dei chance de falar e, quando percebi o que tinha acontecido, fiquei com tanta vergonha que nem parei para me desculpar.

— Aceito sua desculpa por ontem à noite. Embora não devesse abordar um homem no corredor para lhe dar um sermão sozinha, suas intenções foram admiráveis.

Eu deveria ter ficado quieta e grata por ele aceitar minha desculpa. *Deveria.*

— Por que não posso abordar um homem no corredor?

Ele me mediu com o olhar.

— Porque você tem um metro e meio, e isso não é nada em um bar barulhento. Ninguém teria te ouvido se eu tivesse te arrastado para o banheiro dos homens e trancado a porta.

Cruzei os braços à frente do peito.

— Eu sei me cuidar.

— Não disse que não sabe. Disse que não deveria se colocar nessas situações.

— Mas insinuou que eu não conseguiria fazer isso.

Ele fechou o zíper de sua mala de couro.

— Srta. Martin, acabei de aceitar seu pedido de desculpas por me chamar de babaca ontem à noite. Gostaria que eu retirasse essa aceitação?

Deus, eu era mesmo uma idiota. Ficar perto desse homem parecia me transformar em uma psicopata.

— Não, desculpe. Agi como uma idiota e gostaria de começar de novo, se for possível.

Ele assentiu.

— Tudo o que aconteceu antes desta manhã está esquecido.

— Obrigada.

— Mas esta manhã não. Não vou tolerar atrasos. Não deixe acontecer novamente.

Engoli.

— Não deixarei.

Ele pendurou sua mala de couro marrom gasto no ombro.

— Me encontre aqui amanhã, às cinco. Vamos verificar o planejamento e as aulas que você vai dar, assim como as correções que vai fazer.

Nesse horário eu estaria bem no meio do meu turno, mas daria um jeito.

— Ok.

— Acabou por hoje?

— Acabei. Na verdade, tenho que ir para o trabalho. Estou cobrindo o turno de Ava porque ela não está se sentindo muito bem depois de ontem à noite. Nós duas trabalhamos no O'Leary.

— Você é garçonete lá?

— Garçonete, *bartender*, e de vez em quando dou uns sermões.

Isso fez o professor West me presentear com um sorriso amplo. *Deus, ele deveria fazer mais isso*. Não, esqueça. Definitivamente, não deveria.

— Te acompanho.

Andamos pelos corredores juntos e saímos no estacionamento. Quando chegamos ao lugar do meu carro, eu parei.

— Eu fico por aqui. Então... cinco horas amanhã?

O professor West olhou para o meu Subaru velho e usado.

— Você estacionou em um lugar reservado para o reitor. Tomou uma multa. — Ele apertou os olhos. — Na verdade, parece que tomou *duas* multas de estacionamento. Seu bilhete expirou ou algo assim?

Droga.

— Humm... não. Tenho um bilhete extra no porta-luvas e coloco no meu limpador quando sou obrigada a estacionar em um local proibido.

Ele ergueu as sobrancelhas.

— Criativa.

— Obviamente nem sempre dá certo.

— Obviamente.

— Eles precisam aumentar o estacionamento. Quando se está atrasado, é impossível achar uma vaga.

Ele me analisou.

— Imagino que seja frequente você se atrasar?

— Infelizmente, sim.

— Então preciso esclarecer uma coisa que disse mais cedo.

— Ah, não, não é necessário. Não me atrasarei para a sua aula.

Ele deu um passo à frente e se inclinou.

— Fico feliz em ouvir isso, Srta. Martin. Mas não é isso que precisa ser esclarecido.

Engoli. *Deus, ele cheira bem.*

— Mais cedo, eu lhe disse que não mordia alunos. — Ele sorriu, e eu senti a perversidade daquilo atingir locais interessantes. — Não mordo. Mas não prometo não morder auxiliares estressadinhas.

Algumas garotas tinham pais que atiravam quando os garotos iam buscar suas filhas em casa. Eu tinha Charlie.

Embora fosse proibido fumar em estabelecimentos fechados na cidade de Nova York há pelo menos dez anos, Charlie ainda acendia seu cigarro atrás do balcão. Benson & Hedges sem filtro. Quem ousaria confrontar um ex-policial grandalhão?

— Então, quem é esse cara que vai encontrar hoje à noite? — Ele tirou o taco que guardava atrás do balcão e o colocou no tampo. — Vou deixar isso aqui para quando ele chegar.

Dei risada ao erguer a bandeja de bebida.

— Estou bem, Charlie. Ele é um contador de trinta e dois anos, de Upper East Side.

— Não se deixe iludir. As aparências enganam. Sal parece muito com açúcar, docinho.

Eu não sabia por que estava tentando namorar agora. Desde que as coisas acabaram com Davis, há oito meses, fiquei em um hiato de encontros autoimpostos. Não tinha tempo nem energia para colocar em um relacionamento. Sem contar que eu não tinha um bom histórico com homens, em geral. Fazia isso mais para animar Ava. No último inverno, ela e o namorado terminaram depois de sete anos de namoro, bem no aniversário de vinte e cinco anos dela. Eles estavam juntos desde o último ano do Ensino Médio. Após meses vendo-a triste, finalmente a convenci a entrar em um desses sites de encontro. Me inscrevi por solidariedade, pois nunca tive realmente a intenção de sair com alguém. Que ótimo trabalho eu havia feito: foi nesse site de encontro que ela conheceu o Owen Casado. Com amigas como eu para animá-la, logo ela começaria a tomar Prozac.

Entreguei os drinques à minha mesa e tirei um pedido da mesa oito, mesmo depois que o meu turno tinha terminado. Basicamente, eu estava enrolando para me trocar e me preparar para o encontro. O serviço para as mesas no O'Leary acabava a qualquer hora que quiséssemos depois das oito, e o lema de Charlie para qualquer um que não gostasse disso era: "Tem uma lanchonete no fim da rua. Não deixe a porta bater na sua bunda quando sair".

Depois de tirar o uniforme, me lavei no banheiro, passei máscara de cílios, gloss nos lábios carnudos e me olhei no espelho. Tinha sorte de ter herdado a pele de porcelana da minha mãe, assim nunca precisava usar muita maquiagem. Pensei em realçar meus olhos verdes com um pouco de lápis preto, mas mudei de ideia. *Já está bom*, pensei. Essa, provavelmente, não era a maneira ideal de me preparar para um primeiro encontro.

Depois de nossa troca de e-mails inicial, Mason parecera legal o bastante para que eu continuasse a conversar com ele pelas últimas semanas. Cumpria todos os requisitos do cara certo para eu dar uma chance: bem empregado — check. Educado — check. Mais de trinta, mas não perto dos quarenta — check. Não escrevia coisas, como *ctz* e *foi mal* nas mensagens — check. Bonito. Bem-arrumado. Check, check. Eu deveria estar mais animada. Muito tempo tinha se passado desde Davis... Já estava na hora de seguir em frente.

Eu o vi antes que ele me notasse. Tinha ido ao estoque pegar algumas garrafas de tequila para Charlie e vi Mason olhando para os lados. Ele parecia como nas fotos, então isso era um *plus*. Talvez um pouco mais magro do que eu esperava, mas nada drástico o suficiente para me surpreender. Tinha uma estatura mediana, corpo normal, e bonito, mas não bem o tipo de corpo que te faria sentir frio na barriga. Mason também estava vestindo uma camisa azul, o que fez eu me lembrar do professor West na noite anterior. De um jeito estranho, *isso* me fez sentir um pouco de frio na barriga.

"Não prometo não morder auxiliares estressadinhas."

Balancei a cabeça para ver se colocava alguma razão em meu cérebro e respirei fundo antes de seguir para me encontrar com Mason.

Sabe aquela sensação que você tem quando vai provar uma coisa e acaba sentindo o gosto de outra? Talvez água e refrigerante? Não que não goste de ambos, mas estava preparada para algo com menos gosto e sem gás e, em vez disso, você sente a efervescência inesperada — bastante efervescência.

Mason era efervescente, enquanto eu esperava que fosse água da torneira. Talvez tivesse sido a palavra *contador* que me levara a ter esses pensamentos preconceituosos de que ele seria um tipo específico de pessoa. Mas ele era bem mais confiante e atrevido do que eu esperava.

— Você é linda mesmo. Não que, pela foto do seu perfil, eu pensasse o contrário, mas ela só mostra o seu rosto. Acho que não esperava que viesse uma Megan Fox do pescoço para baixo.

— Obrigada... Eu acho. — Embora fosse um elogio, não gostei da forma como ele me olhou.

Tínhamos ido jantar a alguns metros dali e voltamos para o O'Leary para um drinque. Os olhos dele percorriam o meu corpo conforme ele bebia seu quarto drinque de uísque e Coca-Cola, o que era outra bandeira vermelha — três drinques fortes durante um jantar no primeiro encontro? Cada um o deixava mais ousado de uma maneira que eu gostava cada vez menos.

— Você disse que era cem por cento italiana, certo?

— Não. Tenho um pouco de alemã também.

Ele se inclinou em minha direção e colocou uma mão em meu joelho.

— O que acha de ter um pouco mais de alemão em você hoje à noite?

Aff. Eu estava prestes a dizer ao imbecil que iria brincar sozinho naquela noite, quando Charlie interrompeu. *Com o taco*. Do bar, jogou-o próximo a nossos pés, fazendo Mason pular para trás.

— Tudo bem aí? Minha garota não parece muito feliz.

Eu não queria fazer uma cena. Só queria que aquele encontro ruim acabasse.

— Aquele é seu pai? — Mason perguntou.

Ignorei-o e falei para Charlie:

— Está tudo bem aqui. Já estávamos mesmo fechando a conta.

Mason entendeu errado. Depois de engolir o restante de seu drinque, ele se levantou.

— Na minha casa ou na sua?

— Você vai para a sua. Eu vou para a minha.

Ele avançou, e eu recuei.

— Vá embora, Mason. Antes que vá para casa com o taco do Charlie enfiado na sua bunda.

Percebendo que não iria transar, Mason pagou a conta e foi embora. Sorri para Charlie depois que ele saiu.

— Você dobrou o preço do uísque e Coca?

— Taxa extra para babacas.

Dei risada. Sem querer sair logo depois de Mason, me sentei no bar com Charlie por um tempo.

— Encontros são um saco — bufei. — É por essa razão que eu não faço isso com frequência.

— Ainda bem que os encontros, na minha época, não eram como os de hoje. Eu nunca teria conhecido minha Audrey.

A esposa de Charlie havia falecido há, pelo menos, dez anos. Ela sofrera um infarto com pouco mais de cinquenta anos.

— Como vocês se conheceram, afinal?

— Da forma antiga, no mercado.

— Que fofo. Seus carrinhos bateram um no outro, como nos filmes?

— Algo parecido. Audrey estava no corredor de frutas e vegetais escolhendo umas berinjelas e colocou as coisas no carrinho errado. Estava na metade do corredor quando percebeu. Ao voltar para procurar o seu carrinho, percebeu que, dentro daquele que pegara por engano, havia uma lista de compras escrita à mão.

— Ela tinha pegado o seu carrinho?

— Sim. Ela devolveu a lista e disse: "Peguei o carrinho errado. Não gostaria que se esquecesse de itens importantes da sua lista".

— O que tinha na sua lista?

Charlie deu de ombros.

— Estava escrito "queijo e outras merdas".

Franzi a testa.

— Literalmente? Dizia *queijo e outras merdas*? Não tinha uma lista das outras merdas?

— Eu só me importava em lembrar do queijo. Gostava de uma fatia de cheddar à noite antes de dormir. As *outras merdas* incluíam o resto e não eram tão importantes. — Charlie olhou em volta. — De qualquer forma, Audrey sorriu para mim, e meu coração bateu duas vezes mais rápido, de um jeito esquisito que nunca tinha batido antes. Pensei que estivesse tendo um ataque cardíaco. Precisei me sentar bem ali ao lado das berinjelas para voltar a respirar. No fim, não foi apenas queijo e merdas que peguei no supermercado aquele dia.

— Talvez eu devesse tentar o supermercado. Não acho que encontros on-line sejam para mim.

— Eu nunca tentei, mas parece idiota. Faz você imaginar um checklist mental do que está procurando em um parceiro e, então, tentar encontrar pessoas que consigam cumprir todos os requisitos. Mas a realidade é que não importa quais itens são marcados. Quando você conhece a pessoa certa, seu coração vai te avisar. — Ele deu uma piscadinha. — E outras partes de seu corpo.

Capítulo 3

Rachel

Eu não estava atrasada. Estava *extremamente* atrasada.

Também precisava de um banho, um mecânico, uma garrafa de vinho e, bem possivelmente, de um novo emprego — não necessariamente nessa ordem. E pensar que eu estava meia hora adiantada, a apenas quatro quarteirões da faculdade. Tinha bastante tempo para encontrar uma vaga no estacionamento e ainda chegar quinze minutos antes do horário marcado com o Professor Pontualidade, e mostrar-lhe que eu conseguia chegar na hora. Mas então... uma explosão. Um *bum* alto seguido de um longo *whoosh*. Tentei ignorar e continuei dirigindo, mas, num certo momento, a repetitiva engasgada para a direita do meu carro me obrigou a parar.

Era um saco. Mas eu tinha tempo, e o Davis, meu ex-colega de quarto, ex-qualquer coisa que tenha sido por um tempinho, me ensinou a trocar pneu. Tudo estava bem... no começo. Tirei o macaco, ergui o carro como uma profissional e comecei a trabalhar no pneu furado. Tudo estava fluindo bem até eu chegar no último parafuso. O maldito estava travado. *Realmente travado*. Em certo momento, já que o parafuso estava na parte de cima, coloquei a chave inglesa nele e usei o pé para tentar ceder — mesmo assim, nem se mexeu. Então, tive a brilhante ideia de que talvez devesse colocar *todo* o meu peso nela. Assim, pulei na alavanca que a chave fazia, torcendo para que a força repentina soltasse o maldito parafuso. Mas, em vez disso, a chave inglesa escorregou e, de algum jeito, quicou e voltou, me acertando direto na canela.

Agora eu estava vinte minutos atrasada, minha perna estava me matando, e eu tinha acabado de chegar mancando à escola no calor de trinta graus, cheirando a graxa. Minha única esperança era de que, talvez, o professor West também tivesse tido um pneu furado e estivesse atrasado. Era uma chance remota, mas eu precisava acreditar em alguma coisa para não ter uma síncope ao andar apressada pelos corredores.

Quando cheguei no auditório, dei uma olhada antes de abrir a porta. Claro que o professor West estava sentado à sua mesa.

Respirei fundo e entrei para enfrentar a ira.

— Antes que diga qualquer coisa, eu estava meia hora adiantada. Juro.

Ele estava escrevendo em um *planner* e, quando ergueu a cabeça, eu o vi usando óculos pela primeira vez. *Droga. Eles o deixavam ainda mais sexy*. Eu era louca de achar até sua cara de bravo linda?

— E o que aconteceu hoje, Srta. Martin? Você se distraiu no momento entre estacionar em local proibido meia hora atrás e encontrar a minha sala de aula? Parou para brincar na terra, talvez?

— O quê?

Ele me olhou de cima a baixo.

— Você está com o rosto e as roupas cobertos de terra.

Ergui a mão até o rosto, e comecei a esfregar a bochecha.

— Oh. Isso não é terra. É graxa.

— Isso melhora muito a situação.

— Meu pneu furou no meio do caminho. — Não fazia ideia de onde meu rosto estava sujo, mas estava nervosa e esfregava lugares aleatórios enquanto falava. — O parafuso estava travado, e não conseguia tirar. Tentei...

— Srta. Martin — ele interrompeu. — Pare de fazer isso.

— Mas é verdade. Realmente tentei chegar aqui cedo. Calculei todo um tempo extra e então, bum, um pneu furado. Não foi minha culpa dessa vez.

— Não estava me referindo à sua história elaborada. Pare de esfregar o rosto. Olhe para as suas mãos.

Verifiquei a palma das mãos. *Merda*. Estava cheia de graxa.

— Sujei todo meu rosto.

Ele pegou alguns guardanapos de dentro de sua escrivaninha, se levantou e andou até mim.

— Seu rosto está cheio de graxa. Por que não vai ao banheiro lavá-lo?

Assenti. Virei-me, dei alguns passos em direção à porta e, então, pensei em uma coisa.

— Você estará aqui quando eu voltar?

Professor West sorriu.

— Sim, Rachel. Estarei aqui esperando. Parece ser nosso lance.

Depois de limpar a graxa das mãos e do rosto, pensei em tentar lavar a mancha grande na minha camisa, mas isso não deu muito certo. Até então, tinha encontrado meu novo chefe três vezes. Na primeira vez, dei um sermão nele, na segunda, interrompi a sua aula vestindo uma camisa com mancha de café e, na terceira vez, o fiz esperar por quase meia hora e entrei coberta de graxa, parecendo um desastre. As coisas só melhoravam.

Quando voltei à sala, o professor West já havia guardado suas coisas.

— Desculpe. Você tem aula agora?

— Não. Mas vai começar a escurecer logo, então é melhor irmos.

Escurecer?

— Humm... ok. Podemos remarcar? Talvez eu possa chegar mais cedo amanhã e então, antes da aula, verificamos rapidamente o que você gostaria que eu fizesse?

— Não. Faremos isso hoje à noite. — Ele colocou a mão na minha lombar, guiando-me em direção às escadas do auditório com ele. — Você não precisa trabalhar no seu outro emprego, precisa?

— Não. Tirei a noite de folga.

— Não há mais aulas aqui esta noite, então podemos voltar depois que terminarmos.

— Depois que terminarmos?

— Com seu carro. Vou colocar seu estepe e te seguir até um mecânico. Então, podemos voltar e verificar o que precisamos discutir.

— Você vai trocar o meu pneu?

— Não vou te deixar na mão, Rachel.

— Não precisa fazer isso, professor West.

— Claro que preciso. E me chame de Caine.

Os músculos de Caine combinavam com o seu rosto perfeito. Ele estava usando uma camisa social branca, mas a tirou antes de começar a trocar o pneu. Vestindo apenas uma camiseta fina e branca, trabalhou no parafuso enquanto eu focava em seus músculos pulsando toda vez que ele os flexionava. Conseguiu soltar o parafuso emperrado, embora tenha se esforçado um pouco. Ele tinha os bíceps mais incríveis, definidos e bronzeados que já vi, com uma veia que saltava do meio e descia até o antebraço. Se existisse algo como pornô de braço, eu estava assistindo ao meu próprio canal. Parecia errado olhar, mas, Deus, eu estava apreciando a vista.

Em certo momento, depois de remover o pneu e erguê-lo para colocar em meu porta-malas, a sua camiseta subiu, expondo duas entradas profundas que formavam um V na base de seu abdome esculpido. Tive uma vontade enorme de esticar o braço e tocar sua barriga, passar os dedos pelo caminho estreito de pelos que partiam de seu umbigo e mergulhavam no cós preto de sua cueca, que estava um pouco à mostra.

Ele colocou o pneu furado no porta-malas e foi instalar o estepe.

— Você deveria ter um estepe do tamanho original — disse ao encaixar o novo pneu. — Esses estepes de emergência não são seguros. Comprometem o equilíbrio do carro e, caso se envolva em um acidente no caminho, é mais fácil capotar.

De vez em quando ele olhava para mim e quase me flagrava secando-o. Eu realmente estava precisando me distrair, então entrei no carro e peguei meu celular para procurar o mecânico mais próximo.

O sol estava se pondo quando ele guardou o macaco de volta no compartimento e fechou o porta-malas. Embora tivesse esfriado um pouco, o clima ainda estava úmido. Caine estava suado, e sua camiseta, definitivamente, arruinada.

— Acho que te devo uma camiseta — eu disse, olhando toda a graxa que a cobria.

Ele olhou para baixo.

— Já que está arruinada, pode ser útil.

Caine limpou as mãos sujas de graxa no peito, formando linhas pretas no que tinha sobrado de branco na camiseta. Então, começou a se esticar e tirou a camiseta suja por cima da cabeça.

Com a visão de seu corpo incrível, acho que meu maxilar quase chegou ao chão. Não fazia ideia se ele tinha reparado que eu estava olhando, porque não conseguia tirar os olhos daquele banquete. Ele usou a camiseta para secar o suor do rosto e, então, limpou as mãos mais um pouco. Eu mesma estava começando a suar, apesar de não ter gastado nem um grama de energia.

— Você sabe onde é o mecânico mais próximo?

— Humm... É apenas a três quarteirões daqui.

— Espere só eu colocar minha camisa de novo e vou te seguindo.

Que pena.

— Ok. Obrigada.

Fiquei sentada no carro por um minuto, grata por ter a chance de reorganizar meus pensamentos antes de precisar dirigir. Há quanto tempo eu não fazia sexo? Oito meses? Deus, eu provavelmente deveria ter transado com Mason na noite anterior só para satisfazer meu desejo. Um pouco de abdome e músculo, e minha calcinha estava molhada. Me senti uma adolescente com tesão.

Quando deixamos o carro na Pneu Express, eram quase sete e meia. Eles me disseram que eu teria que pegar o carro pela manhã. Caine ficou ao meu lado o tempo todo e até escolheu um pneu que era mais em conta quando o vendedor tentou me vender um que custava mais do que eu ganhava em gorjetas em uma semana no O'Leary.

— Me sinto como um disco riscado — disse ao entrar no carro de Caine. — Ou estou me desculpando com você ou lhe agradecendo.

— Sem problemas. Ainda está animada para verificar a programação e trabalhar no planejamento para o semestre? — Ele olhou a hora em seu relógio de pulso. — Está ficando tarde. Posso te deixar em casa se estiver cansada.

— Sou boêmia. As manhãs são meu problema.

Ele assentiu.

— Tudo bem, então.

Antes de ele ligar o carro, meu estômago roncou de um jeito horroroso. Foi um som alto, retumbante e borbulhante que ecoou pelo carro silencioso. Não havia como tentar fingir que não acontecera.

Caine sorriu.

— Que tal trabalharmos no planejamento enquanto comemos alguma coisa?

Eu estava obviamente morrendo de fome. Tinha pensado em comer algo antes de sair do trabalho, mas o *pub* lotou, e eu não queria parar em algum lugar e arriscar me atrasar. Minha programação para aquele dia tinha sido ótima

— Eu adoraria.

Ele ligou o carro.

— Do que está com vontade?

— Sou fácil. O que quiser está bom para mim.

— O que acha de um hambúrguer? Você come carne?

Felizmente, estava escuro o bastante para esconder meu rubor.

— Humm... sim. Eu como carne. — E, aparentemente, era exatamente disso que meu corpo e meu cérebro estavam com vontade.

Capítulo 4

Rachel

— Só para constar, eu não estava te passando uma cantada na primeira vez que a vi. Você parece mesmo familiar. — Caine bebeu sua cerveja.

O fato de ele ter pedido uma cerveja me deixou intrigada. Eu presumia que ele gostasse de algo mais chique, como um vinho caro ou um uísque, talvez. Observá-lo relaxado, com uma cerveja na mão, me fez ver o professor rígido de uma forma totalmente diferente e leve. Ou talvez tivesse sido o abdome dele que mudou meu pensamento.

— Provavelmente nos vimos pelo *campus* — eu disse, apesar de ter quase certeza de que nunca o tinha visto antes. Eu me lembraria de um homem como ele.

— Talvez.

— Você vai bastante ao O'Leary? — perguntei.

— Aquela noite foi minha primeira vez. Parei no caminho para casa, vindo da casa de um amigo que acabou de se mudar a alguns quarteirões de lá.

— Bom, basicamente, ou eu estou no O'Leary ou no *campus* ou em casa dormindo ou estudando. Não tenho muito tempo para outras coisas esses dias. — Apontei o espeto de muçarela para ele e sorri. — E isso não tem previsão de mudança. De acordo com a revista *People*, este será um ano de trabalho, sem diversão.

— Ah, é? Revista *People*? Parece uma fonte confiável para determinar suas expectativas para o futuro.

— Também acho. Respondi cinco perguntas para receber essa profecia, então é bem confiável. Uma resposta errada e eu poderia estar fadada a um ano de aventura ou de autodescoberta.

Caine deu risada.

— Bom, tente encontrar um pouco de tempo para se divertir. Muito trabalho e pouca diversão podem deixar a vida sem graça, é o que dizem.

— Para mim, "sem graça" está ótimo. Me aposentei da animação.

— Se aposentou da animação? Quantos anos você tem? Vinte e dois, vinte e três?

— Vinte e cinco. — Dei de ombros. — Tive minha cota de aventura durante minha adolescência, o que era fora de controle. Estou administrando a vida adulta. Estar ocupada é bom. Ser adulta é bom.

Caine coçou o queixo.

— Fora de controle, hum? Tipo como?

— Sem chance, professor. Deixei más impressões suficientes para durarem um tempo. Vou guardar algumas das histórias para depois que eu te mostrar como sou esperta e talentosa.

Caine sorriu. Era o primeiro sorriso não contido que ele deixava passar. Inclinando-se para trás em sua cadeira, jogou o braço casualmente por cima do encosto.

— Certo. Então me conte sobre você e a música. Quero saber um pouco mais sobre a sua esperteza e o seu talento. Isso vai me ajudar a planejar as aulas que você deverá dar.

— O que gostaria de saber?

— Por que música?

— Você quer dizer por que escolhi me especializar em música?

— Não. Você obviamente escolheu essa especialização porque ama música. Mas por que ama música?

— Essa é uma pergunta muito ampla e meio difícil de resumir em algumas frases.

— Tente. Não há resposta certa ou errada.

— Ok. — Pensei por longos instantes. — Porque a música expressa todas as coisas que uma pessoa não consegue dizer, mas fica impossibilitada de se manter em silêncio.

Ele não disse nada por um momento.

— Canta ou toca algum instrumento? — perguntou depois de absorver minha declaração.

Sorri. Tendo escolhido me especializar em música, eu sabia que minha resposta sempre confundia as pessoas.

— Nenhum dos dois. Sou afinada, mas não canto excepcionalmente bem, e não há um instrumento em particular no qual seja excelente, como a maioria dos especialistas em música.

Basicamente, oitenta e cinto por cento de todos os especialistas em música cantavam ou tocavam violão ou piano. Os quinze restantes eram bateristas ou saxofonistas.

— Não posso dizer que escuto isso sempre.

— Eu sei. Aprendi a tocar alguns instrumentos de forma decente no meu trabalho de graduação, mas não quero ser música ou uma estrela do rock. Meu mestrado será em terapia musical.

A garçonete chegou e entregou os pratos com hambúrgueres enormes. Esperei que isso fosse tirar um pouco do foco em mim, mas Caine devia estar ocupado juntando as pequenas partes que eu já tinha compartilhado.

— Presumo que a música tenha a ajudado a expressar algo que não poderia ser dito, e que esse *algo* foi o responsável por aqueles anos fora de controle que você viveu.

— Sou tão transparente assim ou você que é muito bom em interpretar pessoas?

Os olhos dele me analisaram.

— Nenhum dos dois. Vamos dizer apenas que consigo relacionar bem as coisas.

Assenti.

— E você? Queria ser um astro do rock?

— Algo parecido.

Sorri antes de enfiar o hambúrguer na boca.

— Uau. Obrigada por compartilhar. Você é um livro aberto.

Caine deu risada.

— Você sempre é espertinha assim?

— Você é sempre tão vago e evasivo quando te fazem uma pergunta direta?

Ele me encarou enquanto mastigava e engolia.

— Tudo bem. Eu queria ser um astro do rock quando era mais novo. Isso é uma resposta direta o suficiente para você?

Sorri.

— Você canta ou toca algum instrumento?

— Tocava bateria.

— Toca ou tocava?

— Você faz muitas perguntas.

— Isso te incomoda?

Ele riu.

— E essa foi outra. Coma seu hambúrguer, Srta. Martin.

Depois disso, comemos em um relativo silêncio. Mas era um tipo confortável de silêncio. Caine limpou o prato, e eu ainda estava comendo minhas batatas quando o celular dele tocou. Olhou o nome na tela e pediu licença, dizendo que precisava atender a ligação. Levantou-se da mesa para falar em particular. Não estávamos em um encontro nem nada, mas isso me fez pensar se ele era casado e não queria que a esposa soubesse que estava com alguém. O Owen Traidor ainda estava recente em minha memória.

Quando voltou, Caine pediu desculpa.

— Desculpe por isso.

— Não foi nada. — Ainda assim, por um motivo completamente desconhecido, fiquei incomodada. — Acabei de comer. Podemos começar. Já tomei muito de seu tempo.

Assim que o funcionário limpou a mesa, Caine pegou uma pasta de sua maleta, e começamos a verificar a matéria. Fizemos um rascunho de planejamento para as minhas primeiras aulas e conversamos sobre nos encontrarmos depois da aula para terminar o que precisávamos fazer. Eu assistiria a três de suas cinco aulas e daria uma delas. Caine perguntou sobre meu horário de trabalho e agendou plantões nos momentos em que eu não estaria no O'Leary, o que foi gentil. Quando terminamos, ele pediu um café.

— Então, que boatos você ouviu sobre mim? — ele perguntou, recostando-se na cadeira.

— Quer mesmo saber?

— Tenho certeza de que já ouvi a maioria. Mas conte para mim e lhe direi se são verdadeiros ou não.

— Ok. Bom, de primeira ouvi que você era exigente com pontualidade. Acho que não preciso perguntar se é verdade.

— Acho que não. — Ele sorriu. — Mais alguma coisa?

— Você demitiu sua última auxiliar porque ela não era rígida o bastante para dar notas.

Ele assentiu.

— Isso também é verdade. Apesar de estar faltando parte da história. Ela não era rígida o bastante para dar notas para *o namorado dela*. A não ser que estivesse dando notas para coisas que ele queria fazer com ela... porque eram planos muito bem pensados. Soube disso quando vi o que ele estava escrevendo nas provas. Não eram realmente respostas sobre músicas e, mesmo assim, estava recebendo dez em tudo.

— Oh.

— O que mais?

Não faço ideia do motivo, mas resolvi enfeitar a última fofoca para satisfazer minha própria curiosidade.

— Você é casado e quase foi demitido por dormir com suas alunas.

O olhar na expressão dele me disse que eu tinha atingido um ponto doloroso. Caine tensionou a mandíbula, e seus lábios carnudos se afinaram e formaram uma linha.

— Não sou casado e parei de dormir com minhas alunas depois do primeiro ano.

Enruguei o nariz.

— Então você costumava dormir com as alunas?

— Eu era jovem e idiota. No primeiro ano em que dei aula, passava a maior parte do tempo no *campus*. Era o único lugar em que conhecia pessoas.

— Já ouviu falar do Tinder?

— Claro, espertinha. Mas as pessoas raramente são o que parecem on-line.

Engasguei.

— Nem me fale.

Caine ergueu uma sobrancelha.

— Parece que você sabe disso por experiência própria.

— Tive uma experiência ontem à noite, na verdade.

— E...

— E ele só tinha uma coisa em mente.

— Sexo?

Assenti.

— Homens conseguem ser muito babacas. Sem ofensa.

Aquele maldito lábio se curvou de novo.

— Não fiquei ofendido. A menos, é claro, que esteja me chamando de babaca... Obviamente não seria a primeira vez.

— Você passa semanas conversando com uma mulher e dizendo que está em busca de um relacionamento. Então, aparece no primeiro encontro querendo apenas sexo?

O olhar fixo de Caine vacilou entre meus olhos.

— Não estou buscando um relacionamento, mas já passei da fase de alimentar qualquer expectativa. Embora possa te dizer que, mesmo deixando isso bem claro desde o início, as mulheres nem sempre escutam o que digo. Elas escutam o que querem ouvir. — Ele pausou. — Acho que pode-se dizer que mulheres também conseguem ser babacas. *Sem ofensa.*

Dei risada.

— Não fiquei ofendida.

Os olhos dele escanearam meu rosto.

— Posso lhe dar um conselho?

— Claro.

— Você é linda. Qualquer homem que lhe disser que não pensa em fazer sexo com você assim que a conhece estará mentindo. Mas se o cara não consegue perceber que não é isso o que você está procurando, então ele não está prestando atenção. As chances de que essa falta de atenção se repita na cama são grandes, então, de qualquer forma, não vale a pena perder seu tempo com ele.

Ele estava totalmente certo, e haveria tempo para analisar a sua teoria mais tarde, mas, naquele momento, eu só conseguia me perguntar uma coisa... *será que ele está pensando em transar comigo agora?*

Capítulo 5

Rachel

Percepção Oral.

Ok, talvez a aula fosse Percepção Aural. Que seja. Minha mente estava definitivamente uma bagunça quando me sentei no fundo, observando o professor West falar sobre como diferentes pessoas — filósofos, compositores, médicos e adolescentes — enxergam o conceito de ouvir. Lembro-me dessa aula no meu primeiro ano de graduação. Não sabia se havia amadurecido e se conseguiria aproveitar mais uma aula como essa aos vinte e cinco do que aos quase vinte e um. Pelo menos agora o professor era capaz de segurar a minha atenção completamente.

Enquanto eu estava ocupada ouvindo, o cara de gorro ao meu lado desenhava nudes. Tinha rascunhado uma página de corpos sem rosto que eram, na realidade, bem maravilhosos, mesmo que fossem um pouco sensuais e gráficos. Ele deu de ombros quando me pegou olhando, sorriu e sussurrou:

— Tenho que fazer alguma coisa enquanto esse mala cheio de si fica delirando.

Caine não era um professor que dava aula sentado. Ele andava pela sala e interagia com os alunos.

— O ato de ouvir pode ser dividido em categorias: informativo, apreciativo, crítico, relativo, perceptivo e discriminativo. O método e o momento da transmissão podem afetar o que ouvimos. Me digam, onde escutam música, como ela é transmitida e quem foi o último músico que ouviram?

Várias mãos se ergueram. Um mulher à frente respondeu:

— No trem, transmitida pelo meu iPhone, e era Adele.

Um aluno respondeu:

— Eu trabalho no Madison Square Garden, então ouço muita música transmitida ao vivo no trabalho. A última banda que ouvi se aquecendo foi o Maroon 5.

Havia duas escadarias no auditório, uma de cada lado da extensa fileira de assentos. Eu estava sentada no topo, em um assento no corredor ao lado da escadaria à esquerda. Caine subia alguns degraus de cada vez, atento às respostas dos diferentes alunos conforme andava.

Algumas fileiras à minha frente, um cara com barba comprida disse:

— No caminhão. Trabalho no correio e ouço pelo USB. Ontem à noite foi um álbum antigo do Slayer.

Uma mulher do lado oposto das escadas informou:

— No trabalho. Há um som ambiente no consultório médico em que trabalho como recepcionista. E é a mesma música instrumental o tempo todo.

— Parece que a maioria das pessoas ouve música enquanto viaja ou trabalha. Alguém escuta música enquanto faz outra coisa?

Caine subiu mais alguns degraus e parou dois abaixo de onde eu estava sentada, dando-me a desculpa perfeita para olhar para ele, sem deixar transparecer que o estava analisando. Ele falava com outro aluno por perto, enquanto eu o secava.

Ele estava vestindo um colete escuro de botão por cima de uma camisa branca com textura, sem gravata. Eu não era exatamente uma fashionista, mas conhecia roupas caras quando as via, e Caine gastava mais com suas camisas do que eu com todo o meu guarda-roupa. Ele era elegante, apesar de combinar a camisa e o colete com calças jeans e tênis pretos. Sua pele era naturalmente bronzeada, o que me fazia ter certeza de que ele era descendente de europeu — talvez grego ou italiano. Não conseguia definir qual, mas o que fosse tinha produzido um homem com traços bem fortes. Seu nariz era reto e másculo e, de perfil, era o mais perfeito que eu já tinha visto. De lado, seus cílios pretos eram magníficos. Qualquer mulher pagaria uma fortuna pela luxúria que emoldurava aqueles olhos cor de chocolate. Seu maxilar era salpicado por uma barba por fazer, e me peguei pensando em como seria senti-la em minha pele. Estava perdida em pensamentos quando percebi que agora ele estava olhando para mim. Caine apertou os olhos, e vi um fundo de diversão neles, embora não estivesse sorrindo.

Quando subiu mais um degrau, tentei parecer indiferente, como se não tivesse ficado adorando os seus ancestrais, e olhei para a frente — só para perceber que agora estava perfeitamente alinhada para encarar bem o meio de suas pernas. Tentei olhar para outro lugar, mas tinha... tinha alguma coisa no bolso dele... ou...? Pelo contorno, eu tinha quase certeza de que não era alguma coisa. Ou na verdade *era* alguma coisa — algo bem impressionante.

Caine virou o tronco para chamar uma mulher do outro lado da escada, e sua calça ficou mais justa, confirmando exatamente o que eu estava vendo. Descobri que o homem maravilhoso também tinha um pau grande. Virei a cabeça, precisando tirar os olhos de sua protuberância enorme, e o artista de gorro sorriu para mim, como um flerte. Sorri de volta... bem quando Caine o chamou.

O artista de gorro era o primeiro aluno que Caine chamava sem que ele tivesse se voluntariado com a mão para cima. Talvez ele tivesse visto o que o cara estava fazendo e decidiu trazê-lo de volta para o assunto da aula.

— E você? — A voz de Caine foi seca. — Qual foi a última música que ouviu e como foi transmitida?

O cara sorriu de um jeito tolo.

— Alguma do Pharrell, transmitida por meus alto-falantes Bose, em meu quarto, enquanto estava transando.

Todos riram baixinho.

— Obrigado, senhor...

Caine estendeu a mão, convidando o homem a completar a frase, e ele o fez.

— Ludwig.

Caine assentiu e virou a cabeça para a frente da sala.

— Gostei de ouvir todos os exemplos de hoje. Antes da próxima aula, quero que cada um baixe "Trumpets", de Jason Derulo. Ouçam-na usando o último método pelo qual ouviram música de forma apreciativa: com o fone, enquanto viaja no trem, no caminhão fazendo entregas ou, no caso do sr. Ludwig, escutando em seus Bose, em casa, enquanto se masturbava.

A sala irrompeu em risadas.

— Quando terminarem, quero que respondam às perguntas nesta página. — Caine começou a entregar as folhas para que os alunos da primeira fileira passassem para trás. — Isso não é nenhuma prova, então suas respostas devem ser sinceras. Não leiam as perguntas até terem escutado a música. Do contrário, o cérebro vai procurar pelas respostas enquanto vocês ouvem em vez de realmente apreciar o momento. Em nossa próxima aula, vamos comparar esses resultados com os resultados que obterão ao utilizar outro método.

Alguns minutos depois, a aula de uma hora e meia tinha terminado, e os alunos saíram. Esperei até a sala estar vazia e desci as escadas até a frente para conversar com Caine.

— No horário e sem manchas na roupa — ele disse, enquanto guardava seu notebook sem olhar para cima. — Impressionante.

— Sempre considerei a quarta impressão a mais importante, sabe. — Sorri.

Caine fechou o zíper de sua bolsa. Eu achei que nossa conversa era de brincadeira, mas, aparentemente, estava enganada. O tom dele era sóbrio e ele me olhou de um jeito que condizia com seu tom.

— Não deveria confraternizar com os alunos.

— Confraternizar?

— Como queira chamar.

— Não entendi.

Ele bufou.

— Foder. Não deveria foder com os alunos. Ficou mais claro, Rachel?

— Bom, sim, agora está claro o que quis dizer, mas não sei muito bem o que te deu a impressão de que eu estava transando com um aluno. Não durmo com universitários.

— O sr. Ludwig sabe disso?

Tive a sensação de que esse era o problema.

— Não precisa se preocupar, eu não darei preferência nas notas para alguém, como fez sua última auxiliar. Juro.

Caine ficou me encarando por alguns segundos, provavelmente analisando minha sinceridade, então assentiu brevemente.

— Então, qual é a princesa?

Franzi o cenho, mas logo percebi que ele deve ter visto o teste ao qual eu estava respondendo atrás da revista *In Style* antes da aula começar — *Qual princesa da Disney você é?*. Joguei-a em cima da minha mochila, no chão, antes de a aula começar.

— Jasmine, do Aladdin. — Sorri.

— Eles acertaram?

— Gosto de pensar que sim. Jasmine é racional e cética.

— Você sabe que essas coisas são besteira, não é?

— Deus, espero que sim. Mês passado fiz um teste na *Men's Health* chamado *O quanto seus testículos estão saudáveis?*, e o resultado não foi muito bom para mim.

O lábio de Caine se curvou.

— Espertinha. Está pronta para terminar de verificar o planejamento?

— Tenho mais ou menos uma hora antes de ter que ir trabalhar.

Ele ergueu a mala da sua mesa.

— Foi tudo certo ao pegar seu carro?

— Na verdade... não.

— O que aconteceu?

— Quando eles tiraram o pneu, viram que as juntas da suspensão estavam ruins, seja lá o que isso signifique. Vão trocá-las hoje.

— Precisa de carona para o trabalho?

— Posso pegar o ônibus. Aqui no *campus* passa um que vai até dois quarteirões do O'Leary.

— Eu ia sugerir comermos enquanto terminamos o planejamento. Tenho uma reunião de departamento hoje à noite e preciso comer antes. Por que não vamos ao O'Leary? Aí você já estará no trabalho quando começar o seu turno.

— Seria ótimo. E eu pago. — Sorri. — Já que a comida será de graça e tal.

— Parece que alguém passou no supermercado. — Charlie olhou por cima do meu ombro, em direção a Caine.

— Humm... não. Este é o Professor Caine West. Sou auxiliar dele no conservatório de música. Caine, este é Charlie. É dono do O'Leary.

Caine estendeu a mão.

— É um prazer conhecê-lo, Charlie.

Charlie o cumprimentou.

— Você tem um passado, professor?

— Um passado?

— É. Não gosto que minha garota se meta em encrenca.

Entrei na conversa.

— Charlie... ele é meu *professor*. Acho que não é necessário o interrogatório.

Charlie me lançou um olhar.

— Certo. Mas vou ficar de olho em você.

Caine não pareceu se importar nem um pouco com a ameaça de Charlie. Se tinha achado alguma coisa, era graça.

— Bom saber.

Finalmente soltando a mão de Caine, Charlie aliviou um pouco.

— O que vai querer, professor?

— Vou querer qualquer cerveja que estiver servindo. Estive aqui algumas noites atrás. Um amigo meu acabou de se mudar para a esquina e disse que você faz as melhores asas de frango, mas a cozinha já estava fechada, então não consegui prová-las. Que tal uma porção de asas de frango?

Charlie era da moda antiga. Duas coisas o faziam gostar de um homem: um aperto de mão firme e o elogio às asas de frango de sua esposa. Seu rosto se iluminou orgulhosamente.

— É a receita secreta da minha Audrey. Duas porções saindo. Aliás, se vier aqui quando a cozinha estiver fechada, só avise alguém que é amigo do Charlie. Meus funcionários são bem amigáveis.

— São, sim. Rachel foi bem receptiva quando nos conhecemos. — Ele olhou para mim com um brilho perverso no olhar. — Eu deveria ter lhe pedido para me fazer uma porção. Tenho certeza de que teria ficado feliz com isso.

Sem entender, Charlie serviu cerveja para Caine e Coca Diet para mim e, então, foi para a cozinha preparar ele mesmo as nossas porções. Era aquele período da tarde em que os clientes do dia iam para casa, mas os clientes da noite ainda nem tinham começado a aparecer, então havia apenas alguns de sempre no bar... a maior parte, policiais aposentados.

— Engraçado. Muito engraçado, professor.

— Achei que seria.

Caine e eu fomos nos sentar a uma mesa tranquila no canto onde havia espaço para nossas coisas e para trabalharmos enquanto comíamos. Como eu daria a aula seguinte, ele falou como queria que os alunos analisassem a tarefa que tinha passado naquele dia.

— No armário trancado no canto da sala há duzentos fones de ouvido da Bose. Ensine-os como o método apreciativo pode se tornar crítico apenas alterando a forma de transmissão. Faça-os ouvir a música que pedi de novo no mesmo lugar, no trem ou no trabalho, mas excluindo o barulho do ambiente. Então peça que respondam às mesmas perguntas que entreguei hoje. Pelo menos metade da sala vai perceber coisas que não notaram da primeira vez. Os trompetes são sintetizados.

— São?

— É uma boa aula para entender o método de transmissão e introduz perfeitamente a aula seguinte sobre música sintetizada.

— Uau. Ok. — Franzi o cenho. — Então você deixa os alunos levarem para casa os duzentos fones da Bose? O professor não fazia isso quando eu tive a aula há alguns anos. A faculdade certamente evoluiu dos fones horríveis que usavam para dar a aula de gravação de música.

— Eles são meus, pessoais. Não da faculdade.

Fiz o cálculo. Eram no mínimo cinco mil dólares para uma aula.

— E se eles não devolverem?

— Nunca foi um problema.

Dei um sorriso bobo.

— Porque todos os alunos têm medo de você.

— Diferente da auxiliar espertinha — Caine murmurou.

Charlie estava com as mãos ocupadas pelas bandejas de asas de frango, então usou a bunda para abrir a porta da cozinha e ir ao bar. Levantei-me para pegá-las da mão dele.

— Você deveria ter assobiado para mim, como faz normalmente. Não pode carregar bandejas por causa das suas costas.

— Não queria interromper o seu encontro.

— Não é um encontro.

Ele olhou para Caine e deu de ombros.

— Para mim, parece um encontro.

— Não é — disse seca. — Estamos trabalhando nos planos de aula.

— Como quiser — Charlie finalizou e voltou para o bar.

Coloquei as travessas na mesa e vi que a caneca de cerveja de Caine estava vazia.

— Quer outra cerveja?

— Se beber comigo.

— Eu não bebo.

Caine franziu a testa, mas então sua expressão foi de compreensão, e percebi o que estava pensando.

— Não sou alcoólatra, se é o que está pensando.

— Tá bom.

Realmente, não queria explicar, mas ele ficou esperando que eu falasse de novo.

— Cresci em meio ao alcoolismo. Em certo momento, quando minha vida estava totalmente fora de controle, me vi bebendo um pouco demais. Não fui para a reabilitação nem nada assim. Não sou uma amiga formal de Bill, o idealizador do AA, nem tenho um cartão de membro vitalício ou fichas chiques de sobriedade, tento me limitar a beber apenas em comemorações e ocasiões especiais.

Eu normalmente não fazia essa declaração por causa do modo como as pessoas olhavam para mim, com empatia. *Oh. Ela teve uma infância ruim.* De modo estranho, não foi essa expressão que vi em Caine. O rosto dele mostrava admiração pelo que eu acabara de dizer, e eu não sabia direito o que fazer com isso. Senti-me desconfortável.

— Então... Vou pegar outra cerveja para você, e vou beber uma O'Doul's para te acompanhar.

Ele sorriu calorosamente.

— Que bom.

Quando retornei à mesa, redirecionei a conversa para o trabalho.

— Eu estava pensando... quando for a hora de recolher os fones, não vou tocar no aparelho do sr. Ludwig. Precisa ser desinfetado primeiro.

Caine estava bebendo a cerveja.

— Ele estava te desenhando hoje, sabia?

— Me desenhando? Ele estava rabiscando mulheres sem cabeça com corpos bonitos.

Ele bebeu a cerveja.

— Então?

— Não estava me desenhando.

Caine semicerrou os olhos, e tive a sensação de que estava pensando se falava ou não o que estava em sua mente. Aparentemente, decidiu falar.

— Você tem duas pintas no lado esquerdo do pescoço.

Minha mão foi para o pescoço. Ele estava totalmente certo, mas meu cabelo as cobria.

— Do que está falando?

— Você tem o costume de jogar o cabelo para um lado... o lado direito. Reparei nisso no dia em que estávamos no meu carro.

— Certo...

Caine olhou nos meus olhos.

— Os rascunhos que o seu amigo estava desenhando tinham pescoço, mas não cabeça.

— Sim, percebi. Não eram exatamente apropriados para se desenhar durante a aula. Mas ele é um artista muito bom.

— É, ele presta atenção nos detalhes. Todas as mulheres tinham uma coisa em comum.

Arregalei os olhos.

— Não.

Caine assentiu.

— Duas pintas do lado esquerdo do pescoço. Ele estava te desenhando.

— Mas ele nunca me viu nua.

— Ele tem imaginação. — Os olhos de Caine baixaram para vislumbrar meu decote. Brilharam com malícia ao retornar para encontrar meus olhos. — Muito boa, eu diria.

Isso me causou um frio na barriga, que rapidamente se espalhou.

Oh, Deus.

Tentei disfarçar com uma piada.

— E é por isso que não saio com universitários. Não precisa falar nada, não vou recolher os fones do garoto do gorro nem me sentar ao lado dele de novo.

— Boa ideia. — Caine sorriu. — Escolha os homens.

Ele estava certo. Mas eu estava começando a questionar se a minha escolha estava ficando fixa em um homem em particular.

Capítulo 6

Rachel

Era aquela época do mês. Não era um momento que eu temia, mas sim que esperava ansiosamente chegar. As mensagens de texto mensais de Davis vinham como um reloginho. Olhei meu celular.

DAVIS: PRÓXIMA QUARTA, ÀS 7 DA NOITE? SAUDADES.

Toda primeira quarta do mês, meus três antigos colegas de quarto e eu jantávamos fora. Davis fora um deles nos últimos dois anos de faculdade. Tivemos um relacionamento por um curto período, mas em um momento que não era bom para ele.

RACHEL: MAL POSSO ESPERAR.

Assim que apertei "enviar", Ava entrou. Ela trabalhava no turno da tarde servindo as mesas, o que significava que eu me mudava para trás do bar, e Charlie ia para casa.

— Oi, Rach.

— Oi. Davis acabou de mandar mensagem. Estará no jantar semana que vem.

Ava ergueu as sobrancelhas.

— Já era hora. Ele faltou nos últimos três. Talvez você consiga embebedá-lo e finalmente quebrar esse feitiço de seca.

— Cala a boca.

Ava era a única pessoa que sabia sobre mim e Davis. Joguei nela o pano que estava usando para limpar o bar.

— Nunca deveria ter te contado.

— Me contado? — ela disse. Então, começou a acariciar o tronco com as mãos e gemer: — Oh, Davis. *Oh, Davis.*

Dei risada.

— Deus, não aguento você.

Enquanto Ava se trocava para o seu turno, pensei em meu antigo colega de quarto. Davis não era o típico universitário, de jeito nenhum. Era do Sul, cheio de educação, *sim, senhora* e *não, senhora*, e passara oito anos no exército antes de ir para o Brooklyn estudar Administração. Quando se mudou, também estava passando por um divórcio, tinha se casado com a sua namorada do ensino médio aos dezoito anos, em um ato romântico, antes de partir para sua primeira viagem ao Iraque. De acordo com Davis, o casamento deles pareceu durar um bom tempo. Ele a visitava de vez em quando e enviava dinheiro para casa. Parou de dar certo quando ele saiu do exército e sua esposa percebeu que era difícil transar com outros sem ser pega quando seu marido não estava mais do outro lado do mundo.

Durante os dois anos em que moramos juntos, Davis se tornou um dos meus melhores amigos — até a noite em que comemoramos sua formatura. Nós dois bebemos demais. Uma coisa levou à outra e, antes que a noite terminasse... *Oh, Davis.*

Embora nunca o tivesse visto daquela forma antes, no dia seguinte eu estava pensando: *Hum. Cara legal. Bonito. Generoso na cama.* De repente, comecei a vê-lo de um jeito diferente.

Durou pouco mais de um mês. Enquanto eu estava me acostumando com a ideia de ser um casal, aparentemente, Davis não estava. Ele terminou tudo, dizendo que o divórcio estava muito recente para que ele se envolvesse em uma nova relação, ainda mais com alguém de quem já gostava bastante. Eu entendi — bom, meio que entendi. Pouco depois, quando nosso aluguel venceu, nos separamos, mas continuamos amigos... com promessas de dar um tempo e talvez explorar coisas no futuro. Depois de seus anos no exército e de estar casado, ele tinha conquistado a sua liberdade.

O meu hiato de relacionamentos desde essa época pode ter sido causado pela esperança de que a promessa dele de explorar coisas no futuro viesse a acontecer, mas, depois de oito meses, eu finalmente entendi.

Meu celular tocou com outra mensagem.

Davis: o quê? não vai falar que está com saudade?

Sorrindo, meus dedos alisaram o teclado enquanto eu tentava decidir o que digitar. Ava saiu do banheiro feminino em sua camiseta polo do uniforme e o cabelo preso em um rabo de cavalo. Enquanto amarrava o avental na cintura, ela disse:

— Quase esqueci. Você nunca vai acreditar no que assisti hoje.

— O quê?

— Vai, adivinha.

— Ok. Pornô. Você assistiu pornô.

— Não. — Ela deu um sorrisinho.

— Finalmente terminou sua maratona de *The Walking Dead*?

— Não.

— Vou precisar de uma dica. Não está me ajudando em nada.

— Ok. — Ela tamborilou as unhas no balcão, pensativa, então sorriu de orelha a orelha. — Rima com *corrija seu teste*.

Dei risada.

— Acho que você ficou louca.

Um casal que estava sentado há um tempinho na mesa dois fez sinal de que estavam prontos para fazer o pedido. Ergui o queixo para minha amiga louca e apontei com o meu celular.

— Rima com *fica pra depois*.

Ela repetiu o que acabei de dizer algumas vezes.

— Fica pra depois, fica pra depois, fica pra depois... — Então seus olhos se iluminaram. — Mesa dois!

Peguei um bloquinho de anotações e uma caneta da caixa que ficava debaixo do balcão do bar e deslizei para ela.

— Vá tirar o pedido, sua louca.

Eu ainda estava olhando para a mensagem de Davis, tentando pensar no que responder, quando descobri o enigma. Ao decodificá-lo, de repente perdi o interesse no celular e o guardei debaixo do balcão, que era onde o deixava enquanto trabalhava.

Ava tirou o pedido da mesa dois e o deixou na cozinha, depois voltou para onde eu estava servindo uma cerveja.

— Corrija seu teste... Professor West? — perguntei.

— Muito bem! Embora o nome dele não fosse Caine West. Era Able Arsen.

— Do que está falando?

— Fui a uma reunião de auxiliar hoje e conheci um cara que foi auxiliar do dr. Anderson.

— O chefe do departamento de música?

— Ele mesmo. Aliás, o nome do auxiliar é Norman... Um nome horrível para um cara de vinte e poucos anos, mas ele é fofo e me convidou para tomar uns drinques com ele e mais um monte de auxiliares nesta sexta, então você vai comigo.

— Ok... — Fiquei feliz ao ver que Ava encontrara alguma coisa com que se animar depois da maneira como estava se sentindo em relação a Owen. Apesar de eu ainda não entender como esse cara a lembrou de Caine ou quem era Able Arsen. — Mas o que isso tem a ver com o professor West?

— Dr. Anderson contou para ele que o professor West era membro de uma banda. Também tinha um contrato com uma gravadora grande. — Ava pegou seu celular e começou a mexer nele. Encontrando o que queria, digitou algumas coisas e virou o celular para mim. — Conheça Able Arsen.

A qualidade do vídeo estava ruim e o som, horrível — provavelmente fora gravado de um celular antigo. Tudo o que eu conseguia ver eram quatro caras tocando no palco ao longe.

— Continue assistindo — Ava disse.

Em certo momento, quase no fim do vídeo, a pessoa filmando deu *zoom* no baterista, que também estava cantando. Sua cabeça estava abaixada enquanto ele batia na bateria, balançando com o ritmo. Havia algo bem sexy na forma assertiva como segurava as baquetas e na maneira como seus músculos se flexionavam a cada som da bateria — quanta estamina deveria ser necessária para se movimentar assim por horas.

O frio na minha barriga confirmou, mesmo antes de o músico olhar para cima. Mas, quando aquele rosto foi filmado pela câmera, prendi a respiração.

O professor West era tão lindo quando adolescente quanto é agora. Só que, na época, ele tinha aquela coisa toda de músico-*bad-boy*. Agora, se eu não o conhecesse e tivesse que adivinhar, teria dito que ele era um músico de jazz ou talvez até clássico. De alguma forma, o *bad boy* sexy cresceu e se transformou em maturidade sexy.

Quando a música terminou, Caine ergueu a cabeça e deu um sorriso torto para o público. Seu cabelo no ombro estava molhado de suor, e ele jogou uma baqueta no ar, pegando-a com a outra. Então, usou sua mão livre para tirar a camiseta suada. As garotas enlouqueceram com seus oito quadradinhos no abdome. Enlouqueceram do tipo Beatles, astro do rock.

Uau.

Aquele sorriso.

Aquele corpo.

Apenas uau.

Pelo jeito, havia muitas camadas de Caine West, e eu mal havia passado pela superfície.

Quando cheguei em casa naquela noite, eram mais de duas da manhã. Meus pés estavam me matando, e tudo o que eu queria era afundar em uma banheira e dormir. Para variar, eu não tinha que ir para a universidade ou para o trabalho até a tarde. A banheira estava morna, e deixei a água da torneira inundar meus pés enquanto me recostei para relaxar. Embora o meu cérebro pensasse em tudo, menos em relaxar.

No minuto em que fechei os olhos, a imagem de um Caine West jovem em cima do palco se infiltrou em meus pensamentos. Eu tinha encaminhado para mim mesma os vídeos e assistido mais vezes do que queria admitir nos intervalos que tive entre servir um drinque e outro.

Acabei cedendo, peguei meu celular e me permiti ver mais uma vez. Finalmente sozinha, em vez de ser flagrada por uma sorridente Ava enquanto tentava olhar meu celular de forma discreta, procurei o rosto quadriculado pelos trejeitos de Caine. Havia alguns que eu reconhecia — a forma como o seu lábio se erguia e ele balançava a cabeça quando as mulheres começavam a gritar seu nome enquanto tocava o solo. A maneira como andava pelo palco como se lhe pertencesse. Hoje, sua arena era uma sala de aula, mas a confiança com que a percorria era a mesma. Ainda assim, eram os seus braços que realmente chamavam atenção. Toda vez que ele batia na bateria, a veia que corria de seus bíceps para o seu antebraço pulsava. Nunca pensei que uma veia pudesse ser tão sexy.

Quando terminei de assistir, a banheira estava quase cheia, então usei meus dedos do pé para fechar a torneira. Eu sabia que não conseguiria relaxar o suficiente para dormir se não satisfizesse minha curiosidade, então procurei no Google o antigo nome usado por Caine.

Able Arsen.

Fiquei surpresa quando apareceram milhares de links como resultados. Entrando em todos, como uma fanática, encontrei várias fotos de Caine. Ele não era o principal da banda, mas aparentemente a mídia o adorava — e quem poderia culpá-la? Percebi que havia a mesma garota em algumas fotos. Tinha cabelo comprido e escuro e era magra — quase magra demais. A cavidade de suas bochechas deixava suas lindas maçãs do rosto um pouco altas demais. Na maioria das fotos, ela usava óculos de sol e parecia fugir da câmera. Havia muitas fotos dela com a banda, algumas com o braço de Caine em volta dela, de uma forma quase que protetora. Com certeza ela era mais nova que ele — dezessete ou dezoito anos, no máximo —, e eu não conseguia decifrar se era sua namorada ou, talvez, sua irmã mais nova.

Quando classifiquei as fotos e os artigos por ordem cronológica, com as mais antigas primeiro, percebi que as fotos pareciam ter parado de repente há nove anos. Na terceira ou na quarta posição no resultado de busca, havia um artigo sobre a morte do cantor, Liam Marshal. Able Arsen havia desaparecido depois disso.

O que aconteceu com você, Able Arsen?

Melhor ainda, como acabou se tornando o *professor* Caine West?

Capítulo 7

Caine – Quinze anos atrás

— Me abençoe, padre, porque eu pequei.

Olhando para cima, em direção à cruz, naquela sala minúscula e pouco iluminada, inalei, inspirando profundamente, até a ponta da brasa vermelha consumir o fim do papel dobrado, queimando o meu polegar e o dedo indicador.

— Você não pode pedir perdão por alguma merda enquanto está pecando de novo. É para se arrepender, otário.

— Demonstre um pouco de respeito com o seu linguajar. Estamos em uma igreja, por Deus.

Liam riu do outro lado do banco escuro.

— É, tá bom. Você acabou de fumar maconha no confessionário e é meu linguajar que falta com respeito.

Ele tinha razão. E já que o meu cérebro meio cozido estava quase ficando totalmente bem passado, bati a cinza no chão e o guardei no bolso que restava do cigarro enquanto ainda estava quente.

— Tô vazando — Liam disse.

— É para a gente trabalhar até o meio-dia.

— Que se dane essa merda. Diga ao padre Frank que fui para casa bater uma, se ele me procurar.

A janela de madeira pela qual estávamos conversando, que dividia o confessionário e cobria a tela de confidencialidade, se fechou. A porta fez o mesmo logo depois que Liam saiu.

Ainda restava meia hora para que eu fosse dispensado pelo padre Frank, então me ajeitei, encostando no tecido macio vermelho e esperando tirar um cochilo. A cadeira do lado do padre era bem confortável, talvez porque eles ficavam horas escutando merda de outras pessoas todo sábado à tarde. Não tinha noção de como esses caras passavam a vida toda naquele lugar. Ficar ali nos últimos sábados já foi suficiente para me deixar louco.

Três semanas antes, minha mãe havia flagrado Liam e eu matando aula de novo. Era o nosso último ano, minha mãe normalmente era bem legal, e os pais esperavam algumas faltas. Não foi isso o que fez Grace West, temente a Deus, ficar desesperada. Também não foi o fato de encontrar Emily Willis seminua e totalmente drogada de joelhos, prestes a me pagar um boquete no jardim, o que assustou minha mãe. Não. O que a fez me inscrever involuntariamente por um mês para limpar a St. Killian aos sábados de manhã foi a minha música. Meus pais detestavam que eu não tivesse a intenção de ir para a faculdade ou me tornar parte da empresa de investimento bem-sucedida e familiar que carregava o nome West.

Então, fui sentenciado a prestar serviços comunitários por querer tocar bateria e cantar. Depois de uma longa conversa com o padre Frank e minha mãe, ele também aproveitava toda chance que tinha para lembrar a mim e a Liam de que tocar música não era a forma como um homem deveria construir a sua vida. Graças a Deus, eu só tinha mais uma semana ali.

Havia pegado no sono quando a porta do confessionário fez um barulho ao ser aberta. Achei que fosse Liam de novo.

— Pecou de novo, *loser*? — eu disse.

Com toda certeza não foi Liam que respondeu. A voz era baixinha e trêmula de nervoso quando ela falou:

— Me abençoe, padre, porque eu pequei.

Merda.

Havia uma menininha do outro lado e ela achava que eu era o padre. Pelo som da sua voz, imaginei que não tivesse mais do que dez ou onze anos. *O que ela poderia ter para confessar?*

Eu provavelmente deveria ter aberto a porta e saído antes de ela começar a me contar seus segredos mais sombrios. Não, provavelmente não. Eu *definitivamente* deveria ter saído. Mas... talvez fosse a maconha. Talvez fosse o som de sua voz trêmula que me deixou curioso. Talvez eu apenas estivesse fodido da cabeça. Em vez de abrir a porta literalmente, acabei abrindo uma no sentido figurado. E isso mudaria minha vida para sempre.

— Continue — disse a ela. — Me conte os seus pecados.

Capítulo 8

Rachel

Caine havia chegado na metade da aula.

De repente, consegui entender por que ele achava que o atraso dos alunos o distraía. Nos últimos vinte minutos, *eu* estava distraída pelo homem sentado onde eu sentara durante a última aula. Ao seu lado, o sr. Ludwig, o artista de nudes que usava gorro, parecia tão nervoso quanto eu. Embora seu nervosismo provavelmente tivesse mais a ver com o fato de o professor ter, em silêncio, pegado o caderno no qual ele estava desenhando novamente e que agora estava fechado sobre a mala de Caine.

Eu tentava não olhar para cima, para onde eles estavam sentados. Mesmo assim, podia sentir os olhos de Caine sobre mim. Como assim, eu tinha duzentos pares de olhos focados em mim e só conseguia sentir dois?

Limpei a garganta.

— Já que temos alguns minutos antes do fim da aula, vou entregar os fones de ouvido dos quais falamos mais cedo.

Fui até o armário no canto da sala e peguei uma caixa. Entreguei-a para a primeira fileira, pedi para que o aluno da ponta pegasse um e passasse a caixa para o próximo, enquanto eu entregava uma caixa cheia para cada fileira. Caine se levantou e, em silêncio, pegou algumas caixas para me ajudar a distribuir para as fileiras no fundo do auditório e, depois, se sentou de novo. Conforme eu distribuía, lembrei à sala do exercício que havia feito na primeira tarefa do professor West e, então, anunciei minha própria tarefa.

— Juntamente com a atividade que já discutimos, gostaria que todos vocês fizessem uma segunda tarefa de audição. Todos temos músicas que nos fazem lembrar dos bons tempos da adolescência. Escolham a música que mais intensamente lhes tragam essas memórias. Hoje à noite, quando estiverem sozinhos em casa, quero que fechem as cortinas, apaguem as luzes e deixem o quarto o mais escuro que conseguirem. Então, deitem-se de costas em algum lugar confortável, de preferência na cama, e escutem a música que traz essas lembranças usando os fones Bose. Escutem-na duas vezes. É isso. Legal e simples. Vamos usar o que ouvirem em uma próxima aula.

Quando a sala se esvaziou, Caine foi até a frente.

— Bom trabalho.

— Obrigada. Não achei que viria. Fiquei meio surpresa quando chegou atrasado. — Sorri irônica. — Não gosto de atrasos. Acho que interrompe a aula.

Caine ergueu uma sobrancelha.

— Vou me lembrar disso.

Guardei o notebook na bolsa.

— O Sr. Ludwig não pareceu muito feliz em te ver.

— O Sr. Ludwig tem sorte de ainda frequentar minha aula.

Caine me ajudou a recolher os fones que sobraram de cada fileira e, então, juntamos tudo em apenas uma caixa e guardamos as caixas vazias uma dentro da outra.

— Então, qual é a sua música? — ele perguntou.

Minhas sobrancelhas se uniram.

— Humm?

— A tarefa que você passou. Qual é a música que lhe faz lembrar da infância?

O que veio imediatamente à minha mente foi uma música antiga de Lynyrd Skynyrd chamada "Devil in a Bottle", mas era sinceridade demais para eu aguentar.

— Não sei. Provavelmente qualquer uma do Maroon 5.

Como eu era uma péssima mentirosa, evitei olhar para ele. Mas, quando olhei para cima, vi que ele estava apertando os olhos daquele jeito de sempre.

— O que foi? — perguntei.

— Você está mentindo.

— Do que está falando? — Tentei me fingir de boba. Infelizmente, senti que minhas bochechas esquentaram sob o olhar dele.

— Você pensou em uma música de imediato. E não era nenhuma do Maroon 5. — Ele coçou o queixo. — Também aposto que tem mais de uma.

Em vez de continuar mentindo, decidi virar o jogo.

— Qual é a sua música, Professor Sabe-Tudo?

Ele travou meu olhar.

— "Going, Going, Gone."

— Do Bob Dylan?

— Essa mesmo.

Humm... Assim, de cabeça, não conseguia me lembrar das palavras nela, mas sabia que era uma música pesada e sincera. Eu, definitivamente, iria escutá-la mais tarde com os meus fones Bose emprestados. Não havia forma melhor de aprimorar minhas habilidades críticas do que tentar descobrir o mistério de Caine West. Como ele falou, me senti obrigada a lhe responder alguma coisa.

— "Hurt."

Ele assentiu.

— A original de Johnny Cash ou do Nine Inch Nails?

Sorri.

— Johnny. Sempre. Ele era o preferido da minha mãe.

Havia uma tensão entre nós quando olhávamos um para o outro. Toda vez que estávamos juntos eu sentia isso. Toda vez era um pouco diferente da última, mas a tensão sempre estava ali — um peso no ar. Hoje não era tanto de uma natureza sexual, mas uma sensação de compreensão e aceitação. Nós dois tínhamos históricos depressivos como narrados pelas músicas. O que me lembrou...

— Ouvi outro boato sobre você.

— Ah, é?

— Bom, na verdade, era um boato, mas sei que é verdade agora. Então não sei mais se ainda é um boato.

— Você descobriu que o boato sobre eu ser um babaca arrogante é verdade, hum? — Caine zombou. — Esse não era difícil.

— Na realidade, esse tem mais a ver com você ser um astro do rock que assinou com uma gravadora.

No segundo em que as palavras saíram da minha boca, eu sabia que tinha cometido um erro. A expressão de Caine, que estava divertida e brincalhona, se transformou em fria e séria. Eu havia ultrapassado um limite e pisado em algum lugar no qual ele não me queria. Ele parecia mais do que irritado.

— Fique longe da minha vida pessoal, Rachel.

Abri a boca para me desculpar, mas ele nem deixou eu falar.

— Você deveria ir para o seu outro emprego. Em breve, ele poderá ser o único que tem. — Tendo dito isso, ele pegou sua mala de couro, subiu as escadas e estava fora da sala de aula antes de eu conseguir fechar minha boca grande, que havia ficado aberta.

Ele enfatizou a sua saída batendo a porta da sala com tamanha força, que fez as paredes tremerem.

— Tem certeza de que está tudo bem?

Era a terceira vez que Charlie perguntava. A primeira foi quando derrubei uma bandeja cheia de drinques no chão. Duas taças se quebraram, e eu fiquei tão atordoada para limpá-las que cortei o dedo. Na segunda vez, eu estava viajando e derramei a cerveja que estava servindo porque não vi que já tinha enchido o copo. Agora ele estava se preparando para ir embora, e sua expressão estava marcada por preocupação.

— Estou bem, Charlie. Só um pouco cansada — menti. — Fiquei até tarde trabalhando na minha tese, e estou com um pouco de dor de cabeça. Mas estou bem. Desculpe pelo que aconteceu mais cedo.

— Não dou a mínima para as taças, contanto que você esteja bem. — Ele me olhou nos olhos. — Tem certeza? Posso ficar e você tira o dia de folga.

Eu sorri.

— Estou bem. Mas obrigada.

As noites de quarta-feira eram as mais fracas da semana, de qualquer maneira. Estávamos apenas eu, Al e um policial velho aposentado, amigo do Charlie, que ia ao bar algumas vezes na semana. Eu estava feliz por Ava não estar trabalhando, assim não seria questionada por conta do meu humor. Durante a noite toda, eu oscilei entre me sentir mal por ter me intrometido na vida de Caine e ficar irritada por ele ter sido tão babaca quando mencionei o seu passado.

Havia apenas alguns clientes na área pequena de jantar, aberta e anexada ao bar, o que me dava tempo de sobra para pensar demais no que acontecera entre mim e Caine à tarde. Claramente, eu entrara num território onde não era bem-vinda, mas não parecia ser por causa do nosso pseudorrelacionamento de funcionária-chefe. Ele tinha se intrometido na minha vida pessoal, então um relacionamento mais pessoal não estava totalmente fora de questão para ele. Parecia mais que eu tocara em um ponto que era muito além do limite. Ele disse: "Fique longe da minha vida pessoal". Mesmo assim, por motivos que não faziam nenhum sentido, eu tive certeza de que ele quis dizer: "Fique longe *desta* parte da minha vida pessoal".

Mas não era isso que estava me incomodando. Não me entenda errado, me senti mal por tê-lo irritado. Eu teria me sentido mal por ter me intrometido na vida de qualquer um em uma área que não queriam que fosse trazida à tona. O que era confuso era o grau com que aquilo o incomodava. Eu estava atraída por Caine fisicamente, isso não podia negar – quem não estaria? Mas o fato de ele ter sido tão seco e ficado irritado me fez perceber que minha atração por ele era mais do que física. Eu estava gostando do meu professor. Desde aquele primeiro dia depois da aula, passei a admirá-lo em outro nível.

Eram quase nove horas quando saí do banheiro feminino e verifiquei o único casal que estava na mesa tomando café. Pela visão periférica, vi alguém sentado sozinho em uma das mesas do *pub* e fui até lá para avisar que a cozinha já estava fechada. Fiquei surpresa ao ver que era Caine sentado sozinho.

– Professor? O que está fazendo aqui?

Seus olhos responderam por ele. Estava sentindo que seria problema.

– Pode se sentar por alguns minutos?

– Humm... Claro. Deixe só eu entregar a conta para minha última mesa e avisar Al que eles a levarão para ele quando forem embora.

Caine assentiu.

– Obrigado.

Quando voltei, já havia uma Coca Diet do meu lado da mesa e uma cerveja diante de Caine. Desamarrando o avental, me sentei e esperei que ele falasse.

– Quero me desculpar por esta tarde – ele disse.

– Eu que deveria me desculpar. Não deveria ter me intrometido em sua vida pessoal.

– Isso é verdade. – Ele sorriu. – Mas foi errada a forma como reagi.

Balancei a cabeça.

— Se há alguém que deveria saber que tem coisas do passado que a gente não quer que venham à tona, esse alguém sou eu.

Caine assentiu. Ele passou um dedo no topo da sua garrafa de cerveja.

— Ouvi Johnny Cash hoje à noite.

— Ouviu?

Ele travou meu olhar.

— Acho que nós dois temos partes de nossa vida nas quais preferimos não mexer por medo de se repetir.

Isso descrevia perfeitamente a maneira como eu me sentia em relação ao passado. Na maior parte do tempo, sentia que havia seguido em frente e não pensava nisso no dia a dia. Porém, estava sempre comigo, e eu me esforçava muito para mantê-lo trancado.

— É. Sinto muito. Eu não estava pensando direito. Tenho certeza de que há um motivo para você não mencionar sua história nas aulas.

Caine bebeu sua cerveja, me observando por cima da garrafa. Quando a colocou na mesa, perguntou:

— Como você descobriu?

Eu não queria me envolver em nenhum problema.

— Uma amiga de uma amiga.

Ele assentiu.

Pensei que seria melhor esclarecer tudo. Inspirei fundo antes de confessar.

— E posso ter pesquisado o seu nome no Google. Bom, não o seu. O do outro filho de Adão.

Caine balançou a cabeça, mas deu um sorriso triste.

— Eu precisava de um corte de cabelo.

— Você era estiloso. Gostei. Tinha toda aquela coisa de *bad boy* sexy.

— Vou me lembrar disso da próxima vez que for ao barbeiro.

— Posso só perguntar uma coisa?

— Vai ajudar a enterrar tudo isso?

Sorri.

— Vai.

— Qual é sua pergunta?

— O último artigo que li dizia que você assinou um contrato de gravação, mas não consegui encontrar o álbum. O que aconteceu?

Caine ficou em silêncio por um tempo. Seu polegar esfregava o rótulo da garrafa de cerveja quando falou:

— Aquele estilo de vida era difícil. Havia muitas festas, ficávamos acordados a noite toda, dormíamos durante metade do dia. Me fez perder a noção da realidade e de minhas prioridades. — Ele olhou para mim. — Depois de assinarmos com a gravadora, perdemos os prazos algumas vezes. O álbum ficava sempre sendo adiado. Então, perdi alguém próximo a mim.

— Sinto muito.

Ele assentiu.

— Fiquei um tempo afastado. Meus pais me obrigaram a voltar para a faculdade. Eu precisava me concentrar em alguma coisa. Eles queriam que eu estudasse economia e trabalhasse no negócio da família. Nós resolvemos que eu me formaria em música, porque não conseguia imaginar minha vida sem ela. Mais tarde, percebi que era bom em ensinar composição musical, então continuei até terminar o doutorado. — Ele ergueu a garrafa de cerveja e a inclinou para mim antes de levar aos lábios. — E aqui estou.

— E aqui está. — Sorri. — Obrigada por me contar.

O momento foi interrompido por Al gritando do bar.

— Acabou, Rachel.

Virei e acenei.

— Obrigada, Al.

— Terminou sua noite? — Caine perguntou.

— Aham. Quer que eu pegue outra cerveja para você?

— Não, obrigado. É melhor eu ir.

Fiquei decepcionada, mesmo depois de um longo dia de aula e trabalho.

Após me despedir de Al, Caine me acompanhou até o meu carro. Ele abriu a porta para que eu entrasse e a segurou por cima.

— Por sinal, o professor Clarence foi o tópico da minha reunião na faculdade hoje.

Nunca conversávamos sobre isso, e eu não estava certa se ele sabia que eu tinha sido auxiliar dele no ano anterior.

— Ele era uma pessoa muito boa. Trabalhei para ele no ano passado.

— Fiquei sabendo. Na verdade, seu nome foi mencionado, junto ao de outro aluno. Vocês dois o tinham como orientador para sua tese.

Assenti.

— Ele me ajudou a escolher o tema. Era um sujeito de bom coração.

— Ainda não encontrou outro professor para substituí-lo como seu orientador?

— Não. Ainda não. Preciso ver isso.

— Eu posso ser, se quiser.

As surpresas não paravam de aparecer naquela noite.

— Você?

— Pense nisso.

— Ok. Obrigada.

Caine fechou minha porta e aguardou que eu ligasse o carro. Assim que saí do meio-fio, acenei uma última vez e pensei *Tenho um novo orientador*.

Capítulo 9

Caine – Quinze anos atrás

— Q*ue merda estou pensando?*

Estava sentado em silêncio no confessionário, nem tinha me drogado naquela semana. Era quase uma da tarde, e Liam fora embora há muito tempo – como eu deveria ter feito. O nosso último dia de voluntariado havia terminado há uma hora e, mesmo assim, ali estava eu, esperando uma menininha que tinha bastante problema em casa e, com certeza, não precisava que eu fingisse ser um padre para aumentar seus problemas.

Mas eu não podia não aparecer.

Para começar, não fazia ideia do porquê tinha dito à menininha para voltar naquela semana.

Na verdade, isso é uma merda de uma mentira. O motivo martelava na minha cabeça toda noite antes de dormir. Eu não conseguia parar de pensar na voz dela.

Às vezes, ele cai no sono no sofá com um cigarro na mão, e eu penso em não o apagar e deixar a casa pegar fogo. Essa foi a sua confissão.

Eu não tinha certeza se pensar em deixar alguém se machucar era pecado. Mas não ia deixar aquela pobre garotinha se sentir culpada por querer que alguém, que eu suspeitava não ser um cara bom, se machucasse. Foda-se aquela merda.

Também precisava saber o que o babaca estava fazendo para que a menininha inocente tivesse aquele tipo de pensamento. Ela deveria estar pensando em pôneis e unicórnios, não na casa pegando fogo. Pensei automaticamente no pior.

Estava prestes a desistir – e seguir o meu caminho para casa a fim de limpar a minha mente de toda a merda que passava por ela –, quando a porta se abriu do outro lado.

— Me abençoe, padre, porque eu pequei — ela sussurrou.

— Não falamos sobre isso na semana passada? Você não está pecando por ter pensamentos ruins. Para pecar, precisa agir.

Claro que isso não era necessariamente verdade — a Igreja Católica tinha algumas regras —, mas era a única coisa que eu poderia fazer para aliviar a culpa dela naquele momento.

— Certo.

Eu sabia, pelo que tinha ouvido na semana anterior, que ela ficava nervosa ao falar. Precisaria ganhar sua confiança para ela me contar o que quer que estivesse acontecendo em sua casa. Então, comecei falando sobre a primeira coisa em que consegui pensar.

— Como foi a escola esta semana? Você gosta do seu professor?

— Foi boa. Não me importo muito com o meu professor, mas Tommy, que senta ao meu lado, é nojento. Ele sempre está com a mão dentro da calça.

De alguma forma, consegui segurar a risada. *Todo mundo faz isso.*

— Você deveria ficar longe dele. Ele parece ser problema.

— Ele sempre sorri para mim.

— É. Ele não é bom. Em que ano você está?

— Quinto.

Acertei. Ela devia ter uns dez anos.

— Contou para sua mãe sobre ele?

Ela ficou quieta por um bom tempo antes de responder.

— Minha mãe morreu no ano passado.

Merda. Por algum motivo, eu estava receoso de que não houvesse uma mulher naquele cenário.

— Sinto muito por isso. — Pausei, depois acrescentei: — Ela está no Paraíso agora. É um lugar legal.

— A dor para quando você morre?

— Sua mãe estava doente?

Vi o perfil de sua cabeça pela tela quadriculada, e ela estava assentindo.

— Ela não está mais sentindo dor.

— O Yoda também está lá?

Franzi o cenho.

— O cara verdinho do *Star Wars*?

Ela deu risada. O som era melhor que música.

— Não. Yoda era meu cachorro. Ele tinha orelhas pontudas em sua cabeça esquisita. Também morreu.

— Ah. Sim, Yoda está no Paraíso com sua mãe. Eles estão juntos.

— Que bom.

— Agora são só você e seu pai?

— Ele não é meu pai. — Ela respondeu àquela pergunta rápido demais. *Demais*.

— Com quem você mora?

— Com meu padrasto. Ele não gosta muito de mim, na maior parte do tempo. Mas às vezes gosta da minha irmã.

— Você tem uma irmã? São só vocês duas?

— Sim.

— É sua irmã mais velha?

— Ela tem quinze anos.

Eu estava com uma sensação que corroía a boca do meu estômago.

— Como sabe que ele não gosta muito de você? E por que diz que ele gosta da sua irmã às vezes?

Ela ficou quieta.

— Preciso ir. Benny vai voltar logo para casa. Ele fica bravo fácil.

— Benny? É seu padrasto?

— Sim.

Eu queria saber mais, mas definitivamente não queria que ela se metesse em encrenca por minha causa.

— Volte na próxima semana. Ok?

— Ok.

Capítulo 10

Rachel

Na sexta à tarde, demorei mais tempo que o normal para me arrumar. Sempre gostei da universidade. Ela me dava coisas nas quais me concentrar quando me sentia instável. Mas, atualmente, eu com certeza não estava muito ansiosa para estudar.

A porta do escritório de Caine estava aberta quando apareci sem avisar. Fizemos contato visual, e ele apontou com a mão que não segurava o celular para uma cadeira à frente dele, do outro lado de sua mesa. Escutei uma parte de sua conversa enquanto observava o escritório.

— Sim. Estarei lá.

Ele ouviu e, então, revirou o olhar.

— Preferiria que não fizesse isso.

Havia uma mulher do outro lado da linha. Podia ouvir o tom de voz dela mesmo que não conseguisse decifrar o que dizia. Tentei agir como se não estivesse prestando atenção, verificando a arte na parede e os livros na prateleira, mas definitivamente estava ouvindo.

— Ellen Werman e eu não seremos um casal, independentemente da mesa em que colocá-la.

Pausa.

— Porque eu tenho pênis, e Ellen não se importa com isso, mãe.

Pausa.

— Ok. Preciso ir agora. Tem um pessoa aqui no escritório. Te vejo depois.

Após desligar, Caine bufou e jogou o celular na mesa.

— É só do *seu* pênis que Ellen não gosta, ou de pênis em geral?

Ele sorriu brincalhão.

— Ellen é lésbica desde a oitava série. Minha mãe é a única pessoa no planeta que ainda não entendeu. É a filha do sócio do meu pai. Somos bons amigos, mas minha mãe vem tentando nos casar pelos últimos trinta e dois anos. Ela me ligou quatro vezes para falar sobre o mapa de mesas de algum evento de caridade que meus pais oferecem todo ano, e é daqui a dois meses. Eu deveria ter lhe dito que mal podia esperar para me sentar ao lado de Ellen e deixar assim mesmo. — Seu celular começou a vibrar de novo, e ele ignorou a chamada. — Você tem plantão esta tarde? Pensei que fosse às quintas.

— E é. Só queria passar aqui e lhe dizer que, se a oferta ainda estiver de pé, realmente gostaria que você assumisse o papel de meu orientador.

Caine se recostou na cadeira.

— Já era hora. Eu estava começando a pensar que iria me recusar.

Era mais porque não queria parecer desesperada.

— Bom — zombei. — Realmente tive que pensar nas minhas outras ofertas.

— É mesmo? Então acho que deveria me considerar um cara sortudo.

Sorri.

— Acho que sim.

— Por que não me manda um e-mail com o que fez até agora? Vou dar uma olhada, e podemos sentar e verificar tudo em um dia na semana que vem.

— Ok. — Tirei meu iPhone da bolsa. — Qual é o seu e-mail?

Ele deslizou seu celular para mim na mesa.

— Coloque seu número aí. Vou te mandar mensagem com meu contato para você salvar.

Depois de trocarmos alguns detalhes, vi a hora no celular.

— Preciso correr.

Caine olhou desconfiado.

— Tem um encontro?

— Não. Vai ter uma reuniãozinha dos auxiliares esta noite, e disse a Ava que iria com ela.

Ele assentiu.

— Divirta-se. Tome cuidado.

Na manhã seguinte, tinha acabado de sair do banho quando meu celular vibrou, indicando nova mensagem. Terminei de secar o cabelo com a toalha e peguei meus óculos. Fiquei surpresa ao ver que era de Caine. Era a primeira mensagem que trocávamos, e meu corpo se agitou quando a li.

CAINE: VOCÊ AINDA VISITA UMBERTO AOS DOMINGOS?

Embora eu tivesse enviado minha tese na noite anterior, antes de sair, não esperava que ele fosse ler tão rápido. Deixou-me animada e nervosa ao mesmo tempo. Tinha orgulho do meu trabalho com Umberto, mas meu rascunho continha muitos pensamentos e anotações particulares. O fato de Caine lê-lo me fez sentir vulnerável.

RACHEL: SIM, TODO DOMINGO.

CAINE: GOSTARIA DE IR COM VOCÊ, VER EM PRIMEIRA MÃO O ESTUDO NO QUAL ESTÁ TRABALHANDO.

Meu batimento acelerou. *Contenha-se, Rachel.* É o professor West trabalhando em uma tese com uma aluna, não um homem sexy te chamando para sair. Ele nem achava que era apropriado da minha parte confraternizar com alunos da graduação. Ainda assim, qualquer contato da parte dele me fazia sentir uma adolescente empolgada, cujo celular finalmente tocava depois de horas esperando que o garoto fofo ligasse. *Deus, sou patética.*

Rachel: seria ótimo. você é bem-vindo a qualquer hora.

Os pontinhos apareceram enquanto eu esperava que ele respondesse.

Caine: que tal amanhã?

Rachel: claro. geralmente tento chegar às dez, para não interromper as atividades diárias dele.

Caine: tento chegar às dez... isso é um código para algo entre dez e meio-dia?

Talvez. Sorri para o celular.

Rachel: para minha sorte, Umberto não é tão exigente com pontualidade.

Caine: te pego às nove e meia.

Rachel: no meu apartamento?

Caine: a menos que tenha problema. se preferir ir em dois carros, posso te encontrar lá.

Rachel: não. um carro é ótimo. está combinado.

Passei o meu endereço para Caine e, então, me troquei e me aprontei para o trabalho. Embora o dia parecesse não acabar nunca, o sorriso estampado em meu rosto não se desfazia.

Eu não conhecia bem o protocolo adequado para as situações em que seu chefe vem te buscar em casa. Será que eu deveria ir lá fora às nove e meia ou deveria esperá-lo tocar a campainha e convidá-lo a entrar? Decidi a resposta às nove e vinte, quando meu interfone tocou e eu ainda não estava pronta.

Pressionei o botão do interfone.

— Caine?

— Sim.

— Terceiro andar. Vou abrir para você.

Apertei o botão que destrancou o portão principal do meu prédio e abri a porta do meu apartamento. Quando Caine saiu do elevador, inspirei fundo para tentar esconder minha reação à sua aparência. Ele estava vestido da forma mais casual que eu já tinha visto, mas, mesmo com jeans e uma polo azul-marinho justa e simples, ele ainda conseguia ser sexy pra caramba. Percebi que não eram as roupas que ele usava, mas a forma como ele as vestia que pareciam funcionar para mim. Tinha uma confiança silenciosa e uma elegância casual que eu achava extremamente atraente. A barba por fazer que ele costumava ter no meio da tarde estava totalmente feita e, embora eu realmente gostasse desse estilo, sua pele bronzeada e os traços fortes de sua mandíbula também eram muito atraentes.

Ele olhou para o meu cabelo molhado.

— Vejo que está pronta no horário, como sempre.

— Você chegou cedo.

Olhando o relógio, ele ergueu uma sobrancelha.

— São nove e vinte e quatro. Vai se arrumar em seis minutos?

Abri a porta e dei um passo para o lado, revirando os olhos.

— Apenas entre.

Caine sorriu e entrou. É claro que o cheiro dele era sempre maravilhoso. Não tinha certeza se era o pós-barba ou a colônia, mas ele tinha uma essência máscula que era distinta e amadeirada. Fazia aflorar um desejo que eu não sentia há muito tempo e, por um segundo, pensei em enfiar o nariz em uma xícara com grãos de café para interromper o ataque que meu corpo estava tendo. *Isso* teria sido interessante de explicar.

Meu apartamento não era muito grande, mas era limpo e decorado de um jeito chique retrô que eu amava. Caine olhou em volta, absorvendo as estampas diferentes e malucas por todo o lugar. As cadeiras na mesinha da cozinha eram diferentes umas das outras. Duas das paredes da sala eram pintadas de um vermelho escuro e decoradas com arte ou fotos com molduras em preto mate, enquanto as outras paredes eram nude e simples.

Depois de um minuto, ele assentiu.

— O quê?

— Combina com você. — Seu tom não indicava se era uma coisa boa ou ruim.

— O que isso significa?

— Não sei. Só parece que você deveria morar aqui mesmo.

— Porque é um pouco maluco?

Ele ergueu o lábio.

— Talvez.

Minhas mãos foram para os quadris.

— Como exatamente é o seu apartamento?

Ainda observando tudo à sua volta, ele pareceu pensar na minha pergunta.

— É como se qualquer um pudesse morar lá. Muito branco, preto e aço inox. Moro lá há cinco anos e nunca tinha percebido como não diz nada sobre mim até entrar aqui.

Humm. Não faço ideia do que pensar disso.

— Vou entender isso como um elogio.

Caine sorriu.

— E deveria. Foi a intenção.

Eu tinha começado a me vestir quando a campainha tocou, e esqueci completamente do que estava usando até os olhos de Caine me lembrarem. Ele não estava secando nem nada, mas vi seus olhos fazerem uma varredura por meu corpo de cima a baixo, e senti exatamente onde eles pararam. A camiseta clara que usava deixava pouco para a imaginação, e os meus mamilos tinham se endurecido quando ele saiu do elevador. Ao vê-lo me observando, pude sentir seus olhos atravessando o tecido.

— Ok... Eu vou... ãh... vou terminar de me arrumar. Tem café na cozinha, se quiser.

Desapareci em meu quarto. A roupa que estava planejando usar de repente não parecia boa o suficiente para Caine West apreciar e acabei mudando três vezes antes de começar a secar meu cabelo e me maquiar um pouco. Quando finalmente fiquei pronta, eram quase dez horas. Pensei que encontraria Caine batendo os pés, mas, em vez disso, ele ainda parecia intrigado com o meu apartamento. Encontrei-o analisando as fotos na parede.

— Sinto muito. Perdi a noção do tempo.

— Está tudo bem. Tomei duas xícaras de café.

— Ah, que bom.

Enquanto eu jogava minhas pastas da tese e as anotações em uma maleta de couro velha, vi que Caine tinha parado diante de uma foto com moldura preta e branca.

— Essa é sua mãe?

Eu havia olhado tanto para a foto que conhecia cada um dos seus detalhes, mesmo sem vê-la. Minha mãe estava sentada em um balanço, no jardim da casa na qual cresci, e havia uma margarida branca atrás da orelha. Seu sorriso era tão grande e brilhante que, às vezes, eu o usava para iluminar meu dia.

— Sim.

— Ela é linda.

— Obrigada. Ela era.

Ele se virou para mim e estudou meu rosto.

— Você se parece muito com ela.

— Câncer — soltei.

Não fazia ideia do que tinha acontecido comigo para dizer isso. Até aquele dia, acho que não havia falado sobre ela com ninguém, além de minha irmã. Sou amiga de Ava desde que comecei a graduação, cinco anos atrás. Ela foi minha colega de quarto por anos, e não tem ideia do porquê minha mãe morreu. Não era um segredo; eu só mantinha muitas coisas engarrafadas.

Encarei a foto.

— De ovário.

Caine colocou a mão nas minhas costas e acariciou gentilmente.

— Sinto muito.

— Obrigada. — Limpei a garganta e apontei para uma foto diferente. — Esses são minha tia Rose e meu tio Nate, a irmã da minha mãe e o marido. Eles criaram minha irmã e eu depois que... bom, eles nos criaram como suas próprias filhas depois que mamãe morreu. Meu pai não era presente na época em que eu era criança. — Embora eu tivesse aberto a garrafa voluntariamente, queria fechá-la. — Está pronto? Eles servem o almoço ao meio-dia e meia, e não gosto de interromper a rotina de Umberto.

— Só estou te esperando. *Como sempre.*

— Você precisa voltar em alguma hora específica? Às vezes, paro um pouco e faço minhas anotações enquanto ele almoça e faz uma ou duas atividades. Então, volto e finalizo.

— Não. Sou seu pelo dia inteiro.

Gostei de como isso soou.

Capítulo 11

Rachel

Caine dirigia um Porsche com câmbio manual e um pouco antigo, que estava meticulosamente conservado. Não sei nada sobre carros, mas desconfio que era um clássico e que deveria custar mais do que um novo. Parecia combinar com ele — caro, mas sexy e discreto.

Nunca fiquei tão feliz por estar parada no trânsito. Caine tinha que mudar as marchas constantemente, e algo no modo como a sua mão grande segurava o câmbio mexia comigo. Sem falar no seu antebraço... e aquela maldita veia. Que Deus me ajudasse. Eu ainda a estava achando uma veia atraente.

Caine me viu observando-o.

— Sabe dirigir um carro manual?

— Não. Eu tentei uma vez e acabei machucando o nariz.

As sobrancelhas dele se uniram.

— Machucou o nariz?

— O carro morria toda hora e ficava dando trancos. Na quinta ou sexta vez, eu estava soltando a embreagem, começando a andar, e os malditos pneus cantaram e pararam de repente. Eu fui jogada para a frente e bati no volante. Achei que tivesse quebrado o nariz.

Caine deu risada.

— Talvez você seja um pouco estressada demais para dirigir um carro manual.

— Eu? Você é mais estressado do que eu.

Ele me olhou de lado.

— Esqueceu de como nos conhecemos?

— Aquilo foi diferente. Pensei que tivesse magoado minha amiga.

— Então, em vez de verificar se eu era a pessoa que você pensava, me atacou. Você é estressadinha.

Minha primeira reação foi começar a discutir com ele, o que me fez perceber que, agindo assim, eu apenas provaria que ele estava certo.

— Talvez você tenha *um pouco* de razão.

— Só um pouco.

— Sabe, foi por isso que me interessei por terapia musical. Enquanto crescia, aprendi a usar a música para relaxar.

— Você estava ouvindo música quando tentou dirigir um carro manual?

Tentei me lembrar.

— Sabe de uma coisa? Não. Eu estava nervosa e não queria ser distraída, então desliguei o rádio.

— Talvez devesse ter deixado ligado.

— Humm... Nunca pensei nisso. Talvez você devesse me deixar dirigir o seu e ver se isso funciona.

Caine riu.

— Eu gosto demais da minha embreagem.

O trajeto até Umberto, em Nova Jersey, normalmente demorava uns quarenta e cinco minutos nas manhãs de domingo, mas naquele dia parecia que seria uma hora e meia. Na Ponte George Washington, havia apenas uma faixa liberada, e demoramos para cruzá-la. Assim que o trânsito melhorou do outro lado, começamos a conversar sobre a minha pesquisa.

— Me conte sobre Umberto.

— Bom, sei que leu o básico em meu resumo. Ele tem setenta e três anos, está no sexto ou sétimo estágio do Alzheimer, que é o último, e morou a vida inteira, desde pequeno, na mesma casa, onde inclusive abriu sua clínica médica. Ele era um clínico-geral que ainda atendia em casa até dez anos atrás. É casado com Lydia há cinquenta e um anos, e ela o visita todos os dias. Eles têm um filho que mora na Costa Oeste e os visita algumas vezes ao ano. Na maioria dos dias, Umberto não se lembra mais de Lydia. Ele passou por um período de dois anos de depressão e encontrou felicidade com outra paciente, Carol. Às vezes, Umberto e Carol se sentam e dão as mãos enquanto Lydia o visita. Nunca vi um amor tão forte quanto o que sua esposa tem por ele. O homem com quem ela passou a vida inteira pensa que está apaixonado por outra mulher, e ela está feliz por ele. É a coisa mais altruísta que já vi. Ela quer realmente que ele seja feliz, mesmo que encontre essa felicidade em outra pessoa.

— Uau.

— É. É algo lindo em meio a uma doença trágica.

— E a música para a qual ele está reagindo é em italiano?

— Sim. Quando comecei a visitar a casa de repouso, estava trabalhando com um grupo maior, tentando encontrar alguns candidatos para estudar individualmente. Umberto não tinha muito interesse, apesar de sua esposa ter o controle de suas decisões médicas e tê-lo inscrito para o estudo. Entrevistei as famílias para saber se havia música no histórico dos pacientes, e toda semana eu colocava uma música para tocar e fazíamos exercícios para ver se conseguia uma resposta. Umberto nunca tinha reagido a nada, de nenhum jeito. Parecia gostar de música, mas nem a canção de seu casamento ou qualquer outra de momentos memoráveis da sua vida despertaram nele algum tipo especial de interesse.

— Então, o que a fez tentar música italiana?

— Foi um estalo, na verdade. Na semana anterior, eu tinha escutado Umberto responder a algo que a enfermeira lhe perguntou em italiano. Eu nem sabia que ele era fluente nessa língua. Aparentemente, soltava algumas palavras de vez em quando. Então, na semana seguinte, quando vim, pensei em tentar ópera. As pessoas costumam realmente reagir à música em uma apresentação, então pensei: por que não tocar uma?

— E Umberto reagiu?

Apertei o peito.

— Ele começou a soluçar. Foi desolador. Mas foi a primeira reação que eu tivera dele com a música... negativa ou positiva. Aquele dia foi o mais lúcido que ele teve em anos. Começou a contar velhas histórias sobre sua mãe, das quais sua esposa nem se lembrava. Não sei se foi a própria ópera ou a música que trouxe a lembrança de volta.

— O que tem planejado para hoje?

Estive alternando as semanas entre música em inglês e em italiano. Aquela, na verdade, era uma semana de inglês, mas resolvi mudar um pouco. Talvez uma partezinha de mim quisesse se exibir para o professor sexy.

— *Le Nozze di Figaro.*

— Ah. Mozart.

— Você é fã de ópera? — perguntei.

— Sou fã de música. Não importa de que tipo. Na verdade, vi *As Bodas de Fígaro* na graduação, o Segundo Ato. A classe inteira participou do curso.

— Nunca fui a uma ópera. — Nos aproximamos da curva da Regency Village, a comunidade de moradia assistida onde Umberto morava, então apontei à frente. — Vire a próxima esquerda. Não dá para ver muito bem até quase passar a entrada. Passa despercebido porque fica escondida atrás daquelas árvores.

Depois de pararmos no estacionamento, comecei a ficar um pouco nervosa. Estava trabalhando na minha tese há mais de um ano. E se Caine achasse defeito na minha pesquisa ou não acreditasse que era a música que trazia as lembranças de volta a Umberto? Como ele sempre gostara de música, nem toda sessão causava a mesma reação.

Caine desligou o carro e se virou para me encarar, com um braço casualmente apoiado no volante.

— Li sua pesquisa. Seus argumentos são fortes. Você vai se dar bem.

Não tinha mencionado que estava nervosa. Ele deve ter interpretado a confusão no meu rosto.

Seus olhos apontaram para o meu punho.

— Você mexe no relógio quando está nervosa.

Eu estava brincando com meu relógio. Parei imediatamente.

— Quando foi a outra vez que você reparou que eu estava mexendo no relógio?

— No primeiro dia de aula, depois que todos foram embora, e você teve que descer as escadas para conversar comigo. — Encaramos os olhos um do outro. — Mais cedo no seu apartamento, quando vi que não estava usando sutiã.

Envergonhada, olhei em volta, no carro, para evitar seu olhar. Para minha surpresa, quando meus olhos voltaram para os dele, ele estava focado em meus lábios. Isso me fez mudar de um tique nervoso para outro.

Mordi o lábio inferior à medida que o frio na minha barriga se espalhava.

Caine pigarreou, porém, sua voz ainda estava grave.

— Não tem por que ficar nervosa. Agora, vamos, estou ansioso para ver você arrasar.

Umberto estava com suas damas, Lydia e Carol. Ele estava sorrindo e rindo quando fomos até sua mesa, no salão de visitas.

Sussurrei quem era quem para Caine conforme nos aproximávamos.

— A esposa está à frente, e a namorada, ao lado dele.

Caine sussurrou de volta.

— Umberto está fazendo sucesso.

Dei uma cotovelada de leve na barriga dele para silenciá-lo.

— Oi, Umberto.

— Oi.

Toda semana era como começar tudo de novo. Uma coisa que aprendi é que Umberto era bom em fingir que sabia quem eram as pessoas.

— O Max foi? — ele perguntou.

— Humm. Sim. — Sussurrei para Caine: — Max era o cachorro dele, um labrador preto. Por algum motivo, ele sempre pergunta às pessoas se Max foi ao banheiro; deve pensar que estávamos lá fora, andando com ele, ou algo assim.

Virei para as mulheres.

— Oi, Lydia. Oi, Carol.

Lydia se levantou e beijou minha bochecha. Nos tornamos boas amigas no último ano. Eu já ia apresentar Caine quando Carol tomou a frente.

— Quem é o bonitão? É um médico novo aqui?

Dei risada.

— Este é Caine West, Carol. É professor de música no Brooklyn College, onde faço mestrado.

Caine deu um sorriso deslumbrante ao estender a mão.

— É muito bom conhecê-la, Carol.

Nos juntamos aos três enquanto eles conversavam sobre o filme que havia passado na noite anterior. O Alzheimer da Carol era menos avançado que o do Umberto, então ela costumava se lembrar mais.

Ela colocou a mão no braço de Umberto.

— *A caçada ao outubro vermelho*. Lembra, querido? É com aquele Sean Connery.

— Ah, sim. Sim.

Eu tinha certeza de que Umberto não se lembrava de nada sobre o filme.

Durante toda a nossa conversa, Caine ficou quieto na maior parte do tempo, só observando. Vi seus olhos irem e voltarem da expressão de Lydia para a mão de Carol tocando Umberto por algumas vezes. Me acostumei com o trio incomum, mas era algo interessante de se observar pela primeira vez. Uma mulher que não tinha vontade de arrancar os olhos da outra quando a via tocando o homem que amava — o homem ao qual fora fiel por cinquenta e um anos. Caine estava definitivamente esperando uma reação. Mas a única coisa que vira em Lydia era contentamento. Ela concordava com o que quer que permitisse que seu marido sentisse um pouco de felicidade.

Depois de um tempo, a enfermeira veio buscar Carol para uma atividade. Lydia insistira que nunca começássemos a terapia enquanto ela estivesse presente. Não queria que Carol ficasse magoada caso seu marido se lembrasse de algo que o fizesse querê-la. Havia um lugar especial reservado para Lydia no Paraíso.

Depois que Umberto abraçou Carol para se despedir, ele se sentou conosco, mas parecia agitado.

Lydia se esticou para o outro lado da mesa e cobriu a mão do marido.

— Umberto, Rachel vai tocar um pouco de música para você. Lembra que Rachel coloca algumas músicas às vezes?

— Ah, sim. Sim.

Essa era a forma de Umberto dizer *Não faço ideia, mas não vou te falar*.

Ela apertou sua mão.

— Rachel vai colocar fones em você. Ok?

— Sim. Claro.

Coloquei um par de fones sem fio nas orelhas de Umberto enquanto Lydia procurava pequenos fones de ouvido que passara a carregar na bolsa. Não era necessário que ela ouvisse, mas ela queria se manter conectada ao marido. Percebi, de repente, que não tinha trazido um par extra de fones sem fio, então ofereci para compartilhar o meu com Caine. Não era necessariamente um sacrifício ter que ficar pertinho dele para que pudéssemos escutar em um só.

Iniciei a música, e Umberto imediatamente fechou os olhos. Em segundos, a tensão estampada em sua expressão pareceu sumir. Olhei para Caine, que estava observando Umberto, e ele assentiu e sorriu. Em algum ponto durante a música, Umberto esticou o braço e segurou a mão da esposa. Foi um gesto tão pequeno, mas aqueles momentos curtos de reconhecimento faziam uma enorme diferença para uma família que lida com Alzheimer avançado.

Tocamos duas músicas, e então tirei o fone de Umberto.

— Como está se sentindo hoje, Umberto?

— Bem. Bem. — Eu não sabia se ele se sentia muito diferente, mas a agitação de dez minutos antes tinha desaparecido.

Lydia tentou aproveitar o efeito da música.

— Umberto? Lembra quando Francesca costumava tocar essa música?

— Claro. — Ele assentiu. Então, juntou os cinco dedos da mão, na linguagem manual universal das avós italianas, e disse: — *Belle parole non pascon I gatti.*

Lydia deu risada. Ela olhou para mim.

— Significa *Belas palavras não alimentam gatos*. Minha sogra, Francesca, costumava dizer isso o tempo todo. Nunca entendi direito o que queria dizer.

Ficamos assim por algumas horas, até pararmos para o almoço e voltarmos depois. Mas essa foi a duração da explosão de lembranças de Umberto naquele dia. Uma segunda rodada de música à tarde não trouxe de volta lembranças específicas, mas eu esperava que a música tivesse algo a ver com os sorrisos que todo mundo expressava.

Lydia olhou para o relógio.

— Umberto, está quase na hora da missa. Quer tomar banho antes de ir?

— Ok.

Ela se virou para mim e Caine.

— Querem ir conosco?

Embora eu definitivamente não fosse uma pessoa que ia à missa de domingo, em algumas ocasiões me juntava a eles para observar as reações de Umberto à música.

— Acho que vamos embora — disse a ela. — Está ficando tarde.

Enquanto estávamos nos despedindo, Umberto olhou para Caine.

— Vai levar Max para passear agora?

Caine entrou na onda.

— Sim. Vou cuidar bem dele.

Depois que a enfermeira levou Umberto para o quarto, para arrumá-lo, Lydia nos acompanhou até a porta.

— De alguma forma, não fico ofendida por meu marido ter se apaixonado por outra mulher e não se lembrar de mim, mas, toda vez que ele se lembra de Max, não consigo deixar de me sentir insultada. — Ela deu risada, mas pareceu, no fundo, estar falando sério. — Então, espero que nossa Rachel tenha tirado dez hoje. A terapia musical realmente parece estar dando certo.

Sorri.

— Não é assim. O professor West não me dá uma nota. Ele meio que supervisiona a pesquisa que estou fazendo e o que estou escrevendo.

— Ah. Ok. Bom, espero que tenha ficado impressionado.

Caine olhou para mim com carinho nos olhos.

— Fiquei. Muito.

Lydia me deu um abraço.

— Te vejo na semana que vem?

— Estarei aqui.

— Vou te ver de novo, professor?

— Se Rachel me quiser.

Humm. Estamos falando de forma literal ou no sentido figurado?

De volta ao carro, no caminho para casa, sabia que Caine estava pensando em alguma coisa. Estava mais quieto do que o normal.

— Você queria ir à missa? Nem pensei em lhe perguntar antes de recusar, e monopolizei todo o seu domingo.

Caine olhou para mim e de volta para a rua.

— Não vou à igreja há quinze anos. Não entraria lá nem que me pagasse.

Capítulo 12

Caine — Quinze anos atrás

— O *que ela está fazendo?*

Escondi-me atrás de um pilar largo de mármore para observar. Estava mais atrasado do que o normal, porque Liam tinha causado no ensaio da banda, e todos perdemos a noção do tempo tentando aprender uma música nova que ele tinha escrito na noite anterior, enquanto estava bêbado. Metade do que ele tinha rascunhado em um saco de papel marrom estava engordurada e ilegível. Mas a outra metade estava muito boa. Então, tocamos por bastante tempo, tentando fazer o otário se lembrar das palavras que tinha escrito.

Normalmente, eu aparecia ao meio-dia e meia e me ajeitava no confessionário para aguardar. Minha amiguinha costumava entrar um pouco antes da uma hora. Mas hoje eu estava atrasado, e ela, adiantada. Pelo menos pensei que estivesse adiantada. Nunca a tinha visto claramente para afirmar que era ela. Até onde sabia, podia estar me escondendo de alguma garotinha aleatória que entrou na igreja em um sábado à tarde.

O velho confessionário de madeira era escuro, para começar, e a grade que nos separava dificultava ainda mais a visão de qualquer detalhe além de seu rabo de cavalo. Sabia que ela tinha cabelo escuro e era pequena — assim como a garotinha que estava xeretando na parte do padre do confessionário. Observei com curiosidade, de longe, quando ela olhou e, depois, abriu a porta. Entrou por meio segundo, recuou e entrou no lado do paroquiano — o lado do pecador.

Cinco minutos se passaram, e ela não abriu a porta de novo, então, quando a barra estava limpa, fui até lá para interpretar meu papel de padre. A cabine estava normal, como sempre, exceto por duas moedas no chão. Pensei que talvez ela estivesse querendo ver o padre.

— Me abençoe, padre, porque eu pequei.

Devia estar completando umas seis semanas agora que fazíamos isso. Mesmo assim, toda vez que ela dizia essas palavras, meu peito doía. Ela estava carregando um fardo muito grande para uma criança. Ultimamente, nem conversávamos sobre os pecados que ela pensava que estava cometendo. Ela só aparecia e batíamos papo por meia hora, mais ou menos. Eu tinha a sensação de que era o único adulto no qual ela confiava, o que era irônico pra cacete, considerando que eu nem adulto era ainda, e que estive mentindo para ela desde o primeiro minuto em que ela entrou no confessionário.

— Como foi a sua semana?

— Me meti em encrenca na escola.

Sorri para mim mesmo.

— Ah, é? O que você fez?

— Também foi um pecado.

— Me conte.

— Bom, sabe o menino que senta ao meu lado que te contei? Tommy?

— Aquele que sempre está com as mãos dentro das calças?

— Esse mesmo. Ele me fez falar um palavrão, e tomei advertência. Nós dois levamos advertência.

— Como ele te fez falar um palavrão?

— Estávamos revisando formas geométricas na aula para alguma prova do estado. A professora desenhou um diamante na lousa e perguntou qual era sua forma. Aprendemos sobre acutângulos há alguns anos, mas, quando ela me chamou para responder, esqueci a palavra. Para tentar me ajudar, a professora deu uma dica: disse que começava com a letra A.

Fiquei empolgada porque pensei que tinha me lembrado, mas acabei falando a palavra errada.

— O que você disse?

— Disse *ânus*.

Precisei conter a risada.

— Você sabe o que isso significa?

— Agora eu sei. Tommy me explicou, gritando que eu era uma adoradora-de-buraco. — Ela pausou. — Ele disse o palavrão também.

Tentei orientá-la do modo que um padre faria.

— Seu erro foi normal. Parece mais que foi Tommy quem pecou ao usar o palavrão de forma intencional. Não você.

— Bom... Eu usei também.

— Oh?

— No intervalo, algumas crianças ainda estavam me zoando, me chamando de adoradora-de-buraco. Então disse a elas que aprendi a palavra *ânus* com Tommy, porque quando ele está com as mãos dentro das calças durante a aula, às vezes enfia o dedo no *ânus*. Só não usei a palavra *ânus* quando disse isso.

O que eu queria dizer era *Isso aí, garota*, mas, em vez disso, permaneci com os modos de padre.

— Vai rezar três ave-marias por falar palavrão. Mas, cá entre nós, parece que o Tommy é um babaca e mereceu.

Minha cordeirinha deu risada.

— Mais alguma coisa?

Na semana anterior ela não tinha falado sobre o seu lar, e eu estava ansioso para descobrir como as coisas estavam indo. A única coisa que consegui tirar dela, além do que ela mesma admitiu sobre ter pensamentos ruins sobre seu padrasto, era que ele bebia e gritava demais.

— Como estão as coisas em casa? — perguntei de repente. — Aconteceu alguma coisa que te fez ter pensamentos ruins?

— Usei os fones que me deu.

Duas semanas atrás, ela havia me dito que ficava com medo quando seu padrasto gritava à noite. Tinha dificuldade para dormir às vezes. Sugeri que colocasse fones de ouvido e escutasse sua música preferida para abafar o som. Mas ela não tinha fones. Então, na semana anterior, coloquei um par de fones extra no confessionário, antes de ela chegar, e disse para ela levar para casa. Expliquei como iria ajudá-la a dormir se fechasse os olhos e cantasse em silêncio, com a música.

— Ajudou?

— Sim. Dormi depois da quarta vez.

Provavelmente, eu estava delirando, mas senti que estava ajudando a criança de um jeito bem confuso.

— Isso é bom.

— Falei pra minha irmã tentar, mas ela disse que não podia.

— Ela não tem fones de ouvido?

Ela não respondeu por alguns minutos. Comecei a perceber que seu silêncio falava mais alto que sua própria voz.

— Ela tem fones de ouvido. Ganhou de Natal, no ano anterior à morte de nossa mãe. Eles estavam no armário dela.

Aquela sensação de pavor se acumulou na boca do meu estômago.

— Então, por que sua irmã acha que não pode usar? Ela não gosta de música?

— Ela precisa escutar Benny.

— O que isso quer dizer?

— Às vezes, quando ele está bravo, ou quando já bebeu bastante, entra no quarto dela à noite.

Capítulo 13

Rachel

— Está com fome?

Eu havia debatido comigo mesma se faria ou não essa pergunta pelos últimos cinco minutos. Embora tivesse passado o dia todo com Caine, não estava pronta para que esse dia acabasse. Mas queria que minha sugestão de jantar soasse casual. Ele tinha me chamado para comer antes, mas, por algum motivo, quando era eu fazendo a pergunta, sentia como se o estivesse chamando-o para um encontro.

Caine olhou para mim e depois de volta para a rua. Estava quieto, e tive a sensação de que ele estava ponderando se nossa situação era apropriada antes de responder. Fiquei surpresa quando ele disse:

— Morrendo. Pensou em quê?

— Gosto de tudo. Tem um restaurante grego bom a alguns quarteirões da minha casa. Ou tem comida chinesa na Grand Street. Ou podemos ir ao O'Leary e será por minha conta de novo. — Sorri com essa última parte.

— Que tal comida grega, e dessa vez eu pago?

— Por mim, tudo bem. Vire à esquerda na Elwyn Street. É logo à direita, se conseguirmos encontrar vaga para estacionar... Greek Delight.

Dentro do restaurante, a recepcionista nos colocou em uma mesa tranquila, no fundo, e nos trouxe *homus* e pedaços de pão sírio para beliscar enquanto olhávamos o cardápio. Eu sabia o que queria, porém,

Caine pegou os seus óculos no bolso para ler o cardápio. Eles o deixavam *realmente* sexy, e não consegui me conter.

— Quantos anos você tem para precisar de óculos para ler?

Ele olhou para mim por cima do cardápio com suas armaduras Burberry elegantes.

— Você usa óculos. Por que o fato de eu precisar de óculos para ler significa que seja velho?

— Tenho astigmatismo. Preciso deles para ler desde quando ainda não usava sutiã.

Os olhos de Caine caíram sobre o meu decote antes de retornarem ao cardápio. Ele resmungou alguma coisa que não entendi. Continuei a encará-lo, ele tirou os óculos e olhou para mim.

— O quê?

— Você não respondeu minha pergunta. Quantos anos você tem?

— Idade suficiente para ser seu professor.

Molhei um pedaço de pão no *homus* e coloquei na boca.

— Então, quantos? Uns sessenta?

— Tenho trinta e dois, sabichona. Feliz?

Sorri.

— Sim, agora sim.

Caine recolocou os óculos e voltou ao cardápio.

Inclinei-me.

— Não parece que você tem mais que trinta e um.

Ele balançou a cabeça e continuou a ler, mas flagrei o canto de sua boca se erguer.

Por que eu adorava aquele canto de boca erguido? Sentia como se fosse algum tipo de recompensa. Precisava seriamente que minha cabeça fosse examinada quando o assunto era aquele homem.

Quando ele pareceu ter decidido, recostou-se.

— Está fazendo um ótimo trabalho na sua pesquisa.

— Obrigada.

— É uma dinâmica interessante pra caramba que acontece ali.

Lembrei do quanto me senti esquisita ao me sentar com o trio pela primeira vez.

— Eu sei. Era estranho no começo, mas agora estou acostumada. Lydia é uma pessoa maravilhosa, não é?

— Ela é. Não sei se eu conseguiria fazer o que ela está fazendo.

— O que quer dizer?

— Ver minha esposa sentada com outro homem e sorrir.

— O amor verdadeiro é altruísta. Ela quer o melhor para ele, mesmo que isso afaste os dois.

A garçonete trouxe nossas bebidas e anotou nosso pedido. Caine pediu uma cerveja grega, e eu, meu refrigerante diet de sempre. Precisei desviar o olhar quando os lábios dele envolveram o gargalo da garrafa. A minha atração por ele era muito forte para esconder.

— Você fala como um *expert* no assunto. Então já ficou apaixonada daquele jeito? — ele perguntou.

— Não por um homem.

As sobrancelhas de Caine pularam para cima, e percebi como deve ter soado — o que devia ter pensado.

— Quis dizer... Me senti assim em relação à minha mãe. Não que eu seja lésbica ou algo assim. Gosto de homens. Não que eu tenha alguma coisa contra lésbicas. Só prefiro... sabe... homens, quando o assunto é sexo. Não que a minha vida sexual esteja muito ativa no momento. — Eu estava balbuciando.

Caine riu um pouco.

— Você fica fofa pra cacete quando está com vergonha.

Bebi meu refrigerante gelado para ocupar minha boca e, felizmente, conseguir evitar que minha pele ficasse muito cor-de-rosa.

— De qualquer forma, quando minha mãe ficou realmente doente, eu queria que ela morresse para que não sentisse mais dor. Eu ficaria sem mãe, mas não me importava. Só queria que ela ficasse em paz. É disso que Lydia e Umberto me fazem lembrar.

Coloquei o copo na mesa.

— E você? Já se apaixonou assim?

Caine balançou a cabeça.

— Não sei se consigo ser altruísta. Passei a maior parte da vida sendo egoísta.

— Sem namoradas?

— Tive muitas. Nenhuma pela qual eu não fosse egoísta.

Encarei-o.

— Isso vai mudar quando encontrar a mulher certa.

Ele levou a garrafa de cerveja aos lábios.

— Talvez. Ou talvez simplesmente esteja destinado a uma vida de egoísmo puro. Consigo pensar em coisas piores.

Eu não conseguia enxergar Caine como uma pessoa egoísta. Ele trocara meu pneu depois de eu ter brigado com ele e interrompido sua aula. E não conseguia imaginar que não fosse atencioso na cama. Era tão observador que, em geral, era uma distração, sem contar como conseguia ser intenso. E então havia aquela coisa da música... Mãos habilidosas e bom ritmo. Não. Não tinha jeito de Caine West ser egoísta na cama. *Disso* eu tinha certeza.

Ele semicerrou os olhos.

— O que está se passando nessa sua cabeça?

— Do que está falando?

— Você ficou quieta depois que eu disse que havia coisas piores na vida do que ser egoísta.

E lá estava o observador de novo. Ele prestava atenção nas mulheres. Homens que prestavam atenção em mulheres eram bons de cama.

— Estava só pensando no que você disse. Não parece egoísta para mim.

— Não temos esse tipo de relacionamento.

— Talvez. — Dei de ombros. — Mas você parece ser muito atencioso para ser egoísta desse jeito também.

Um olhar de compreensão passou pela expressão linda de Caine, como se tivesse acabado de entender do que eu estava pensando. Ele se inclinou na minha direção com um sorriso malicioso, que fez meu coração palpitar.

— Não quis dizer que sou egoísta na cama. — Seus olhos baixaram para o meu pescoço e, lentamente, subiram e focaram na minha boca, que se abriu com o olhar dele. — As necessidades de uma mulher sempre vêm antes das minhas. E aproveito cada minuto do cuidado que tenho com essas necessidades. — Os olhos dele voltaram a se fixar nos meus, e ele se aproximou ainda mais. — Ela goza antes de mim, muitas vezes.

Engoli. Meu corpo todo reagiu, e Caine sabia disso. Ele se recostou com um sorriso exibido e um brilho nos olhos.

Quando finalmente tentei falar, minha voz rouca crepitou.

— Então, no que é egoísta?

— No que vem depois de sairmos da cama. A parte do relacionamento.

— Oh.

— Nem todo mundo tem a capacidade de ser Lydia.

— Não sei se concordo. Acho que todos temos capacidade para ser Lydia. É uma escolha não tentar encontrar seu Umberto. E sempre há um motivo para essa escolha.

O músculo no maxilar de Caine ficou tenso, mas ele permaneceu em silêncio. Felizmente, nossa comida chegou logo depois disso. Caine tinha pedido faláfel e eu, *gyro*. Começamos a comer e nos dedicamos totalmente a isso.

Em pouco tempo, minha refeição tinha se tornado uma grande bagunça. O pão estava rasgado, e metade do meu *gyro* estava caindo. Não percebi, mas o molho branco *tzatziki* tinha pingado nas costas da minha mão.

— Tem um pouco de molho... — Caine apontou.

Ainda segurando o lanche, virei o punho para olhar. O molho tinha escorrido pela minha mão, passado pelo punho, e estava escorrendo por todo meu braço, quase caindo na minha camisa. Se eu soltasse o sanduíche, não ia ter como pegar tudo de volta sem deixar cair.

Então, lambi o braço todo até meu punho e dedo, limpando toda aquela meleca de uma vez. Não era o tipo de coisa que uma moça faria, mas era melhor do que deixar cair na minha linda camisa.

Quando olhei para cima, Caine estava me encarando.

— Cristo. Está *tentando* me fazer ser demitido?

— O quê?

Seus olhos estavam fixos nos meus, e corriam de um para o outro.

— Você realmente não faz ideia, não é?

— Não entendi.

Caine olhou para sua comida, balançando a cabeça.

— Só acabe de comer. É melhor irmos.

O trajeto de volta ao meu apartamento foi esquisito. Nenhum de nós disse uma palavra. Sinceramente, eu não fazia ideia do que dizer. Percebi que os comentários de Caine significavam que ele ficou excitado com a minha exibição descuidada com a língua, mas também era um lembrete de que eu precisava parar de fantasiar sobre algo que nunca aconteceria.

Quando chegamos no meu prédio, Caine estacionou e desligou o carro.

— Vou subir com você.

— Não precisa fazer isso. Estou bem.

— Não vou te deixar na calçada. — Ele abriu a porta, efetivamente terminando a discussão.

— Tá bom, então — resmunguei para mim mesma.

A esquisitice continuou enquanto subíamos de elevador para o meu apartamento. Quando estava diante da porta, comecei a procurar minhas chaves.

— Obrigada de novo por me dar carona e ir comigo hoje.

— Claro. Faria isso por qualquer aluno.

Outro lembrete. Esse doeu.

Destranquei a porta e a abri.

— Quer entrar? Posso fazer café ou outra coisa.

Não estava realmente propondo que ele entrasse para beber alguma coisa. Só pareceu que era uma coisa educada de se dizer.

Caine ficou quieto por um longo tempo.

— Acho melhor não ficarmos mais juntos fora do horário da aula. Sua pesquisa é sólida, e acho que estamos com o semestre muito bem planejado. Se precisar conversar sobre a tese, a secretaria do departamento tem a minha agenda e pode marcar uma reunião.

Talvez tenhamos ficado um pouco íntimos demais, mas...

— Fiz alguma coisa que te chateou?

— Não. — Ele ergueu o queixo em direção ao meu apartamento. — Tranque a porta.

Tomei um banho rápido, coloquei uma camiseta velha de alguma banda para dormir e fui para a cama me sentindo confusa e triste. Meus sentimentos por Caine tinham aumentado, apesar de saber que era idiotice gostar de um homem que não tem interesse em um relacionamento, mesmo se não fosse meu professor. Tentei dormir, mas não deu certo.

Ao tirar meu celular do carregador, pensei em talvez fazer anotações sobre o meu dia em um e-mail, para acrescentar à minha pesquisa depois. Mas, quando liguei o celular, apareceu a última mensagem de Davis. Tinha me esquecido completamente de responder ao seu comentário sobre eu não dizer que também estava com saudade.

Embora o tempo já tivesse passado para a gente, Davis nunca me mandava sinais confusos. Não fazia joguinhos. Assumia seus sentimentos e era sincero comigo. Suspirei e respondi a mensagem.

RACHEL: SAUDADES TAMBÉM.

Capítulo 14

Rachel

Caine tinha me evitado com sucesso por quatro dias. Até hoje. Não haveria jeito de me ignorar agora, a não ser que faltasse à reunião obrigatória, à qual auxiliares e professores tinham de comparecer. Eu estava sentada sozinha no fundo do enorme auditório e havia um assento vago ao meu lado – não que eu o estivesse guardando para alguém em particular. Caine ainda não tinha chegado. Cada vez que alguém entrava, meus olhos focavam na porta. Quando o chefe do departamento de música sentou-se à frente da sala, preparando-se para começar, Caine finalmente apareceu.

Ficou parado na porta, escaneando a sala com os olhos, até que eles chegaram em mim, o que o fez desviar o olhar rapidamente. Ele não poderia ter se sentado mais longe de mim.

Fiquei surpresa com o fato de seus cabelos não terem pegado fogo durante os quarenta e cinco minutos de reunião com a forma como os meus olhos queimavam a parte de trás de sua cabeça. Quando terminou, fiquei sentada para ver se ele iria sair sem dizer uma única palavra.

Caine se levantou e olhou para mim, mas em seguida uma mulher se juntou a ele para cumprimentá-lo com um grande sorriso. Ela usava um terno *pink* que gritava por atenção, mas, com exceção disso, era bem bonita — embora eu detestasse admitir. Já a tinha visto pelos corredores e sabia que era professora adjunta, mas não sabia seu nome.

A professora Pink também era exatamente o meu oposto: era artificialmente loira, com cabelo do tipo Marilyn Monroe, apenas alguns centímetros mais baixa que Caine, e seu terno, mesmo sendo de uma cor brega, com certeza era feito sob medida. Ela tocava bastante no professor West, e havia uma familiaridade entre os dois, que se percebia pela forma como colocava as mãos nos braços dele enquanto falava. Depois da segunda ou terceira vez que ela jogou o cabelo para trás e riu, cansei de assistir. Levantei-me, segui até a porta, mas fiquei presa atrás de dois professores que conversavam e andavam mais devagar que tudo.

Caine e a professora Pink estavam um pouco à minha frente na fila para sair da sala, e ele fez questão de não olhar na minha direção. Quando sua mão tocou a lombar dela, a fim de apressá-la para sair, percebi que eu era uma completa idiota. Obviamente, o professor poderoso não tinha problema em confraternizar – a menos que fosse comigo.

Dane-se ele. Não conseguia acreditar no quanto ele era mentiroso.

Assim que saí do auditório, atravessei o corredor como um raio. Minhas pernas nunca me tiraram tão rápido do *campus*. Estava irritada por pensar que seria possível Caine estar interessado em mim e que talvez estivesse se contendo apenas por eu ser sua auxiliar. Mais ainda estava brava por ele fingir que esse era o caso. Os sinais que ele tinha dado na outra noite, durante o jantar, não foram frutos da minha imaginação.

Quando estava quase saindo do prédio, parei de repente, fazendo um aluno trombar em mim.

— Que porra é essa? — ele soltou.

— Desculpe.

Comecei a andar de novo. Eu deveria sair dessa merda de prédio, mas eu me conhecia – algumas coisas me consumiam. Se eu não tirasse isso do peito, ficaria um caco o dia todo. Precisava desabafar um pouco com Caine. *Dane-se.*

Ao me virar, trombei com o mesmo aluno de novo.

— Sério? — ele disse.

— Jesus. Você vai sobreviver. Não ande tão perto das pessoas!

Segui em direção ao escritório de Caine. Eu poderia perder o meu emprego por brigar com ele, mas, pelo menos, conseguiria dormir à noite. E daí que eu estaria admitindo ser *estressadinha*, como ele argumentou?

A porta da sala de Caine estava entreaberta. Parei por um instante, para organizar os meus pensamentos, e então segurei a maçaneta. *Dane-se, não vou bater antes de entrar*. Mas a voz de uma mulher me impediu de continuar. Sua risada atingiu minha pele e a senti queimar até as minhas bochechas. Nunca tinha ouvido a voz da professora Pink, entretanto, de algum jeito, sabia que era ela.

— Lembra daquele lugarzinho italiano? — a mulher disse. — Aquele com a lareira ao fundo?

— Giordano's.

— Sim, esse mesmo. Deveríamos ir lá algum dia. A carta de sobremesas parecia incrível. — Ela parou. — Embora não tenhamos ficado até a sobremesa naquela noite, não é?

Tinha escutado o suficiente. Não fiquei para ouvir a resposta de Caine. Não consegui. Por mais que estivesse irritada quando fui até seu escritório, escutá-lo com outra mulher transformou aquilo em mágoa e vergonha, algo que eu preferia que ninguém visse. Então, receitei a mim mesma minha própria terapia e, em vez de entrar brava em seu escritório, coloquei meus fones de ouvido e fui para casa.

Estava com zero vontade de ir para o nosso jantar mensal dos amigos. Preferia ficar em casa e me afogar em autopiedade. No entanto, quando tentei cancelar, Ava exigiu que eu fosse. Então, me obriguei a me arrumar. Dane-se. Se eu não me sentia bem, pelo menos tentaria parecer bem. Além disso, secar o cabelo era estranhamente terapêutico para mim. Achava aquele ato repetitivo e constante de escovar e alisar muito tranquilizador.

Não preciso mencionar que meu cabelo, naturalmente grosso e ondulado, estava liso como uma agulha quando terminei – eu estava precisando de muita calma. Já que eu tinha me disponibilizado a parecer bem, apostei com força total na maquiagem e até coloquei uma roupa bonita e sandálias de salto alto.

Quando cheguei ao O'Leary, a expressão de Davis me confirmou que ele, pelo menos, gostara do esforço extra. Naquela noite, éramos apenas eu, ele e Ava, já que nossa antiga colega de quarto estava viajando com o novo namorado em um cruzeiro. Assim que nós três nos sentamos, fiquei feliz por ter ido. Realmente gostava de estar com eles. Dávamos muitas risadas quando nos reuníamos, em grande parte por causa das histórias doidas que Ava contava. Contudo, apenas meia hora depois de chegarmos, Sal, o novo garçom, se aproximou e disse que se sentia mal e precisava ir embora. Perguntou se uma de nós poderia ligar para Charlie e pedir-lhe que viesse até o O'Leary assumir seu turno.

Faltavam poucas horas até a cozinha fechar, então Ava e eu nos voluntariamos para cobri-lo. Além do mais, sua pele estava levemente esverdeada, e eu tinha quase certeza de que não conseguiria esperar Charlie sair do Queens e chegar até ali.

— Você está muito bonita para trabalhar hoje — Ava disse, apontando para os meus pés. — E esses sapatos não são de garçonete. Deixa comigo. Não tem muitas mesas, então vocês dois fiquem aí, e eu venho nos intervalos entre servir uma mesa e outra.

Apesar de Davis e eu termos terminado tudo de um jeito amigável, nunca havíamos saído só nós dois, desde que ele tinha se mudado. Como eu estava arrumada, e o constrangimento pairou assim que Ava saiu, pareceu um tipo de primeiro encontro.

— Então... — Davis disse. — Isso é estranho.

Dei risada.

— Eu sei. Por quê? Não deveria. Somos só nós. Já saímos um milhão de vezes.

Davis me lançou um olhar tímido.

— Porque você está muito gostosa hoje.

— Está dizendo que eu não era gostosa quando morávamos juntos e quando eu acabava de sair da cama de manhã? — disse, brincando, porém, a resposta de Davis foi séria.

— Na verdade, você é linda o tempo todo.

Fiquei vermelha.

— Que conquistador sulista.

Davis e Ava tinham pedido uma garrafa de vinho, e ele a ergueu para encher sua taça. Então, segurou a garrafa acima da minha taça vazia.

— Toma uma taça comigo?

Hesitei, refletindo sobre a última vez em que bebemos juntos – eu tinha acabado no quarto de Davis.

Com um sorriso malicioso, que me dizia que estava pensando exatamente a mesma coisa, Davis encheu minha taça... até a boca e disse:

— Só uma.

O vinho definitivamente ajudou. Agora que a garrafa estava vazia, a tensão entre mim e Davis havia sumido. Devoramos a massa e o vinho e conversamos sobre os últimos meses. As coisas pareciam estar voltando ao normal.

— Como estão Umberto e Lydia? — ele perguntou.

Era típico dele se lembrar dos nomes dessas pessoas que eram importantes para mim. Ele sempre foi muito cuidadoso e atencioso.

— Estão bem. Ainda são o trio feliz.

— E sua tese?

— Está indo bem. Caine pareceu feliz com meu progresso. Mas quem sabe ao certo?! — Finalizei meu vinho. — Ele poderia odiá-la amanhã.

— Caine?

— Meu novo orientador.

Davis assentiu.

— Ele é meio que um grande babaca — adicionei. *Não que ele tenha perguntado.*

— Quando você termina?

— Só mais alguns meses e terminarei a tese e o mestrado.

— E depois?

— Ainda não sei. Fiz um curso de especialização em ensino fundamental, então estava pensando em me inscrever em algumas escolas locais que têm programas de terapia musical para crianças autistas.

Davis sorriu.

— Combina com você. Eu realmente consigo vê-la fazendo isso.

Esvaziei minha taça. Agora eu estava na segunda e já me sentia tonta.

— E você? Está feliz aqui em Nova York? Acha que vai ficar para sempre?

— Talvez.

Não sabia se estava imaginando coisas, mas podia jurar que seus olhos focaram em meus lábios.

— E você? Está feliz? Saindo com alguém?

Meu bom humor mergulhou de cabeça. Eu não estava saindo com ninguém, mas não significava que estava feliz com isso. Havia conseguido esquecer Caine pelo total de uma hora. Suspirei.

— Não. Estou solteira. E você?

Davis deve ter pensado que minha tristeza de espírito fosse uma declaração geral sobre o meu estado de solteira.

— Não estou saindo com ninguém. Mas gostaria de estar.

É. Eu também.

Bebi mais vinho.

— Ah, é? Me conte sobre a sortuda.

Davis sorriu.

— Ela é baixa, bem peculiar, linda e inteligente.

Apoiei a cabeça nas mãos.

— Parece perfeita. Ela tem um irmão para mim?

Em vez de responder, Davis se esticou sobre a mesa e pegou minha mão.

— Eu realmente senti a sua falta.

— Também senti.

— Quer jantar comigo neste fim de semana? Só você e eu.

Ãh?

Ao ver minha expressão confusa, Davis continuou.

— Não estava pronto para namorar no ano passado. Não queria me envolver mais seriamente com você porque minha cabeça não estava pensando direito. Estou melhor agora.

O vinho deve ter se apossado de mim. Realmente não tinha percebido que ele estava *me* convidando para sair. Esperara por isso por quase um ano, agora não tinha certeza. Felizmente, Ava chegou para me resgatar. Ela se sentou ao meu lado, batendo os quadris nos meus de brincadeira, e assumiu a conversa. Fiquei grata pelo adiamento do assunto.

Depois de passarmos mais uma hora sentados e conversando, decidimos ir para as mesas na área do bar já que a área do jantar estava vazia.

Davis olhou no relógio.

— Preciso estar no aeroporto às cinco da manhã para trabalhar, então vou indo.

Nós três fizemos planos para o jantar do mês seguinte, e ele deu um abraço de despedida bem forte em Ava antes de se virar e me abraçar. Só que ele não soltava meu abraço. Em vez disso, pegou minhas mãos.

— Pense nisso. Ok?

Não fazia ideia do que dizer, então simplesmente assenti e sorri. Então, ele foi embora.

No minuto em que ele saiu, Ava se virou para mim.

— Do que ele estava falando?

— Ele quer sair comigo.

— E o que você acha disso?

— Não faço ideia. Estou tão confusa agora.

— Sabe o que vai clarear as coisas? — Ela sorriu.

— O quê?

— Nos embebedar.

Capítulo 15

Rachel

— Ele tem uma bunda maravilhosa. — Bom, isso era o que eu pretendia dizer, mas o que realmente saiu da minha boca foi: — Ele tem uma *munda varaviosa.*

Felizmente, Ava estava me acompanhando na bebedeira, então minha pronúncia soou perfeitamente boa para ela.

— De quem estamos falando? De Davis ou do professor?

Suspirei.

— Do professor. A do Davis é legal, mas eu nunca tive vontade de morder.

Ava ergueu uma sobrancelha.

— Você quer morder a bunda do professor pomposo?

— Quero. É estranho?

Ela sorriu e levou a bebida até os lábios.

— Nem um pouco. Bom, a parte de morder não é estranha. Eu mesma gosto de um pouco de mordida durante o sexo, mas morder a bunda dele quando não está dormindo com ele é um pouco esquisito. Principalmente se fizer isso durante a aula que ele está lecionando.

— Ele é tão frustrante. Tão irritante.

— Então, talvez você devesse dar outra chance para Davis?

Suguei o resto da minha terceira taça e a segurei no alto, balançando entre o polegar e o indicador.

— Hora de encher, garçonete.

Ava deu risada.

— Terminei há uma hora... Mas vou encher para você, porque não sei se consegue andar os dez metros até o bar. — Ela se levantou e pegou a taça da minha mão. — Mas essa é a última.

Enquanto Ava estava atrás do balcão, peguei meu celular na bolsa. Não sabia por quê, mas queria xeretar no Facebook do Davis. Lembrei que ele tinha postado algumas fotos com a mesma mulher há alguns meses e me perguntei se estaria namorando com ela depois que as coisas terminaram entre nós.

Quando meu celular se iluminou, me surpreendi ao ver que havia duas mensagens de Caine.

Caine: você poderia dar minha aula amanhã, às três?

Alguns minutos mais tarde, outra mensagem chegou.

Caine: desculpe avisar de última hora. apareceu uma coisa importante.

Que imbecil.

Claro que ele não era realmente um imbecil. Só não estava interessado em mim do mesmo jeito que eu estava interessada nele e não queria me dar corda, então isso o tornava um imbecil na minha cabeça bêbada e emotiva. Deveria ter desligado o meu celular e o ignorado, respondido ao meu chefe quando estivesse pensando direito, entretanto, o álcool pensava diferente. Respondi.

Rachel: claro. farei seu trabalho para que você e a Professora Pink possam voltar para sua sala e fazerem o que quer que seja que fazem... de novo.

Fiquei olhando os pontinhos começarem a correr, e pararem, depois recomeçarem.

Caine: do que está falando?

Revirei os olhos.

Rachel: sua bunda nem é tão bonita.

Naquele momento, a mensagem fez total sentido para mim.

Caine respondeu imediatamente.

Caine: o que disse?

Bufei. Alto. *Que imbecil.* E, então, minha mensagem desceu ladeira abaixo.

Rachel: aposto que ela não demora pra gozar.

Estava segurando o meu celular, mas esperava receber uma mensagem, então pulei da cadeira e o joguei na mesa quando a maldita coisa começou a tocar. O nome de Caine estava brilhando, e isso me irritou ainda mais.

Atendi.

— O quê?

— Rachel?

— Sou eu, sua humilde auxiliar.

Alguma coisa havia acontecido comigo, e pensei que esse fosse um trocadilho muito esperto. Na realidade, estava orgulhosa demais de mim mesma por inventar algo tão espirituoso.

— Sou sua humilde auxiliar, que tem um ótimo potencial, só que você é muito convencido para ver.

— Estava bebendo?

— Você estava bebendo?

— Não, Rachel, eu não estava bebendo.

— Bom, não sabe o que está perdendo. Porque, depois da primeira dose, tudo que estava bagunçado no seu cérebro ficou muito claro.

Ava retornou com nossas bebidas e me viu no celular.

— Com quem está falando?

Tentei cobrir o telefone, mas não fiz um bom trabalho.

— É o Professor Bunda Dura.

Os olhos de Ava se arregalaram e, então, ela os fechou brevemente. Quando os abriu de novo, ela pegou o celular da minha mão.

— Oi, Professor Bunda... Humm... Professor West. Aqui é a amiga da Rachel, Ava.

Ela fez uma pausa para ouvir o que Caine dizia.

— Sim. Ela está bem. Vou cuidar dela.

Outra pausa.

— Sim, tenho certeza. Estamos no O'Leary, vou levá-la para casa em um táxi e garantir que ela chegue com segurança.

Depois que Ava desligou, colocou o celular na sua bolsa.

— Vou guardar isso para que você não faça mais nenhuma idiotice.

— Que foi? Tudo que fiz foi atender o celular. Não é minha culpa se ele é um grande e tremendo imbecil.

— Por favor, não me diga que o chamou disso.

— Não lembro.

Ava me deixou falando por mais quarenta minutos enquanto bebia meu drinque. Ou eu tinha me acostumado com o gosto ruim ou a última Tanqueray com tônica tinha mais gosto de tônica do que de Tanqueray. Como eu ainda estava conseguindo falar, achei que era a segunda opção. Ava havia deixado minha bebida mais fraca.

— Então, o que vai fazer em relação a Davis?

— Não sei. Ele é ótimo. É mesmo.

Os olhos de Ava se arregalaram.

— O quê? Não fique tão chocada. Ele é um cara legal. E Deus sabe que eu não transo há tempos.

— Oh, não. Professor West.

— Bom, obviamente eu preferiria fazer sexo com ele. Mas talvez seja só isso. Talvez só esteja sexualmente muito frustrada e minha atração por Caine seja apenas física.

— Não, Rachel. Professor West. — Ela apontou para o outro lado do bar. — Ele chegou.

Infelizmente, eu estava perdida em meu cérebro marinado com álcool e não estava prestando atenção. Nem tinha percebido que ela estava realmente apontando para algo... ou *alguém*. Na verdade, pensei que ainda estivéssemos tendo a mesma conversa.

— É melhor que ele goze mesmo para mim. Pode fazer quase um ano, mas acho que ainda sei como usar minha vagina. — Pausei. — Você acha que minha vagina está revirginada por não fazer sexo há tanto tempo?

Levei minha bebida aos lábios e fechei os olhos ao jogar a cabeça para trás e acabar com ela. Quando os abri, pensei que estivesse sonhando. Aliás, tinha certeza disso. Pisquei algumas vezes para voltar à realidade. Caine estava parado ao lado da nossa mesa e fez aquela coisa idiota e sexy com os lábios.

— Ainda estou aqui.

Ava era uma traidora. Caine perguntou se podia ficar uns minutos a sós comigo, e eu disse que não ao mesmo tempo que ela disse que sim. Ela me lançou um olhar de aviso imediatamente antes de se levantar da nossa mesa e dar espaço a Caine.

— O que está fazendo aqui? — Fiz careta.

— Me certificando de que sou o único homem com quem você fala sobre *gozar* enquanto está nesse estado intoxicado.

Cruzei os braços à frente do peito.

— Davis me quer.

O músculo do maxilar de Caine ficou tenso.

— Isso é bom. Quem é Davis?

— Meu ex. Bom... Mais ou menos. Jantamos juntos. Ele me quer de volta.

— Sobre o que é tudo isso?

— Bom, não é sobre você — menti.

— Sério? — Ele se recostou com um sorriso arrogante. — Porque no telefone pareceu que era sobre mim. Bom, sobre o Professor Bunda Dura, na verdade.

Havia pelo menos uma coisa boa sobre o álcool: ele me impedia de corar quando eu deveria estar envergonhada. Na verdade, me impedia até de perceber que deveria ficar envergonhada.

— E daí? Você tem uma bunda dura. Isso não faz com que tudo comece e termine em você. Eu mesma tenho uma bunda muito legal. Só que você é muito burro para notar.

Caine esfregou o lábio com o polegar.

— É isso que pensa?

— Que você é burro? Sim.

Ele se inclinou para a frente.

— Quis dizer que pensa que não notei sua *bunda muito legal*.

A voz dele ficou rouca, e o som gutural me fez sentir algo entre as pernas. Engoli e me mexi na cadeira, encarando-o. Quando fiquei quieta, ele considerou que fosse uma permissão para continuar falando.

— Você tem uma cintura minúscula. Quando usa jeans, sobra um espaço nas costas. Quando abaixa, consigo ver sua calcinha fio dental. Você gosta de combinar com a camisa. Na quarta-feira, usou uma camisa azul com um fio dental azul-bebê. No dia em que deu a aula e estava entregando os fones de ouvido, você se inclinou de uma forma linda para distribuir para cada fileira. É por isso que me levantei para ajudá-la com as caixas. Não pensou que eu estivesse sendo cavalheiro, não é? Naquele dia, você estava com uma blusa branca fina e uma calcinha branca de lacinho. Gostei *mesmo* daquele laço branco.

Minha boca estava aberta.

Caine chegou mais perto.

— Então está enganada se pensa que não reparei na sua bunda muito legal. Por dois motivos: primeiro, não é uma *bunda muito legal.* É uma bunda espetacular pra caralho. E, segundo, eu reparei. Todo maldito dia, desde que você saiu do banheiro do bar. Na realidade, eu a observei balançar para um lado e para o outro até sair da minha vista naquela noite... Mesmo depois de ter brigado comigo.

— Não fazia ideia.

— Claramente.

— Por que não disse nada?

— O que eu deveria ter falado, Rachel? Você é minha auxiliar, e eu sou seu orientador. Além disso, mesmo que não fosse esse o caso, eu gosto mesmo de você. Você não é uma foda casual para a qual eu pararia de ligar quando quisesse terminar.

Aquilo foi pesado. Não queria pensar em Caine daquela forma. Mas então me lembrei da reunião.

— Como a professora Pink?

Ele uniu as sobrancelhas.

— Está falando de Ginger Ashby? A professora Ashby, que estava usando um terno *pink* hoje? O que tem ela?

— Vocês pareciam íntimos.

Caine desviou o olhar.

— Não estamos dormindo juntos, se é isso que está perguntando.

Se eles não estavam dormindo juntos, eu sabia que tinham um histórico. Podia sentir pela forma como ela o tocava, o modo como olhava para ele e tremeluzia seus cílios postiços.

— Mas você dormiu com ela?

— Foi há muito tempo. Não cometo o mesmo erro duas vezes.

Não sabia se ele estava se referindo à professora especificamente ou sobre dormir com alguém do trabalho, em geral – não que importasse.

Ava voltou até a mesa para ver como eu estava.

— Tudo bem, Rach?

Meu sorriso foi triste.

— Está tudo certo.

Ela colocou meu celular na mesa.

— Seu celular estava tocando. — Ava olhou para Caine. — Havia colocado na minha bolsa para que ela não se arrependesse de falar alguma coisa para você. Acho que deu certo. — Caine sorriu, e ela voltou a atenção para mim. — Estarei no bar se precisar de mim.

No instante em que Ava saiu, meu celular começou a tocar. O nome de Davis brilhou na tela. Caine viu e olhou para mim.

— Precisa atender?

Parou de tocar, mas quando peguei o celular, vi que Davis também tinha mandado mensagem. Queria ter certeza de que cheguei bem em casa.

— Vou só mandar uma mensagem rápida para dizer que estou bem.

Senti os olhos de Caine em mim enquanto digitava.

Quando terminei, ele disse:

— Quer falar sobre isso?

Queria ver se conseguia deixar o professor sereno bravo.

— Costumávamos transar. Então paramos. Agora ele quer começar de novo. Ah, e quer me levar para jantar também.

A tensão no maxilar de Caine era óbvia.

— E o que acha disso?

— Não sei. Acho que estou confusa.

— Com o quê?

— Ele é ótimo. Quando terminamos, a princípio, fiquei bem chateada. Mas, então, meio que superei. Pelo menos, acho que superei. Não fiquei por aí definhando por ele. Sinto que teria definhado se ele fosse o cara certo. Sabe?

Caine olhou nos meus olhos.

— Acho que seria difícil de superar a pessoa certa, sim.

— Mas talvez não tenha mesmo superado. Não faço... sabe... desde que terminamos.

— Sexo?

— Sim.

Os olhos de Caine brilharam.

— Por isso a vagina revirginada?

Mesmo em meu estado alcoolizado, não acreditava que estava tendo essa conversa.

— Você ouviu isso?

Ele assentiu com um sorriso espertinho.

— Há quanto tempo terminaram?

— Quase nove meses.

— Então não transa há quase nove meses?

Suspirei.

— Talvez devesse escolher alguém no bar e transar. Então seria mais fácil decidir se sinto falta de Davis ou só do sexo.

As pupilas nos olhos de Caine se dilataram ao ponto de sua íris ficar mais preta do que marrom.

— Não é uma boa ideia.

— Por quê? Nunca escolheu alguém e levou para casa só para satisfazer suas necessidades?

— Eu não disse isso.

— Bom, então por que você pode fazer isso, mas eu não?

— Porque eu não faço isso para tentar solucionar um problema. — A voz dele ficou sóbria. — Foder alguém não vai te ajudar a decidir se quer estar com outro homem. Acredite em mim, Rachel.

— Parece que está falando porque já passou por isso.

Caine desviou o olhar.

— Vou pegar uma cerveja. Quer um refri?

— Vou tomar outra Tanqueray com tônica.

— Acho que já bebeu bastante.

Bufei.

— Certo. Vou beber uma Coca Diet.

Conversamos por uma hora depois que Caine voltou com as bebidas. Havia ficado um pouco sóbria, mas ainda me sentia mais ousada que o normal.

— Posso perguntar uma coisa?

— Vai te impedir se eu disser que não?

Sorri.

— Provavelmente não. Se não fosse meu professor, e se eu não estivesse procurando meu Umberto... — deixei no ar, mas o resto da frase nem precisou ser dita.

Caine levou a cerveja que estava segurando aos lábios e me encarou por cima dela enquanto a finalizava. Colocou a garrafa vazia na mesa e limpou a garganta antes de se inclinar. Então, curvou um dedo, fazendo sinal para eu me aproximar. Inclinei-me, e meu nariz ficou a não mais que alguns centímetros de distância do dele.

— Se eu não fosse seu professor e você não fosse uma garota legal, sua boceta revirginada estaria dolorida pra caralho agora.

Capítulo 16

Rachel

Não me senti nada mal quando meu alarme tocou. Abri os olhos e me preparei para a dor de cabeça latejante e a náusea que vinham com a ressaca. Em vez disso, estava cansada, mas os efeitos típicos não pareceram me atingir. Após beber uma garrafa inteira de água sem parar para respirar, resolvi voltar para a cama por mais quinze minutos.

Na noite anterior, Caine insistira em me levar para casa. Na metade do caminho, entrou em uma loja de conveniência vinte e quatro horas e saiu com um saco de papel marrom que me entregou antes de me deixar na porta do meu apartamento.

— Coma tudo. Não funciona a não ser que acabe com tudo — ele dissera.

O saco tinha duas garrafas de água, uma banana e um pacotinho de Motrin. Como ele tivera o trabalho de comprar tudo, segui suas ordens.

Tirei o meu iPhone do carregador no criado-mudo, coloquei minha senha e resolvi lhe mandar uma mensagem.

RACHEL: SEM RESSACA. OBRIGADA. VOCÊ FEZ UM MILAGRE. ONDE ESTAVA QUANDO EU TINHA DEZOITO ANOS?

Caine respondeu de imediato.

CAINE: DE NADA. FICO FELIZ QUE ESTEJA SE SENTINDO MELHOR HOJE.

Eu estava me sentindo melhor. O modo precipitado com o qual ele me repreendera na semana anterior estava realmente me incomodando. Vê-lo tinha ajudado. Não me entenda mal, eu estava mais confusa do que nunca, principalmente com o que Davis me disse na noite anterior, mas, pelo menos, não me sentia mais desequilibrada.

Rachel: te devo uma. Por tudo. Por aparecer para ter certeza de que eu estava bem, por conversar comigo sobre Davis, por me trazer para casa e me dar sua receita secreta para uma manhã livre de ressaca. Na verdade... talvez te deva duas. Haha.

Caine: vamos deixar uma só, e estamos quites. Mas posso cobrar essa hoje, se estiver se sentindo bem?

Tinha me esquecido de que Caine pedira para eu cobri-lo na aula daquela tarde. Eu deveria trabalhar no turno do dia, mas Charlie não se importaria se saísse um pouco mais cedo. Nunca tinha movimento no fim da tarde, de qualquer forma.

Rachel: posso dar sua aula. Desculpe, esqueci que foi isso que deu início ao meu declínio bêbado ontem à noite.

Caine: obrigado.

As coisas entre mim e Caine haviam mudado na noite anterior. Nossa atração era conhecida agora, então pensei que tudo bem ser um pouco atrevida.

Rachel: não vou te cobrir para você ter um encontro, não é?

Visualizei o lábio de Caine subindo enquanto balançava a cabeça.

Caine: tenho um encontro com duas garotinhas. Uma tem dois anos e meio e a outra, quatro, e elas normalmente choram quando me veem.

Rachel: ?

Caine: filhas da minha irmã. Ela vai fazer uma biópsia esta tarde e precisa que eu fique com as monstrinhas.

Rachel: ah. Sinto muito. Estava só brincando. Espero que esteja tudo bem. Vou dar sua aula, sem problema.

Caine: obrigado.

Depois que a aula terminou, sentei na cadeira de Caine por um tempo, esperando os alunos saírem. Sentar em seu lugar, à frente da sala, de alguma forma fez com que eu me sentisse mais próxima dele. Como estava pensando no professor sexy, pensei em lhe enviar uma mensagem para ver como estava indo a tarde de babá. Pensar em Caine brigando com duas menininhas me fez sorrir. Imaginei se ele trocava fraldas – acho que precisava trocar para cuidar de duas meninas com menos de quatro anos.

Rachel: a aula foi boa. Acho que gostam mais de mim do que de você. 😉

Caine: que bom. Você pode assumir meu cargo quando minha irmã me matar.

Não pareceu que as coisas estavam indo bem.

Rachel: o que aconteceu?

Caine: esqueci que Lizzy tinha alergia a nozes. Estamos no pronto-socorro.

Fiquei bem surpresa quando Caine aceitou minha oferta de lhe dar uma mão no hospital – até chegar lá. Eu menti, dizendo que era da família, para conseguir entrar na sala de observação. Quando vi Caine, em um espaço com a cortina aberta, do outro lado da mesa da enfermagem, parecia atipicamente assustado. Ele balançava aquela que pensei ser sua sobrinha de dois anos no quadril, enquanto ela chorava até os pulmões saírem. A mais velha estava deitada em uma maca, assoprando uma luva de látex como uma bexiga.

Quando me aproximei, consegui ver melhor a garotinha. *O quê?* O que ela estava vestindo? Parecia uma camiseta ao contrário e uma fralda esquisita.

— Oi — eu disse.

Caine ficou nitidamente aliviado em me ver.

— Oi. Obrigado por vir.

— Está tudo bem?

— Lizzy vai ficar bem. É só brotoeja, felizmente. Deram-lhe um pouco de Benadryl, e o médico quer ficar de olho nela por um tempo.

Sorri para a menininha que estava no quadril dele, e ela parou de gritar para me olhar.

— Oi. Você deve ser a Lizzy.

Deduzi que a garota mais velha, deitada na cama, fosse a paciente, mas a sobrinha que Caine estava segurando tinha uma vermelhidão no rosto e no pescoço.

A menininha fofa assentiu, com o lábio inferior tremendo. Ela tinha cabelos ruivos cacheados. Estiquei a mão e enrolei um cacho no dedo.

— Adorei seus cachos. Eles me lembram a Merida. Você sabe quem é Merida?

Ela assentiu.

— Aposto que você é tão corajosa quanto a princesa da Disney.

Tirei um cacho longo que estava grudado em sua bochecha molhada. As pulseiras em meu punho balançaram e chamaram sua atenção.

— Você gostou?

Ela assentiu de novo.

— Sou a Rachel... Uma amiga do seu tio Caine. Quer usar uma?

Seus olhos se iluminaram, e ela assentiu novamente, só que mais rápido dessa vez.

Tirei duas pulseiras do meu braço e as segurei para ela. Ela sorriu e me deixou colocá-las. Foi então que consegui ver melhor o que a pobrezinha estava vestindo.

— Humm... Caine? Por que a fralda dela está com uma *fita adesiva*?

— Eu não conseguia fazer essa maldita coisa ficar grudada.

Contive a risada o máximo que consegui. A imagem equilibrada da perfeição estava desgastada e muito longe da realidade naquele momento.

Estendendo os braços, sorri com carinho para Lizzy.

— Posso te pegar no colo? Talvez consiga consertar sua fralda e colocar sua camisa do lado certo.

Caine franziu a testa ao olhar para a sobrinha. Obviamente ele não tinha percebido que a camisa não estava do lado certo. Lizzy ficou apreensiva, mas, depois de um tempinho, se inclinou em minha direção e eu a peguei dos braços do tio.

— Você tem uma bolsa com fralda?

— Não. Saí de casa tão rápido que nem pensei nas fraldas. — Ele olhou para as pernas nuas de sua sobrinha. — Ou nas calças, aparentemente.

Sorri.

— Tudo bem. Tenho certeza de que a enfermeira pode nos dar uma.

Caine me apresentou para sua outra sobrinha.

— Essa é Alley. Ela também não consegue colocar a fralda direito.

Lizzy e eu fomos até a mesa da enfermagem, e uma das ajudantes foi legal o bastante para se levantar da unidade pediátrica e pegar algumas fraldas e um pacotinho de lenços. Também nos deu calças de pijama do tamanho infantil. Depois que ajustei Lizzy no banheiro, voltei para Caine e Alley.

— Tudo certo. — Lizzy estava sorrindo agora. — E acho que a vermelhidão dela já começou a sumir.

Caine examinou a sobrinha.

— Tem razão. — Ele passou os dedos no cabelo. — Graças a Deus. A última coisa de que minha irmã precisava hoje era chegar em casa e ver uma de suas filhas no hospital. Ela teve câncer aos vinte anos e teve que tirar a tireoide. Na semana passada, encontrou um nódulo inchado debaixo do braço. O médico acha que não é nada, mas ela ficou assustada mesmo assim. Estão fazendo a biópsia por precaução.

— Uau. Sinto muito em saber disso. Espero que fique tudo bem.

Caine assentiu.

— Obrigado.

Um médico chegou para avaliar Lizzy, e ela ainda estava em meus braços. Ele puxou a cortina por todo o trilho no teto e transformou o espaço aberto em uma sala particular de tratamento.

— Como está indo a princesinha?

Caine respondeu.

— Parece que a vermelhidão está começando a sumir.

— Vamos dar uma olhada. — Ele examinou o rosto, a barriga, as pernas e os braços de Lizzy. — O Benadryl está fazendo efeito. Só vou examiná-la de novo, em talvez meia hora, e então podemos pensar em mandar vocês para casa. Ela vai ficar sonolenta com o remédio em breve. — Antes de ele sair, acrescentou: — Ou não. Às vezes, o Benadryl pode causar o efeito contrário em crianças.

Menos de uma hora mais tarde, fomos liberados com um monte de papéis na mão. Fui até o carro de Caine e o ajudei a colocar as garotas nas cadeirinhas.

— Minha irmã insistiu que eu levasse essas coisas no caso de ter que ir em algum lugar com rapidez. Eu lhe disse que ela era maluca, não estava planejando ir a nenhum lugar, mas ela as colocou aqui mesmo assim.

— Parece que sua irmã tomou a decisão certa.

Caine resmungou.

— E ela vai jogar isso na minha cara até termos oitenta anos.

Depois que as meninas estavam seguras, Alley perguntou se eu podia voltar para a casa do tio Caine a fim de brincar com ela. Eu tinha começado a falar que não poderia, quando Caine interrompeu.

— Eu faço um ótimo macarrão com queijo, se estiver com fome. Tem certeza de que não consigo te convencer? Podemos ter outro incidente com a fralda, e a fita adesiva está quase acabando. Posso precisar apelar para o Super Bonder.

Sorri. Fiquei tentada, mas quando a expressão de Caine ficou séria e, olhando nos meus olhos, disse "Por favor?", não havia como dizer não.

— Vou te seguir.

Seu rosto se iluminou, e meu maldito coração começou a acelerar.

Calma aí. Ele não está te convidando para um jantar romântico. Só quer que o ajude com as sobrinhas. Que troque fraldas, não que tire suas roupas.

Tentei manter a racionalidade em meu coração durante todo o trajeto até a casa de Caine. Acalmar a avalanche de empolgação que o seu convite tinha causado. Mas não havia como racionalizar. Minha cabeça sabia da verdade, mesmo assim, meu coração parecia não dar a mínima.

Capítulo 17

Rachel

Um labrador preto gigante correu na velocidade máxima para me cumprimentar e quase me derrubou. Ajoelhei para falar oi.

— Oi, grandão. Você é tão fofo. Qual é seu nome?

Caine respondeu.

— Esse é o Murphy. — Ele tentou fazer uma voz mais grossa. — Desça, garoto.

O cachorro o ignorou completamente e tentou se enterrar em meu corpo.

Fiz carinho atrás das orelhas de Murphy, enquanto ele me cheirava como um louco.

— Ele te obedece bastante.

— É sua culpa. Ele nunca vai me obedecer com o cheiro que você tem.

— Que cheiro? — Não sabia muito bem se era um elogio.

— Um cachorro sente o cheiro mil vezes melhor que os humanos.

— E como, exatamente, é o meu cheiro?

Caine foi até onde o cachorro ainda estava me cheirando e deu um puxão firme na coleira dele.

— Vamos, Murphy. Dê um tempo, amigão.

Então, o cachorro se afastou o suficiente e consegui me levantar. Caine se inclinou e deu uma fungada exagerada em meu pescoço com os olhos fechados.

— Verão. Você sempre tem cheiro de verão. — Deu um passo para trás e piscou. — Minha estação preferida.

E lá se foi minha maldita pulsação de novo. A conversa que tivera comigo mesma no carro no caminho saiu voando pela janela. Caine deu risada, provavelmente pela minha cara.

— Entre. Vou dar um petisco para Murphy, para distraí-lo do seu cheiro bom.

Segui Caine e rapidamente me esqueci de todo o resto assim que vi sua casa.

Nada a ver com o que eu esperava.

O apartamento de Caine era incrível. Achei que fosse ser bonito, mas não *tão* bonito. No minuto em que entramos, as meninas atravessaram o corredor em disparada para pegar um filme que queriam assistir, e olhei em volta, admirada. Sem falar que ele tinha um hall. *Um hall em Manhattan?* Só aquela entrada devia valer uns quinhentos dólares por mês. Caine viu minha expressão.

— Meu bisavô fundou uma empresa de investimentos. Todas as gerações da família West que vieram depois acrescentaram um zero à fortuna que ele tinha. Menos eu. Mas herdei vinte e cinco por cento da empresa do meu avô. Paga um pouco melhor que o salário de professor.

— Humm... um pouco? Eu que o diga. Você tem vista pro parque, caramba. — Fui até a janela de vidro. — Este lugar é maravilhoso.

Quando me virei, Caine estava em pé na cozinha, que era aberta para a sala de estar, e olhando para mim.

— Obrigado por vir hoje — ele disse.

— Eu te devia uma, lembra?

— Você teria vindo mesmo se me devesse uma ou se eu te devesse dez.

— O que o faz dizer isso?

— Porque você é assim.

As meninas voltaram correndo para a sala com uma mochila. Elas pulavam muito.

— Podemos brincar de chá? — perguntaram para nós.

— Acho que o Benadryl está causando o efeito oposto nela — Caine resmungou.

— Claro. Adoro chá — eu disse.

Alley abriu o zíper da mochila, virou-a de cabeça para baixo e jogou todo o conteúdo no sofá de Caine. Parecia que ela tinha xícaras de chá e pires de plástico para uma festa para vinte pessoas.

As garotas começaram a arrumar a mesa de centro, e fui até a cozinha de aço inox de Caine.

— Você tem chá de ervas?

— Acho que sim.

Foi divertido vê-lo se sentar no chão e tomar chá com uma xícara minúscula. Observando a maneira como as garotas interagiam com ele, podia ver que ele passava boa parte do tempo com elas, mesmo que fosse incapaz de trocar uma fralda.

— Parece que essa não é sua primeira vez brincando de chá?

— Sou obrigado a brincar disso duas vezes por mês, quando vou jantar na minha irmã.

— Elas moram aqui na cidade?

— Não. Moram em Chappaqua. Foi onde cresci. Minha irmã ficou lá para morar perto da minha mãe.

— Também cresci em Westchester. Pleasantville.

— Você estudou na Pleasantville High School?

— Humm... não. Me mudei de cidade bem antes de chegar ao ensino médio.

Enquanto tomávamos nossas duas xícaras de chá, gostei de observar Caine obedecer aos comandos de uma menina de quatro anos. *Levante o dedinho quando segurar a xícara, tio Caine. Está fazendo barulho. A colher fica no pires, não na mesa.*

Finalmente, elas pareceram estar um pouco cansadas. Lizzy estava bocejando.

— Está cansada, Lizzy? — Caine perguntou.

Ela bocejou de novo em resposta.

Ele se levantou e pegou a garotinha sonolenta no colo.

— Vamos. Que tal deitar um pouco, e eu ligo a TV para você?

— Posso dormir na sua cama?

— Claro. Vamos. — Lizzy se inclinou dos braços de Caine, se esticando para mim. — Você pode me colocar para dormir também, Rachel?

Olhei para Caine, e ele deu de ombros.

— Claro, vamos fazer uma festa.

Claro que ele estava sendo sarcástico, mas as meninas não entenderam e ficaram animadas de qualquer forma. Nós quatro atravessamos o corredor até o quarto dele.

Um rubor inesperado se espalhou pelo meu rosto quando entramos no quarto. A cama de Caine era enorme, com certeza era *king size*. O dossel com quatro pilares de mogno esculpido a faziam parecer ainda maior. Também era extremamente alta. O toque masculino dela parecia combinar com ele. Eu conseguia imaginá-lo facilmente dormindo nu ali. De bruços. Com aquela bunda dura que eu queria tanto morder fazendo volume debaixo do lençol.

Não tinha percebido que estava parada na porta do quarto, perdida em pensamentos ao encarar a cama, até Caine falar.

— Pode entrar. Não vou morder.

Morder. Foi o fim. Era tudo de que precisava para o leve rubor no meu rosto ficar mais forte, com uma adorável cor carmesim, tenho certeza. Caine me olhou, e um sorriso malicioso apareceu em seu rosto lindo. Ele colocou Lizzy na cama, ajudou Alley a subir, e voltou para a porta, onde eu ainda estava parada, mexendo no relógio de pulso de um lado para outro.

Sua respiração quente pinicou meu pescoço quando ele suspirou:

— Eu sei o que está pensando.

Meu corpo todo formigou só de sua respiração tocar minha pele. Imagine o que aconteceria se suas mãos encostassem em mim. *Oh, Deus.*

Estou pensando nele, naquela cama, com as mãos em mim. Engoli e inspirei fundo, só para perceber que o cheiro de Caine tinha ficado no ar enquanto ele voltava para a cama. Por que ele não podia, pelo menos, cheirar mal?

Ele arrumou tudo na TV de seu quarto, conectando cabos para assistirmos ao filme.

— Acho que você não assiste muito a filmes na cama?

— Praticamente a única hora que essa coisa fica ligada é quando essas duas estão aqui.

A conversa sobre TV e garotinhas estava boa – eu estava começando a me sentir mais calma.

— Não consigo dormir sem assistir um pouco de TV — disse a ele. — Você deve ser uma dessas pessoas que dorme no segundo em que deita a cabeça no travesseiro.

Caine terminou de conectar os cabos, e a tela se iluminou com a introdução de algum filme da Disney.

De novo, ele veio até mim.

— Não disse isso. Há *outras coisas* que prefiro fazer antes de dormir em vez de ver televisão.

Devo ter parecido muito surpresa e desorientada, porque Caine deu risada.

— Relaxe, só estou te zoando. Você parecia desconfortável, então pensei em ajudar a piorar.

— Vou arrumar a bagunça do chá. — Acenei para as meninas da porta e saí do quarto.

Cinco minutos depois, Caine retornou à sala de estar. Eu tinha acabado de lavar o jogo de chá e estava secando as loucinhas antes de guardá-las de volta na mochila das meninas.

— Elas são muito fofas — eu disse.

— Ainda bem que puxaram o tio, e não a mãe.

Dei risada.

— É, sei.

Caine pegou o pano de prato da minha mão.

— O quê? Não acha que sou fofo?

— Essa não é uma palavra que eu usaria para te descrever.

— Ah, é? — Ele secou um pires minúsculo e me deu para guardar. — E qual palavra usaria?

— Não sei. *Enigmático*, talvez?

Caine refletiu por um instante.

— Não sei se posso contrariar essa.

Depois que terminamos de guardar o jogo de chá, ouvimos um celular vibrar.

— É o meu ou o seu? — perguntei.

— O meu está no meu bolso. Deve ser o seu.

Fui até o sofá e procurei meu celular na bolsa, mas ele parou de tocar antes que eu o encontrasse. Li o nome de Davis na tela e suspirei alto.

— Está tudo bem?

— Está.

Caine esperou por mais.

— Era Davis. Ele me mandou mensagem mais cedo, e esqueci de responder.

Ele assentiu.

— Já tomou uma decisão?

— Não.

— Quer minha ajuda?

Ergui as sobrancelhas.

— Você vai me ajudar a decidir se eu deveria dar outra chance para o meu ex?

— Claro. Por que não? Me conte sobre ele.

— O que quer saber?

— O que ele faz? Quantos anos tem? Já foi casado? O básico.

— Ok. Bom, ele tem vinte e nove anos, é divorciado e é gerente regional de vendas em uma empresa de equipamentos duráveis de medicina nuclear.

Caine ficou sério.

— Parece ser um otário. Você não deveria dar outra chance.

— Quê? Por quê?

Ele mostrou três dedos de uma mão e começou a tocar cada um ao falar.

— Três motivos: um, tem vinte e nove anos e é divorciado. Tem alguma coisa errada aí. Histórico ruim. Dois, vendedor. Bem aí tem uma bandeira vermelha. Ele vende tranqueira para sobreviver. É só uma questão de tempo até ele te vender uma linha de tranqueiras também. E três, o nome dele é Davis. — Deu de ombros. — É um nome idiota.

Encarei-o sem acreditar no que acabara de dizer. Senti necessidade de defender minhas escolhas anteriores e lembrei-o de quanto sua afirmação era irônica.

— Um, você tem trinta e dois e não tem relacionamentos sérios. Isso é muito mais grave do que cometer um erro quando se é jovem e se casa com a sua namorada do ensino médio. Dois, você é músico. Todo mundo sabe que músicos são playboys de péssima reputação. Ousaria dizer que o risco de traição dobre para um músico em relação a um vendedor. E três, você leu a Bíblia? Caim não era exatamente o filho bom.

Caine assentiu.

— Exatamente. Então conheço o tipo. Deveria ficar longe dele.

Aparentemente, eu não tinha entendido seu argumento.

— Acho que você é meio louco. Não pode conhecer o *tipo* de Davis só pela idade e pela profissão. Ele é um cara legal, trabalhador, quer ter uma família um dia, liga para a mãe todo domingo. Até tem um lado romântico... me levou a um piquenique no parque uma vez.

Caine zombou.

— Isso não é romântico. Parece um bobão.

Coloquei as mãos nos quadris.

— Do que está falando? Claro que é romântico. Qual é a ideia que você tem sobre romance, já que é tão experiente?

Caine andou da cozinha até o sofá onde eu estava parada. Deu um passo para dentro do meu espaço pessoal, e me recusei a me mexer. Quando ele se inclinou para baixo, olhando nos meus olhos, o nariz de um estava praticamente tocando o do outro.

— Não sou romântico — ele disse. — Prefiro foder como animais do que ir a um piquenique no parque.

Caramba, por que estava sendo tão idiota?

Mais importante, por que eu gostava tanto disso? Minha pele ficou toda arrepiada, e um calafrio passou por todo o meu corpo, causando um formigamento entre minhas pernas. Sem mencionar que os meus mamilos tinham ficado tão inchados que eu teria que recuar em um minuto se ele não me desse um pouco de espaço. E, ao mesmo tempo que ele me excitava, também me irritava. Segui o fluxo.

— Talvez seja por isso que ainda esteja solteiro.

Caine semicerrou os olhos.

— Se tudo nesse cara é tão bom, por que está demorando tanto para responder à pergunta dele?

Ele tinha razão. Eu não deveria precisar pensar tanto. Mas se fosse ser sincera comigo mesma, o motivo não tinha nada a ver com quanto Davis era ou não bom. A única coisa que me impedia de dar ao cara outra chance era que ele não era Caine.

Senti-me derrotada.

— Você está certo. Realmente não há motivo para não jantar com ele amanhã à noite. Quem sabe talvez a chama se acenda de novo. Nunca vou saber se não tentar.

Caine recuou com uma expressão vazia e séria. Não importava que tivéssemos uma química que eu nunca havia sentido ou que tivéssemos mais em comum do que a maioria dos casais casados e felizes. Ele não estava interessado em mim. Quanto mais o conhecia, mais percebia que toda aquela história de professor-aluna era apenas uma desculpa. Caine West não era o tipo de homem que deixaria alguma coisa atrapalhar se realmente quisesse.

Com um pouco de distância entre nós, meus pensamentos clarearam.

— É melhor eu ir.

Ele ficou quieto enquanto eu guardava o celular no bolso lateral da minha bolsa e pegava minhas chaves antes de jogá-la por cima do ombro. Ele não se mexeu quando passei por ele, mas, de repente, segurou meu braço, me impedindo de andar.

— Sou a última pessoa que deveria dar conselhos sobre relacionamentos. Mas se não houver um sentimento, você não pode forçar. Assim como é impossível não ceder quando se sabe que há alguma química rolando.

De novo, eu queria entender o que havia por trás de seu comentário. Precisava parar de fazer isso.

— Obrigada, Caine.

Ele assentiu, parecendo triste e resignado a ficar daquela forma.

— Obrigado por dar minha aula hoje e me salvar esta noite.

— Claro. Parece ser uma coisa nossa. Nós salvamos um ao outro.

Capítulo 18

Caine – Quinze anos atrás

Uma menininha como ela não deveria sair de bicicleta sozinha.

Nesta semana, eu aguardei fora da igreja, no banquinho escondido à frente da estátua de Maria, cujo propósito, provavelmente, era que as pessoas pudessem rezar em paz, e não perseguir garotinhas de dez anos. Se alguém tivesse ideia da maluquice que eu fazia aos sábados, poderia pensar que eu era um maldito molestador de criança.

Minha amiguinha trancou a bicicleta do outro lado da igreja e olhou em volta, para ver se alguém estava observando, antes de entrar correndo. Escondi-me, porém não sabia se ela tinha me visto ou não. Nem fazia ideia do que eu estava procurando – mas pelo menos sabia que ela tinha chegado até ali sozinha.

Esperei alguns minutos antes de entrar, para que ela se acomodasse em seu lado da cabine. No entanto, quando entrei na igreja, encontrei-a ajoelhada em um banco perto do confessionário. A cabeça estava apoiada em suas mãos unidas.

Ela deve ter sentido que alguém a observava, porque, depois de um minuto, ergueu a cabeça e olhou em volta. Felizmente, olhou para o outro lado antes de se virar para minha direção, me dando tempo de colocar a cabeça para trás do pilar. *Que porra estou fazendo?* Estava me escondendo de uma garotinha que eu tinha absoluta certeza de que vivia um tipo de ambiente abusivo em casa e fingindo ser um padre para que eu pudesse... *resgatá-la?*

Vendo que a barra estava limpa, a garotinha se levantou e foi até o confessionário. Como fizera na semana anterior, ela abriu o lado do padre em vez do paroquiano. Mas, desta vez, não entrou. Em parte bloqueado pela porta que ela mantinha aberta, eu não conseguia ver exatamente o que ela estava fazendo. Porém, do jeito que seu corpo se dobrou na cintura e ela ergueu e abaixou o braço, pensei que poderia ter jogado alguma coisa lá dentro. Então, abriu a outra porta e desapareceu.

O que será que ela está aprontando?

Curioso, segui diretamente para a cabine, mas estava do mesmo jeito que encontrara nas últimas seis semanas. Havia a cadeira de veludo vermelho, uma cruz dourada na parede... e era isso. Então, vi uma moedinha bem atrás da perna esquerda da cadeira. Quase não vi. Inclinei-me e a peguei. Ela falou antes que eu pudesse me sentar.

— Me abençoe, padre, porque eu pequei.

Enquanto brincava com a moeda de cobre escuro entre o polegar e o indicador, comecei a falar.

— Me conte seus pecados.

Seu humor estava melancólico naquela semana. Não tinha nenhuma história engraçada para contar sobre Tommy e, apesar de ter ficado do outro lado por longos vinte minutos, não tinha realmente falado muito.

— Como foi a escola essa semana?

— Não fui por três dias.

— Por que não? Ficou doente?

— Não.

— Então por que não foi à escola?

— É pecado faltar à escola?

— Não, na verdade. Mas deveria ir. Educação é muito importante. — Aparentemente, naquele dia, eu estava canalizando minha mãe em vez de o padre. — E você pode se meter em encrenca se não for. Sabe o que é vadiagem?

— Não.

— É quando você está ausente da escola ilegalmente.

— Então uma coisa pode ser ilegal e não ser pecado?

Aonde ela queria chegar?

— Bom, desobedecer a lei criada pelo estado de Nova York é diferente de desobedecer a lei de Deus. Por que não foi à escola?

— Porque estava esperando minha irmã.

— Onde ela estava?

— Não sei. Ela fugiu na semana passada. Mas, antes de partir, ela me disse que voltaria e me pegaria quando encontrasse um novo lugar para morarmos.

— Então você faltou à aula?

— Fingi ir pela manhã e, então, voltei para casa depois que Benny saiu. Não queria perdê-la se ela voltasse enquanto eu estivesse na escola.

— Sabe por que sua irmã fugiu?

Ela ficou quieta por um bom tempo. Então, finalmente disse:

— Acho que foi por causa do Benny.

Aquilo pareceu ser a frase mais vaga do ano.

— O Benny saiu para procurar sua irmã?

— Não. Ele grita muito com ela quando chega em casa do trabalho. Mas aí dorme no sofá, que tem o cheiro dele.

— Você precisa ir à escola. Conversar com um professor. Contar o que está acontecendo em casa.

— Não. Não quero que minha irmã tenha problema.

— Não vai ter.

— Não sei...

Comecei a pensar se não era hora de ir à polícia. Mas o que eu diria? *Oi. Sou um falso padre, e vocês precisam procurar um cara chamado Benny e uma menininha magricela que tem uma bicicleta azul?*

— Qual é o seu nome?

Ela ficou quieta de novo.

— Tenho que ir.

— Espere! — Estava virando a moeda durante todo o tempo em que ficamos conversando e de repente parei. — Você deixou cair alguma moeda?

Com a voz baixa e quase melódica, ela disse:

— Encontre uma moeda, pegue-a e terá sorte o dia todo.

Então, a porta se abriu e se fechou quando ela saiu.

O que quer que estivesse acontecendo na vida daquela garotinha, ela entrava escondido para jogar moedas no chão para que o padre encontrasse e tivesse sorte. *Inacreditável.*

Capítulo 19

Rachel

Concordei em jantar com Davis, apesar do mau humor com que estava lidando nos últimos dias. Ou, talvez, não tivesse feito isso *apesar* de mim mesma, mas mais provável *apesar de* outra pessoa. Porque me certifiquei de que *essa outra pessoa* soubesse que eu tinha planos para aquela noite. Havia secado e alisado o meu cabelo naturalmente enrolado, colocado um vestidinho sexy de verão e sandálias de salto alto que tinham laços amarrados nas pernas. O conjunto fazia minhas pernas parecerem compridas e a saia, ainda mais curta. *Perfeito*.

Todo o esforço adicional para me arrumar havia valido a pena. Caine não conseguiu tirar os olhos de mim durante a aula inteira. Eu estava sentada na primeira fileira daquela vez, no assento da ponta, para que pudesse cruzar casualmente as pernas. Os olhos dele me aqueciam, e eu conseguia sentir o seu toque na minha pele. Mas, ao fim da aula, percebi que estava ficando excitada e me importando com um cara antes do meu encontro com outro. Era falta de respeito com Davis, mesmo se ele nem tivesse ideia do que acontecia.

Então, quando a aula acabou, resolvi não ficar para conversar com Caine, como fazia normalmente. Não era obrigatório que a auxiliar ficasse depois da aula, a menos que tivesse plantão. Havia subido três degraus em direção à saída quando a voz de Caine me fez parar.

— Srta. Martin, posso falar com você um minuto, por favor?

Não podia ignorá-lo. Respirando fundo, me virei e desci até a frente do auditório. Alguns alunos estavam se aproximando para entregar trabalhos que eram para aquela aula. Esperei ao lado, de maneira obediente. Caine falou brevemente com cada aluno e, depois, começou a guardar os papéis na maleta, me ignorando enquanto o fazia.

Em certo momento, fiquei impaciente.

— Queria falar comigo?

Ele olhou para cima e observou os últimos alunos saírem da sala de aula. Assim que a porta se fechou, ele finalmente se dirigiu a mim.

— O que está fazendo?

Fiz-me de inocente, fingindo que não tinha entendido.

— Estou parada aqui esperando que me diga o que queria conversar comigo. Não é óbvio?

Caine franziu o cenho.

— Você sabe o que eu quis dizer, Rachel.

— Acho que não.

A resposta dele não foi verbal. Em vez disso, os seus olhos começaram a me medir dos pés à cabeça. Foi um olhar lento, intenso e quente, que me fez querer me contorcer. Mas não o fiz. De alguma forma, consegui ficar ereta e até coloquei os ombros para trás, para que meus seios ficassem mais proeminentes. Quando seus olhos finalmente encontraram os meus, encarei-o, sem ceder nem um centímetro. Eu estava orgulhosa demais de mim mesma.

— Você não pode vir à aula vestida assim.

Olhei para baixo.

— O que tem de errado com o que estou vestindo?

— Distrai os alunos.

Arqueei uma sobrancelha.

— Os alunos?

Ele cruzou os braços à frente do peito.

— Há algum problema aqui?

Minhas mãos foram para os quadris em um gesto de *não brinque comigo*.

— Não há nada de errado com o que estou vestindo. É um vestido de verão e sandálias. Não estou nem usando decote.

Os olhos de Caine pairaram em meu peito. Eu podia não estar usando decote, mas o vestido era fino, e senti meus mamilos ficarem rígidos.

— Consigo ver a linha dos seus mamilos.

— Está frio aqui. — Minha reação inicial foi querer me cobrir, mas... *foda-se ele*. Empinei mais um pouco o peito. — Sabe de uma coisa? *Suas* calças estavam tão justas algumas semanas atrás que eu conseguia ver a *sua* linha. Por que isso não tem problema, mas ver a minha tem?

Os olhos de Caine subiram até os meus. Sua voz ficou rouca.

— Você ficou olhando para a linha do meu pau?

— Estava bem na minha cara. Não pude deixar de olhar.

Ele deu um passo para a frente, com as narinas inflando.

— Gostou do que viu, srta. Martin?

Não tenho ideia de onde estava vindo, mas eu queria continuar balançando um tecido vermelho na frente do touro raivoso. Em vez de responder, passei a língua por meu lábio superior. *Lentamente*. Seus olhos a seguiram.

Da forma como o peito dele estava subindo e descendo, pensei que fosse explodir. Fez que me sentisse destemida e poderosa. *Não quer ficar comigo? Que bom. Mas é isso que está perdendo, professor West.*

— Não peça por algo que não quer, Rachel. Estou te avisando. — Ele se aproximou mais, invadindo meu espaço.

Suas pupilas estavam dilatadas, e ele parecia mais bravo do que nunca. Mas havia algo escondido logo atrás de seu olhar obscuro: desejo.

Curvei a cabeça timidamente e me inclinei.

— Quem disse que não quero? Eu vi a linha.

O maxilar de Caine ficou tenso, enquanto eu aguardava com meu coração martelando dentro do peito. Prendi a respiração quando ele me tocou, o sangue rodopiava dentro dos meus ouvidos fazendo um barulho tão alto que nem consegui escutar minha própria arfada quando sua mão segurou meu quadril.

Preparei-me para isso... Esperava uma gama de xingamentos que eu jurava que viriam antes de sua boca encostar na minha.

Mas, em vez disso, não foi a voz de Caine que ouvi.

— Professor West?

Estranhamente, tinha escutado a porta se abrir na parte de cima do auditório, meu cérebro só não registrou até alguns segundos mais tarde, quando a realidade caiu sobre a minha cabeça.

Caine se afastou. Foi até sua mesa e limpou a garganta.

— Ginger... Professora Ashby. Posso te ajudar em alguma coisa?

Ela olhou para mim e para ele.

— Achei que poderíamos conversar em particular... sobre um aluno. Mas vim em uma hora ruim? — Ela apontou para a porta que estava atrás dela agora. — Posso voltar mais tarde.

— Não. Tudo bem. — Ele me olhou, sério. — A Srta. Martin e eu terminamos.

Por um instante, eu permaneci em choque com a mudança rápida dos acontecimentos. Mas não demorou muito para se transformar em raiva. Olhei para ele com desgosto e falei baixinho para que a professora Pink não conseguisse ouvir.

— É *sério*?

Ele ergueu a maleta. O desejo que estava tão nítido há apenas dois minutos tinha sido rapidamente desfeito. Ele falou baixinho.

— Terminamos aqui, Rachel.

O desgraçado tinha me dispensado. *Bom, vá se danar, Caine West.*

Subi as escadas, com Caine a uma distância segura atrás de mim, e passamos pela Professora Pink, só que naquele dia ela estava com um terno verde-água. Aparentemente, *Ginger* gostava de cores. Meu palpite era que ela gostava de se destacar em um mar de mulheres vestidas de preto em Nova York.

Quando cheguei ao topo das escadas, ela sorriu para mim.

— Adorei suas sandálias. Mas deve ser difícil andar pelo *campus* com esses saltos.

Dei um sorriso amplo e falso em resposta.

— Obrigada. Mas eu só tinha essa aula hoje. Estou usando para meu encontro. — Virei para Caine, ampliei meu sorriso e lhe dei uma chance de ver meus dentes. — Vejo você na sexta, professor West. Não quero deixar Davis esperando.

Não lhe dei a satisfação de um segundo olhar antes de passar pela porta.

Capítulo 20

Rachel

Meu humor estava definitivamente arruinado. *Vá se ferrar, Caine West, vou me divertir com Davis mesmo que doa fisicamente.* Esperei alguns minutos no carro para me recompor antes de entrar no restaurante. Olhei para a placa na entrada do lugar e percebi que Davis tinha escolhido um restaurante aonde tínhamos ido juntos durante o nosso curto período como casal. O restaurante de Roberto tinha uma comida incrível e era romântico, com um estilo antigo. Imaginei que ele tivesse escolhido um lugar com aquelas lembranças de propósito.

Lá dentro, olhei em volta e o vi sentado a uma mesa no canto, ao fundo. Era exatamente onde sentamos da última vez que fomos ali. Se havia alguma dúvida de que Davis estava tentando recuperar o clima que uma vez tivemos, a mesa pela qual ele chegou cedo para guardar confirmou suas intenções. Era, na verdade, meio fofo da parte dele lembrar de tantos detalhes de onde jantamos. Esse era Davis... fofo e cuidadoso. O total oposto de Caine, que era amargo e descuidado.

Eu nem sabia por que estava comparando os dois. Não parecia justo com Davis, embora ele fosse ganhar em quase todas as categorias se eu colocasse no papel e analisasse. O problema era que Caine me fazia sentir alguma coisa que não poderia ser inserida em uma categoria – alguma coisa que eu nem conseguia descrever. E, por um motivo que eu não entendia bem, aquele sentimento idiota superava toda a maravilhosidade de Davis.

Mas aquela tarde havia realmente aberto os meus olhos. Eu tinha praticamente me jogado pra cima de um cara que estava atraído fisicamente por mim, mas detestava estar. Não havia nada de bom em provocar um homem que não tinha nenhum interesse além de sexo e se arrependeria imediatamente de ceder à tentação.

Suspirei e jurei aproveitar minha noite e me concentrar no cara que estava sentado à minha frente.

Quando me aproximei da mesa, o sorriso de Davis trouxe de volta os bons tempos que tivemos ao longo dos anos. Quando cheguei perto, ele se levantou e me puxou para um abraço forte. Foi muito bom. Os braços dele envolveram minha cintura, ele enterrou o rosto no meu cabelo e inalou profundamente.

— Senti sua falta — ele disse. — Você sempre cheira tão bem.

Não percebi o quanto sentia falta de um abraço. Sim, sentia falta da gratificação sexual de estar com um homem... mas ser abraçada e me sentir querida era muito maravilhoso. Lá no fundo, eu sabia que estava carente depois da rejeição de Caine, porém enterrei isso e me permiti aproveitar o abraço de Davis. Ele demorou um tempo para me libertar e, quando o fez, deu um passo para trás, segurando minhas mãos e olhando para mim.

— Uau. Você está incrível, Rach.

— Obrigada.

Nos sentamos, e Davis apenas ficou me encarando.

Uma risada nervosa saiu.

— Você está me encarando como se eu tivesse duas cabeças.

Havia gentileza em seus olhos quando ele sorriu.

— Estava pensando... lembra daquela foto que tiramos na minha formatura? Aquela em que eu estava com a beca e você estava usando meu capelo torto com um sorriso bobo?

— Acho que sim.

— Bom, eu a revelei, e ela está na minha cômoda e... — ele parou.

— O quê?

— Nada. Não quero te assustar antes de o prato de entrada chegar.

Dei risada.

— Não seja bobo. O que você ia dizer?

Davis me olhou nos olhos.

— Eu ia dizer que às vezes acordo e olho para a foto, mas não tem comparação ver você ao vivo. — Seus olhos se voltaram para os meus lábios. — Sinto falta do seu sorriso bobo. Só isso.

Havia tanto carinho em seu olhar. Parecia ser contagioso, porque senti minhas entranhas amolecerem um pouco. Por que eu tinha pensado que aquela noite seria uma má ideia? Naquele instante, não conseguia pensar em um único motivo.

A garçonete interrompeu para anotar o nosso pedido de bebidas. Davis pediu sua Tanqueray e tônica de sempre, e olhou para mim.

— Coca diet?

Estava me sentindo rebelde.

— Vou beber uma Tanqueray e tônica também.

Assim que a garçonete desapareceu, Davis ergueu uma sobrancelha. Ele sabia da minha opinião sobre bebida. Também teve que lembrar daquela noite em que bebemos muito juntos e acabamos na cama.

— Esta noite é uma ocasião especial?

— Acho que sim. Não nos vemos há um tempo.

— Há muito tempo.

Quando estava na metade da minha bebida, meus ombros tinham caído, e os músculos do pescoço estavam bem mais relaxados. Estávamos mais à vontade e nos comportando como os antigos Davis e Rachel. Falei para ele sobre as minhas aulas, e ele perguntou como minha irmã estava. Nunca gostei muito de falar sobre mim mesma, então joguei a conversa de volta para ele.

— Então, o que você conta de novo? Como está seu trabalho?

— Bom. Recebi uma pequena promoção... consegui um território maior.

— Uau. Parabéns. Eu sabia que se sairia bem. Agora você tem um escritório grande e chique?

— Não, passo três quartos do meu tempo na estrada. Mas eles me deram uma permissão para comprar um carro melhor, então comprei um novo divertido para curtir enquanto dirijo.

— Qual você comprou?

— O Audi A4. É manual. Mais divertido de dirigir em trajetos longos com montanhas.

Meu cérebro estava sendo injusto. Imediatamente trouxe à tona a lembrança de Caine dirigindo seu carrinho – a forma como sua mão segurava aquele câmbio. Era uma coisa tão esquisita ter me deixado excitada e ansiosa, mais esquisito ainda foi ter ficado inquieta em meu assento ao lembrar.

Dei um gole em minha bebida.

— Você vai ter que me levar para passear um dia.

— Gostaria muito de fazer isso. Você pode até dar uma volta dirigindo, se quiser.

— Obrigada. — Zombei. — Caine não me deixaria dirigir o carro dele. Pensa que eu acabaria com seu precioso carro.

— Caine?

— Professor West. Meu orientador.

Davis pareceu refletir por uns segundos e, então, assentiu.

— É verdade. Você falou sobre ele na outra noite no O'Leary. Ainda está trabalhando seis dias da semana lá?

— Na verdade, nas últimas semanas, não. Entre dar aula e plantões, reuniões da faculdade e planejamentos de aula, tive que diminuir um pouco.

Durante o jantar, conversamos como amigos de longa data. Davis era uma boa companhia, e nossa intimidade me deixava bem confortável –

Davis sempre me dava uma sensação de conforto. Quando havia um intervalo na nossa conversa, eu podia ver que ele estava pensativo. Parecia estar evitando dizer alguma coisa.

— Fale — eu disse.

Ele riu.

— Você sempre sabe quando estou pensando.

— O que está acontecendo? Está tudo bem?

Ele parou de comer e colocou o garfo no prato.

— Você disse que não estava saindo com ninguém?

— Não estou, não.

— Há um motivo para isso?

— Além de eu mal ter tempo para respirar e de que a maioria dos homens do O'Leary serem sessentões aposentados, não. Na verdade, não.

— Você saiu com alguém desde... você sabe... que ficamos juntos?

— Será que conta um cara que era um idiota em quem Charlie havia quase batido com um taco de beisebol?

Demos risada, mas Davis logo ficou sério novamente.

— Eu saí com uma mulher por um tempo... Stacey. Tínhamos muito em comum e nos dávamos bem.

Senti um pouco de ciúme.

— Ainda estão juntos?

— Não. Terminamos.

— O que aconteceu?

Davis desviou o olhar por alguns segundos, depois voltou a me olhar.

— Ela não era você.

Abri três vezes a boca para responder, mas fechei, percebendo que não sabia realmente o que dizer. Davis flagrou minha expressão perplexa e pareceu achar graça.

— Não precisa falar nada. Na verdade, não fale. Me deixe terminar, certo?

— Certo... — Consegui dizer uma palavra... uma única palavra, mas foi suficiente.

— Primeiro de tudo, não foi assim que havia planejado conversar sobre esse assunto com você. Meu plano era jantar esta noite, encantá-la, lembrando de como as coisas eram ótimas entre nós e, então, levar você para sair mais algumas vezes antes de pôr tudo na mesa.

— Diria que você saiu do roteiro.

— É... desculpe por isso. Fiquei com um pouco de ciúme e pisei no acelerador.

— Ciúme. Do quê?

— Nada. Foi idiota.

— Me conte.

— Você mencionou aquele professor algumas vezes durante o jantar na outra noite, e então falou sobre estar no carro dele há um tempo, imaginei você... Minha mente começou a divagar. Pensei que talvez estivesse saindo com ele ou algo assim.

Zombei, negando.

— Definitivamente, não.

Mas o tom de ênfase em minha voz fez até com que eu não acreditasse. Negação obstinada é, frequentemente, a maior confissão. Porém, Davis não pareceu notar.

— De qualquer forma, meu plano era, depois de lembrá-la como era bom ficarmos juntos, te dizer que nunca deixei de pensar em você. — Ele parou, olhou para mim com uma expressão tímida e vulnerável. — Tentei seguir em frente, mas toda pessoa com quem começo a sair, independentemente do quanto seja ótima, tem um defeito que não consigo superar. Elas não são você.

Uau. Só. Uau. Fui pega *tão* de surpresa por sua seriedade. Também fiquei um pouco confusa.

— Mas não entendo. Quando paramos de nos ver, você disse que não estava pronto para um relacionamento. Entendi totalmente por causa do que você tinha acabado de passar. Precisava de tempo e espaço. Ainda assim, começou a sair com uma pessoa não muito tempo depois disso. Então você não precisava mesmo de tempo? Só precisava de um tempo sem mim?

Davis passou os dedos pelo cabelo curto. Era um pouco mais longo que o corte militar, mas ainda bem curtinho. De novo, pensei em Caine. Ele sempre passava os dedos por seu cabelo grosso e indisciplinado quando eu me esforçava ao máximo para deixá-lo frustrado.

— Você tem um pouco de razão. Precisava de um tempo sem você... porque eu não sabia ir devagar. Conseguia ver um futuro com você, e isso me assustava muito, porque estava acabando de sair de um relacionamento no qual tinha visto futuro em certo momento. Enquanto namorava Stacey por aqueles poucos meses, não conseguia ver as coisas a longo termo, não via um futuro, então me sentia confortável com ela.

— Então ficou com uma mulher por alguns meses porque não conseguia ver um futuro com ela. Mas fugiu de uma depois de apenas algumas semanas porque *conseguia* ver um futuro?

A risada de Davis foi de menosprezo.

— Bem idiota. Eu sei.

Na verdade, não era. Aquilo parecia ser um mecanismo de defesa. Quando se sabe que não consegue evitar de comer o bolo inteiro, você não compra um no mercado.

— Não é idiota. Eu entendo. Nosso *timing* só estava errado.

Quando Davis e eu paramos de sair, fiquei chateada, embora o meu lado racional entendesse que ele estava certo. Mas sempre acreditei que ele tinha sido sincero comigo, que precisava de liberdade. Pensei que, se fosse para acontecer, algum dia voltaríamos um para o outro. E ali estávamos.

Aquele *algum dia* tinha chegado.

Eu não tivera nenhum relacionamento para contar, então seria fácil continuar de onde paramos.

Só que...

Não era fácil.

Mas o amor era sempre fácil? Veja Umberto e Lydia...

— Diga alguma coisa.

Meus pensamentos estavam tão bagunçados que não percebi que tinha ficado quieta por alguns minutos.

— Não tenho ideia do que dizer.

— Bom, então posso finalizar e colocar todas as cartas na mesa.

— Finalizar?

Ele riu.

— Não se preocupe. Não tem muito mais. — Davis pegou minha mão. — Cometi grandes erros na vida, mas o maior que já cometi foi te deixar. Sei que isso parece vir do nada, mas juro que não. Não passei um único dia sem que você estivesse em meus pensamentos. Eu apenas enfim admiti a verdade.

Tudo que ele disse era exatamente o que eu queria ouvir... há quase nove meses. Só que agora não tinha certeza se Davis era a pessoa certa para mim. Se era, por que não fiquei mais devastada quando tudo acabou? Por que consegui esquecer? Minha mente continuava pensando em Lydia e Umberto. Ela não o esquecia nem agora, quando ele não se lembra de quem ela é e pensa que está apaixonado por outra mulher.

Mas talvez o fato de não consumir meus dias com pensamentos sobre Davis fosse meu mecanismo de defesa. Talvez eu tivesse enterrado os meus sentimentos para que não me magoassem. Quem sabe. Só me sentia sobrecarregada e confusa.

— Não sei o que dizer.

— Você já disse isso — ele zombou, com um sorriso de moleque. — Que tal dizer que vai pelo menos pensar? Não diga não. Ainda não, pelo menos. Pense um pouco.

— Ok.

— Ok? — Ele arregalou os olhos. — Quer dizer que vai pensar?

— Vou. Mas não consigo pensar direito neste momento. Depois de beber e de tudo que você acabou de dizer, minha mente não está em seu juízo perfeito para responder de qualquer forma.

— Isso é melhor que um não. Vou aceitar.

De algum jeito, conseguimos voltar para a conversa normal e aproveitar o resto do nosso... encontro? Estávamos em um encontro? Tinha chamado de encontro para a professora Pink, mas só para tentar irritar Caine. O que realmente Davis e eu estávamos fazendo? Não tinha realmente pensado nisso como um *encontro* — eu tinha ido simplesmente encontrá-lo para jantar.

Apesar de isso parecer um encontro até o fim da noite.

Quando o jantar acabou, fiquei feliz por ter ido de carro em vez de deixá-lo me pegar – como ele tinha sugerido. Isso nos poupou do momento bizarro em que eu me sentia grosseira por não o convidar para subir, mas ficava desconfiada pelo que poderia parecer se eu o convidasse para entrar. No entanto, embora eu tivesse prevenido *aquele* momento bizarro, o momento em que ele me levou até o carro também não foi fácil.

Davis segurou minhas duas mãos.

— Posso te ligar daqui a uns dias? Talvez possamos combinar de tomar um café ou algo assim?

Sorri.

— Claro. Adoraria fazer isso.

Ele se inclinou vagarosamente, quase como se quisesse me dar uma chance de me mexer antes que ele invadisse meu espaço, e encostou os lábios suavemente nos meus.

— Boa noite, Rach.

Com a nebulosidade das últimas duas horas, entrei no carro e Davis fechou a porta. Esperou que eu ligasse o carro e foi para o dele. Precisava de alguns minutos antes de dirigir, então peguei meu celular na bolsa e verifiquei as chamadas perdidas e as mensagens de texto ainda com o carro ligado. A primeira coisa que apareceu foi uma mensagem de Caine. Deve ter chegado durante o jantar.

Caine: não faça nenhuma besteira para se vingar de mim.

Que irritante! O cara realmente pensava que o mundo girava em torno dele. A nebulosidade na qual eu estava envolvida de repente desapareceu, e a raiva que sentira mais cedo estava de volta, clara como o dia. Digitei em um frenesi.

Rachel: vá se ferrar. Nem tudo é sobre você.

Os pontos imediatamente começaram a se movimentar.

Caine: isso é.

Centenas de respostas cruéis passaram pela minha cabeça. Mas então vi Davis esperando por mim antes de deixar o estacionamento do restaurante. Deus, eu era tão idiota. Joguei meu celular na bolsa, forcei um sorriso e acenei de novo para ele antes de entrar na rua.

O restaurante ficava a mais ou menos vinte minutos do meu apartamento. Eu faria o percurso em cinco minutos, mas, de repente, tive que enfiar o pé no freio para evitar bater na traseira de um Honda que parou no sinal vermelho. Eu estava tão brava, tão desconcentrada, que não tinha visto o grande e brilhante sinal vermelho ou as duas toneladas de ferro à minha frente obedecendo a lei.

As emoções começaram a tomar conta de mim e a adrenalina subiu depois do quase acidente. Meu coração estava palpitando como louco no peito. Tive que parar por temer que meu próximo quase incidente não parasse no quase.

Parada na rua, é claro que peguei o celular na bolsa.

Má ideia.

Eu deveria ter apenas recuperado a respiração, me acalmado e dirigido até em casa a uma velocidade normal. Em vez disso, quando peguei o celular, vi uma chamada perdida e uma mensagem de Caine. Não tinha deixado mensagem de voz, mas a mensagem de texto dizia:

PRECISAMOS CONVERSAR.

Fiquei furiosa. Ele não apenas pensava que tudo era sobre ele, como pensava que podia delegar comandos. *Precisamos conversar.*

Sabe de uma coisa? Ele estava certo. Precisávamos mesmo conversar. Mas eu que iria falar o tempo todo, e seria de acordo com os *meus termos*.

Meus pneus cantaram quando saí da guia e dei a volta para ir em direção a Manhattan. Aquela conversa que ele queria aconteceria naquele instante.

Capítulo 21

Rachel

Se você procurasse *instável* no dicionário, tenho quase certeza de que minha foto estaria lá.

Em um período de cinco ou seis horas, tinha ficado excitada com o argumento caloroso que Caine tinha dado quando o incitei a me tocar, brava e vazia quando ele me dispensou, como se não estivesse lá comigo, e então confusa, mas lisonjeada, quando Davis me disse que queria reatar. Depois, no instante em que o jantar acabou e Caine começou a discutir comigo por mensagens de novo, voltei a ficar brava.

Agora eram quase onze da noite, e eu estava parada a uma distância de dois prédios do apartamento de Caine. De repente, toda a raiva que eu tinha sentido durante o trajeto desaparecera, e eu me perguntava por que tinha ido lá. Isso era o que eu chamava de instabilidade emocional.

Por que eu estava ali? Para brigar com Caine, falar para ele um pouco do que eu pensava sobre o seu comportamento quente-e-frio desdenhoso. Claro que eu queria brigar com ele. Mas sabia que não era realmente isso que eu queria. Sentada no carro ainda quente, peguei meu celular e reli as suas mensagens.

Não faça nenhuma besteira para se vingar de mim.

Ele não estava errado. Minhas escolhas — me vestir horas antes do jantar para ir à aula, aparecer com uma roupa sexy, até decidir ir ao jantar com Davis sozinha —, todas elas tinham a ver com Caine... e a maioria delas *foram* idiotas.

Soltei um suspiro pesado e exagerado. Aquela visita era uma má ideia. Bati a testa contra o volante algumas vezes, tentando fazer com que meu cérebro voltasse a ter um pouco de senso. Toda essa instabilidade emocional estava cobrando pedágio de uma vez, e eu estava cansada. *Realmente cansada.* Olhando uma última vez para o prédio de Caine, liguei o carro e voltei para casa, no Brooklyn.

Encontrar uma vaga para estacionar no meu bairro depois das oito era quase impossível. Estava cansada demais para procurar e preferi ir direto para o estacionamento caro a cinco quarteirões do que ficar rodando e irritada por uma hora. Tivera minha cota de irritação por hoje.

Quando cheguei ao meu quarteirão, estava xingando meus saltos altos, e também o departamento de manutenção da cidade pelas calçadas horríveis e quebradas pelas quais tinha que andar. Quase caí três vezes. Finalmente chegando ao meu prédio, subi tremendo cada degrau alto da escada. Resmunguei para mim mesma ao abrir a porta para o vestíbulo, percebendo que estava novamente destrancada. Qualquer um poderia entrar.

Assustei-me quando entrei e vi um homem parado ali. Instintivamente, comecei a gritar.

Caine pareceu tão assustado quanto eu. Ele ergueu as mãos.

— Rachel, sou eu.

Apertei o peito.

— Que porra está fazendo? Tentando me matar de medo?

— Desculpe. Não quis te assustar. Mas a porta estava aberta, então entrei. Estava quase indo embora, já que você não atendeu o interfone.

Meu coração martelou no peito. Estava tendo um dia dos infernos.

— O que está fazendo aqui?

— Vim falar com você.

Meu susto rapidamente se transformou em raiva.

— É mesmo. *Precisamos conversar*. Você disse isso na mensagem mais cedo. — Joguei a verdade. — Enquanto eu estava me despedindo do meu encontro.

A mandíbula de Caine ficou tensa.

— Estou feliz que pelo menos tenha voltado para casa.

Eu queria magoá-lo da mesma forma que ele me magoou.

— É. Eu prefiro uma *foda rápida*, vir para casa e dormir na minha própria cama.

Ele falou entredentes:

— Vamos subir e conversar, Rachel. Não quero ter essa conversa no saguão do seu prédio.

— Que conversa? Já entendi, Caine. Você não está interessado. Bom, seu pau pode estar, mas você não.

Ele me lançou um olhar intenso.

— Cinco minutos. Podemos, por favor, subir e conversar como adultos?

Olhei intensamente de volta para ele.

— Tá bom.

O ar estalava no pequeno elevador enquanto subíamos até o terceiro andar. Sentia os olhos de Caine em mim, mas me recusava a olhar para qualquer lugar que não fosse para a frente. Quando o elevador guinchou ao parar, foi como um sinal para começar o próximo *round* de boxe. *Round nove, começando.*

Meu apartamento era pequeno, mas, de repente, parecia uma caixa de sapato. Deixei minha bolsa na cozinha e, quando estava prestes a libertar meus pés latejantes dos torturantes saltos altos, parei para pensar melhor. Precisava ficar mais alta, o mais próximo que conseguia dos olhos de Caine.

A tensão aumentava a cada segundo à medida que nenhum de nós pronunciava uma única palavra. Finalmente, Caine quebrou o silêncio.

— Eu não queria que cometesse um erro do qual se arrependeria por causa da forma como deixamos as coisas. Mas já que estou muito atrasado, talvez eu devesse ir.

— Você é muito babaca! — gritei.

Caine olhou intensamente para mim. Seu maxilar estava tão tenso que pensei que pudesse quebrar um dente. Vê-lo irritado me fez sentir mais forte, me recarregou. Eu me sentia como uma viciada, buscando qualquer sinal de que ele fosse estourar de raiva para saciar o meu vício. Eu continuava querendo mais.

— O mundo não gira em torno de você. Há inúmeros motivos para eu dormir com Davis que não têm nada a ver com o fato de você ser um babaca. Vamos ver... — Contei nos dedos. — Um, ele é sincero consigo mesmo. Não inventa desculpas para evitar a verdade. Dois, ele admite quando está errado, como hoje, quando me disse o quanto sente minha falta e que me quer de volta.

As narinas de Caine estavam inflando, então pensei em alimentar a explosão.

— Três, ele é bom de cama. Atencioso e generoso. Sabe, agora que estou pensando, provavelmente há uma relação entre ser sincero consigo mesmo e com seus sentimentos e ser *bom de cama*.

Caine estava paralisado, embora eu conseguisse ver o seu punho se fechando e abrindo novamente ao lado de seu corpo, à medida que ele tentava manter o controle. O cara era muito frustrante e inquebrável. Furiosa, fui até a cozinha buscar uma bebida. Como ele não saiu do meu caminho, esbarrei nele de propósito.

— Sai da frente, babaca.

Prendi a respiração quando ele pegou meu cotovelo por trás e me girou.

— Você acha que ser sincero e ser bom de cama andam lado a lado? Então aqui está uma coisa que vai comprovar por que me chama de babaca. Você está aqui em pé me dizendo que transou com outro cara, e tudo no que consigo pensar é no quanto você me odiaria amanhã se eu lhe mostrasse como é *transar de verdade*. Não de um jeito gentil. Mas de um jeito que você seja colocada contra a parede, enquanto eu te como e chupo sua pele intensamente, a ponto de deixar marcas, para, na próxima vez que tirar as roupas para se vingar de mim, o babaca saber que estive lá antes.

Caine aproveitou que estava me segurando e me puxou contra o seu peito. Estávamos nos encarando, olhos nos olhos.

Minha voz saiu estremecida quando falei:

— Não dormi com Davis para me vingar de você.

— Então por que transou com ele, Rachel?

Esse era o momento da verdade. Mantendo os meus olhos nos dele, engoli meu orgulho e sussurrei:

— Não dormi com ele. Só falei isso para te irritar.

Seus olhos se escureceram e ficaram quase pretos. Ficamos olhando um para o outro por muito tempo, absorvendo tudo, e então seu aperto me libertou. Primeiro, pensei que estivesse me rejeitando de novo. Então, vi sua mão no seu cinto.

— Vire-se, incline-se e coloque as mãos na parede.

Olhei para ele em dúvida, tão sem palavras até mesmo para emitir um som.

Ele ergueu o queixo em direção à parede a alguns metros atrás de mim.

— A parede. — Ele abriu a fivela do cinto e fez um som de chicote ao tirá-lo por completo em apenas um movimento. — Segure firme.

Parecia que eu estava tendo uma experiência fora do corpo quando me virei e fui até a parede. Podia me ver inclinando e abrindo os dedos como se eu estivesse flutuando em algum lugar acima, assistindo a tudo que acontecia em câmera lenta. Senti o calor do corpo de Caine atrás de mim antes de ele falar.

— Esse vestidinho... — O tecido mal cobria minha bunda naquela posição, mas ele ergueu a saia até estar sobre minha cintura, expondo toda minha bunda. — Você queria me atiçar com essa porra desse vestidinho, não é?

Não pensei que ele realmente esperasse uma resposta, nem sabia se era capaz de dar uma. Mas eu estava enganada.

— Não é? Diga. Me conte que queria me atiçar.

Assenti.

— Sim. Usei para você.

Sua mão tocou minha bunda com um barulho alto. Ele me deu um tapa. *Forte.*

— Isso é por ser maldosa quando eu estava tentando ser bonzinho.

Caralho. Senti uma sensação de umidade entre as pernas e arfei. Ele se inclinou, cobrindo meu corpo com o dele, e colocou meu cabelo para um lado a fim de beijar minha nuca. Pude sentir sua excitação na minha bunda, apesar dos jeans que ele ainda vestia. Sua respiração quente causou um arrepio em todo o meu corpo.

— Gostou disso, não gostou? Vou me lembrar.

Então, de repente, ele se endireitou, e o ar frio atingiu o meu corpo. Seus dedos passaram por debaixo do meu fio dental e deslizaram pelas minhas pernas até ele ajoelhar, levando minha calcinha aos pés.

— Abra mais.

Ele mergulhou e subiu com sua boca diretamente entre minhas pernas. Gemi e torci para que meus joelhos não cedessem quando ele enterrou o rosto inteiro na minha boceta. Não foi gentil. Foi desesperado e bruto. Ele chupou forte meu clitóris e lambeu minha excitação como se estivesse faminto e eu fosse sua última refeição. Senti meu orgasmo se formar mais rápido do que nunca, e pensei que talvez não conseguisse manter o equilíbrio.

— Doce pra caralho... — Caine gemeu. — *Molhada pra caralho pra mim.* — Enfiou dois dedos, e eu revirei os olhos.

Gemi.

— Caine.

Ele enfiou e tirou.

— Tão apertada.

— *Caine.* — Meus gritos agora eram desesperados. — *Porra, Caine.*

Ele respondeu se levantando e inclinando sobre mim de novo. A mão que não estava dentro de mim puxou meu rosto para o lado, e sua boca beijou a minha. Seus dedos não pararam, sua língua se juntou em uníssono. Foi tudo tão rápido – até demais. Sua excitação empurrava o lugar quente que sua mão tinha deixado na minha bunda, seus dedos se mexiam dentro de mim, sua boca, sua língua, seu cheiro, tudo. Meu orgasmo me atingiu de forma violenta, uma série de choramingos engolidos por Caine, enquanto ele continuava até eu mal conseguir respirar.

Nós dois ofegávamos de modo selvagem, ele ainda inclinado em mim. A cada respiração, eu sentia arrepios que se formavam debaixo do brilho de suor na minha pele.

— Tudo bem? — ele perguntou.

Respondi com um sorriso bobo.

— Caralho, tudo. Nunca estive melhor.

Ele riu.

— Você quer terminar contra a parede ou na sua cama?

— Terminar? Pensei que eu já tivesse terminado.

— Não, Estressadinha. — Ele se levantou e me pegou no colo. — Está só começando.

Se aquilo fosse verdade, eu estava com um pouquinho de medo, porque o que tinha acontecido já havia acabado completamente comigo.

Caine deve ter lido a minha mente. Ele beijou os meus lábios e me pegou no colo.

— Para cama. Vamos deixar as suas pernas descansarem.

Gostei daquela escolha. Encostando a cabeça no peito dele, falei:

— Eu realmente preciso de um descanso.

— Eu disse que suas pernas vão ter um descanso... não o restante de você.

Capítulo 22

Rachel

Apoiei-me nos cotovelos, aproveitando o show.

Caine me viu olhando e deu um sorriso bobo.

— Sabe, você podia me ajudar um pouco e tirar a roupa enquanto eu tiro a minha.

— Mas estou bem te observando daqui.

Ele balançou a cabeça e continuou a desabotoar a camisa. Seus jeans estavam desabotoados e um pouco arriados em sua cintura estreita. Meus olhos ficaram grudados no v profundamente esculpido à mostra enquanto ele tirava sua camisa e a jogava no chão.

— Você deveria dar aula sem camisa.

— Tenho certeza de que a administração iria gostar.

— Eles iriam gostar do aumento das matrículas de todas as mulheres que pediriam transferência de faculdades com professores feios e velhos.

— É mesmo?

Caine ergueu um lado do lábio, e sua mão foi para o zíper da calça. Ele a abaixou e a tirou. Meus olhos pairaram em sua cueca boxer, ou melhor, na protuberância grande à mostra. Eu sabia que ele estava me observando, mas eu não conseguia tirar os olhos dali.

Como eu estava gostando muito do show, Caine deve ter decidido que me daria um. Sua mão envolveu sua excitação grossa, e ele a acariciou para cima e para baixo por cima de sua cueca.

— Se vou dar aula sem camisa, posso também trabalhar sem as calças. — Ele apertou e, quando olhei para cima, nossos olhos se encontraram.

Engoli em seco.

— Acho que só sem camisa seria melhor.

— Ah, é. Por quê?

Lambi os lábios.

— Porque isso é *meu*.

O sorriso malicioso de Caine dizia que tinha gostado do comentário. Ele enganchou dois dedos em cada lado da cueca e se inclinou para retirá-la. Seu pau grosso balançou e bateu na sua barriga.

— *Caralho*. — Achei que só tivesse pensado isso, mas, aparentemente, disse em voz alta.

Usando seus dentes e uma mão, Caine abriu uma camisinha que eu não tinha percebido que ele segurava e a colocou, antes de apoiar um joelho na cama para subir.

— Não se preocupe. Vamos devagar. Essa boceta revirginada ficará dolorida amanhã, mas só por causa das múltiplas vezes, não por eu te pegar rapidamente. Agora, vamos tirar esse vestido de você.

Caine pegou a bainha do meu vestido e o puxou por cima de minha cabeça. Como já estava sem calcinha há muito tempo, agora eu usava apenas o sutiã e os sapatos. Colocando o braço atrás de mim, ele abriu o sutiã com uma mão. No dia seguinte, provavelmente, eu ficaria obcecada pelo fato de ele ter mais experiência em remover um sutiã do que eu, mas, naquele momento, apenas estava feliz por ele não perder tempo sendo desastrado.

Ele se inclinou para trás para me observar.

— Você é linda. — Ele segurou um dos meus seios, acariciando o mamilo com seu polegar calejado. — Esses seios. Eles estão me enlouquecendo há semanas. Não consigo te dizer quantas vezes me perdi dando aula quando olhava para você e os via pontudos por debaixo da sua camisa.

Ele abaixou a boca para o meu seio e o açoitou com a língua antes de chupar fundo meu mamilo com sua boca quente. Olhou para mim enquanto lambia e mordiscava, nossos olhos travados, enquanto ele registrava exatamente o que causava diferentes reações. A atenção intensa de Caine estava finalmente me fazendo contorcer por motivos muito mais gostosos.

O ar frio atingiu os meus mamilos endurecidos quando ele colocou sua boca no meu pescoço. Ele chupou a pele sensível abaixo da minha orelha enquanto minhas mãos exploravam seu corpo. Quando ele mordeu o lobo da minha orelha, ao mesmo tempo que beliscou meu mamilo extremamente duro, cravei as unhas nas costas dele.

Caine gemeu.

— Vamos chegar lá. Assim que eu acabar com você, vamos explorar a intensidade que você gosta. Aposto que gosta que puxe seu cabelo enquanto está de quatro, com a bunda vermelha e o meu pau preenchendo essa bocetinha doce. — A mão de Caine baixou, e ele correu dois dedos por meu centro umedecido antes de enfiá-los em mim. — Molhada. Você gosta dessa ideia, não gosta?

Como eu não respondi, não consegui responder, Caine curvou os dedos lá dentro e acariciou um lugar que eu sabia que me libertaria. Eu já não era mais capaz de responder verbalmente, então estiquei o braço entre nós e envolvi minha mão no comprimento dele, dando um bom e firme aperto. Depois de algumas bombeadas, Caine ficou totalmente sobre mim e foi para minha boca. Sua língua se agitava sobre meus lábios, instruindo-os a abrir, então ele enfiou a língua para encontrar a minha. Fiquei completamente perdida no beijo, sentindo-o em todo lugar pelo meu corpo. Havia um desejo que eu nunca tinha sentido antes. Eu não tinha limitação. Queria dar a ele tudo que ele estava prestes a tomar de mim e mais.

Caine se ergueu um pouco, o suficiente para conseguir olhar para mim, mas nossos corpos ainda estavam se tocando. Nossos olhos travaram-se enquanto ele roçava seu comprimento para cima e para baixo na minha entrada, cobrindo-o com a minha umidade. Então, começou a empurrar para dentro. Apenas alguns centímetros no começo, depois tirou quase todo e repetiu o movimento lentamente. Cada investida era um pouco mais profunda, esticando-me um pouco mais.

Quando ele finalmente segurou meus quadris e se abaixou, me preenchendo por completo, fechei os olhos. Era muito bom estar completamente preenchida por aquele homem. Vinha lutando contra isso desde o dia em que nos conhecemos, e me render era um alívio emocional enorme.

— Abra os olhos, Rachel. — Caine tirou uma mecha que vagueava em meu rosto e sussurrou: — Não achei que conseguiria ficar ainda mais bonita. Mas seu rosto comigo dentro de você é... não tenho palavras...

Esticando o braço para baixo, ele colocou uma mão atrás da minha perna, sugerindo que eu a flexionasse e permitisse que ele afundasse ainda mais dentro de mim.

— Caine... — Meu corpo começou a tremer.

— Eu sei...

Ele começou devagar, mas a intensidade começou a crescer. Cada estocada era mais profunda, à medida que começamos a nos mover em uníssono, balançando para a frente e para trás. Senti-o dentro de mim de muitas maneiras.

Gemi durante o orgasmo, me esforçando para manter os olhos abertos pois queria compartilhar o quanto me sentia bem com ele. Quando tinha começado a me acalmar, Caine acelerou, investindo mais rápido e mais forte como se estivesse perseguindo meu orgasmo com o seu próprio. Adorei a forma como ele disse o meu nome ao gozar dentro de mim. Era mais terapêutico do que qualquer música já tinha sido para mim.

Ficamos abraçados enquanto Caine continuava a se mover para dentro e para fora de mim por muito tempo depois – movimentos preguiçosos e sem pressa enquanto recuperávamos a respiração e trocávamos sorrisos fáceis. Em certo momento, contudo, ele precisou parar para tirar a camisinha. Quando se levantou da cama e caminhou até o banheiro, um calafrio passou pela minha pele úmida.

Torci para que não fosse um sinal de que, assim que o calor passasse, as coisas com Caine fossem esfriar de novo.

Capítulo 23

Rachel

Caine me surpreendeu ao voltar para a cama com uma toalha de rosto morna e gentilmente me limpar. Nenhum homem nunca tinha sido tão gentil comigo depois da transa. O modo como ele passava a toalha em minha pele sensível era tão íntima e cuidadosa, que fez meus ombros – que tinham ficado tensos quando ele se levantou – relaxarem de novo.

— Está bom? — Sua voz era baixa e suave.

— Sim. Obrigada.

Ele desapareceu de novo no banheiro, e ouvi a água correr por alguns minutos. Então, ele saiu novamente. Ficou quieto ao pegar suas roupas, colocar a cueca e a calça. Talvez eu tivesse relaxado um pouco cedo demais.

— O que está fazendo? — Tentei não parecer muito mandona, mas não consegui muito bem.

Ele estava olhando para baixo, fechando o zíper, e parou para olhar para mim.

— Me vestindo.

— Estou vendo. Mas há um motivo para você ir embora tão rápido?

Caine franziu as sobrancelhas. Percebi que ele nem tinha pensado no que estava fazendo. Estava no piloto automático.

— É isso que você faz toda vez depois de... ficar com uma mulher, não é?

Seu maxilar ficou tenso.

— Está tarde.

— Que seja. Pode ir.

Desviei o olhar, sem querer que ele visse a decepção que eu sabia que era impossível disfarçar na minha cara. O ruído das roupas me irritava mais a cada segundo. Cinco minutos antes ele havia sido tão doce e gentil, e agora tinha voltado a ser o Professor Babaca.

Não consegui me segurar. Afinal, eu era estressadinha.

— Você é mesmo um babaca, sabia disso?

Caine congelou, abotoando sua camisa.

— Acredito que tenha me dito isso antes, então, sim, tenho consciência de que sou mesmo um babaca. Mas estou surpreso que você não tenha consciência disso tanto quanto eu, mas, mesmo assim, continua me lembrando de meu status de babaca.

Aquele homem conseguia me deixar muito brava. Era como um interruptor que ligava e desligava dentro de mim e eu me transformava em um tipo de doida que não reconhecia.

— Vai deixar dinheiro na mesinha?

Seus olhos arderam em chamas. Ele ficou em silêncio enquanto olhava intensamente para mim. Eu me preparei, aguardando a resposta que estava por vir.

— Não acho que você seja uma prostituta, Rachel. Na verdade, acho que é exatamente o oposto... é uma garota legal. Esse é o problema.

— Do que está falando?

Caine finalmente me olhou diretamente nos olhos para responder.

— Quando as coisas acabarem, ou melhor, quando eu foder com as coisas, vou te magoar.

— Você não sabe disso.

Ele zombou.

— Sim, Rachel, eu sei.

Lá no fundo, uma parte de mim sabia que ele tinha razão. Mas eu não podia deixá-lo ver isso.

— Você é tão cheio de si, que já decidiu que vai partir meu coração. Já parou para pensar que talvez seja *eu* que parta o *seu* coração algum dia? Talvez eu só esteja usando você pelo seu corpo.

Caine ergueu as sobrancelhas. Eu estava mentindo um monte, claro, mas ele não precisava saber disso. Tudo o que ele precisava fazer era *ficar*. Eu não estava pronta para ele me deixar. Não naquela noite... ainda não.

Quando os seus olhos desceram para os meus seios, me lembrei de que a única coisa que Caine não conseguia negar era sua atração por mim. Então, eu teria que tirar proveito disso até poder descobrir o resto. Erguendo as mãos, segurei os seios e dei um bom aperto. Uma luxúria descontrolada brilhou nos olhos de Caine, e o controle mudou naquele quarto. Se o sexo era o caminho naquele momento, que fosse.

Descendo uma mão por meu corpo da forma mais sedutora que consegui, fechei os olhos e toquei entre minhas pernas. Quando os abri e vi a forma como Caine estava me olhando, eu sabia que tinha ganhado essa, mesmo que fosse uma pequena batalha no que eu achava que seria uma longa guerra.

— Algum problema? — perguntei. — Se eu usar você pelo seu corpo?

Ele respondeu desabotoando a camisa que tinha acabado de vestir.

— Nem um pouco.

Enquanto ele estava tirando rapidamente as roupas, eu ajoelhei na cama. Ele estava completamente excitado de novo, embora tivesse terminado há menos de quinze minutos. Na realidade, parecia ainda maior agora. Se eu não estivesse tão excitada, talvez tivesse ficado com um pouco de medo daquela coisa.

Caine estava me observando, então continuei a lhe oferecer movimentos que combinavam com as minhas palavras ousadas. Virando o rosto para a cabeceira, fiquei de quatro e olhei para trás por cima do ombro. Minha voz estava rouca.

— Acredito que tenha dito algo sobre meu cabelo e sobre me querer de quatro?

Eram duas da manhã quando terminamos os *rounds* dois e três. Ou eram três e quatro, já que tecnicamente o primeiro tinha começado na sala mais cedo? Enfim, aprendi uma coisa sobre Caine naquela noite: sua luta para me evitar perdia força quando ele estava fisicamente exausto. Levando em consideração que o método para o deixar fisicamente exausto era bem espetacular, eu diria que era uma descoberta prazerosa.

Estava com a minha cabeça apoiada no peito dele enquanto ele acariciava meu cabelo no escuro. Quando falou, sua voz era baixa.

— Como você conseguiu essa cicatriz nas costas?

— Caí de uma árvore quando era criança e levei alguns galhos comigo na queda. — Eu contava a mesma história por tanto tempo quando alguém via minha cicatriz funda com três centímetros de largura que eu quase acreditava que era verdade.

— Ai.

— Não foi tão ruim. Cicatrizou rápido. E você? Tem alguma cicatriz?

— Visíveis, não — Caine disse. — Embora as invisíveis sejam as mais difíceis de curar.

Entendia esse sentimento mais do que ele imaginava. Dei um beijo suave em seu peito, logo acima de seu coração. Depois disso, nós dois ficamos quietos por um tempo, e eu imaginei se ele estava pensando em suas cicatrizes.

— Se importa se eu ficar esta noite? — Caine quebrou nosso silêncio. — Acho que você sugou toda minha força. *Literalmente* naquela última rodada.

Dei risada. *Quando foi a última vez que dei risada?*

— Claro que não. Quero que fique.

Ele apertou meu ombro em resposta.

Alguns minutos se passaram, e pensei que ele pudesse ter dormido, então sussurrei:

— Está dormindo?

— Não.

— Então posso te perguntar uma coisa?

Eu não estava olhando para ele, mas sabia que estava sorrindo quando falou.

— Te impediria se eu dissesse que não?

— Não sente falta disto?

— Do quê?

— Disto... de se aconchegar em um corpo quente, de ter companhia.

Caine ficou quieto por um instante.

— Essa não é uma pergunta fácil de responder, Rachel.

— Como assim? Não é só sim ou não?

— Pouquíssimas coisas na vida são simples assim.

— Acho que você torna as coisas mais difíceis do que precisam ser.

Ele suspirou.

— Passei um ano em suspensão acadêmica por ceder à minha vontade de um corpo quente. Você é minha auxiliar e eu sou seu orientador. Nunca tive um relacionamento que não terminou mal. Não é um simples sim ou não.

Doía ser lembrada de que eu não era o primeiro mergulho que Caine dava na piscina acadêmica. Fiquei quieta, e ele deve ter sentido que eu estava carente.

Beijou o topo da minha cabeça.

— Nunca passei a noite com ninguém da faculdade. — Ele fez uma pausa. — E antes de você tirar conclusões precipitadas, eu *nunca* estou cansado demais para me levantar e ir embora. Mesmo agora.

Considerei isso uma vitória, apesar de pequena.

— Ok... Quando foi a última vez que...

Caine me interrompeu, aconchegando-me mais perto em seus braços.

— E *este corpo quente* é muito bom. Agora durma um pouco. Pode me interrogar mais enquanto faz o café da manhã para mim.

Alguns minutos mais tarde, a respiração de Caine se acalmou quando ele caiu no sono. Beijei seu peito e fechei os olhos para segui-lo para a terra dos sonhos. Sorri e pensei: *mal posso esperar pelo café da manhã.*

Abri os olhos e imediatamente estiquei o braço para o outro lado da cama. No lugar de Caine, encontrei somente o lençol frio. Meu estômago se afundou. Peguei o meu celular no criado-mudo, apertando os olhos para ver a hora, e fiquei chocada ao ver que tinha dormido até quase onze e meia. A última vez que dormi até tão tarde... bom, não conseguia me lembrar da última vez que dormira até tão tarde. Não era à toa que Caine tinha ido embora.

Bocejando, me arrastei até o banheiro para me lavar e escovar os dentes. Estava completamente nua e, quando olhei no espelho e vi meu cabelo bagunçado e as marcas vermelhas das chupadas incessantes de Caine no meu pescoço, não contive um sorriso. *Deus, quantas lembranças boas eu tinha.* E não apenas em meu cérebro – alguns músculos que eu nem sabia que existiam doíam, e estava inchado e dolorido entre minhas pernas. Mesmo assim, eu me sentia melhor do que há muito tempo. Na verdade, *gostei* daquela minha aparência louca e nem me incomodei de arrumar, sentindo que o jeito que eu estava, de um modo estranho, me mantinha conectada a Caine.

Peguei a primeira peça que encontrei na gaveta cheia de roupas de ficar em casa, coloquei uma camiseta vintage dos Rolling Stones e fui para a cozinha precisando muito de um café. Parei de repente quando vi Caine próximo ao meu fogão. Suas costas estavam viradas para mim, e ele não parecia ter me ouvido, então fiquei parada na porta, observando-o, meio atordoada com o que estava vendo e meio surpresa por ver que ele ainda estava ali.

Caine estava... *dançando?* Bom, não tecnicamente dançando, acho. Mas com certeza estava se balançando com a batida de alguma coisa, enquanto virava as panquecas em uma panela e mexia a linguiça na outra. *Hum.* E a comida cheirava muito bem também.

Continuei assistindo em silêncio, me divertindo totalmente ao ver Caine tão à vontade.

— Quer um pouco de café enquanto fica aí parada? — ele perguntou sem se virar.

Pulei e ele sorriu.

— Não achei que soubesse que eu estava aqui.

— Eu sei. — Ele foi até o armário, pegou uma caneca e colocou café para mim. Parecia que Caine e minha cozinha tinham se familiarizado enquanto eu dormia. — Gosta de açúcar e creme?

— Adoçante e meio a meio.

Caine terminou de fazer meu café e, por algum motivo, fiquei na porta da cozinha. Ele me trouxe a caneca e beijou a ponta do meu nariz antes de entregá-la a mim.

— Bom dia, dorminhoca.

— Há quanto tempo está acordado?

— Há uma hora mais ou menos.

— Eu não sabia que ainda estava aqui. Por que não me acordou?

Caine voltou para o fogão.

— Imaginei que estivesse cansada de ontem à noite.

Sorri e levei o café até a boca.

— Estou. Parece que apanhei.

Colocando as panquecas e as poucas linguiças na mesa, ele arrumou o café da manhã.

— Sente.

— Você é mandão mesmo, sabia? No limite da grosseria. Não sou um cachorro. Sente. Levante.

Caine veio em minha direção de novo e colocou uma mão em cada lado da minha cabeça na parede.

— Não pareceu se importar ontem à noite.

— É diferente.

— Não é, não. – Ele baixou a cabeça, contendo uma risada. — Que tal tomarmos café da manhã sem brigar?

— Certo. Vou sentar. Mas só porque o cheiro está muito bom e não porque você mandou.

Ele balançou a cabeça.

— Como quiser, Estressadinha.

Assim que coloquei o garfo na boca, percebi que estava morrendo de fome. Devorei uma panqueca inteira em algumas mordidas.

— Com fome? — Caine ergueu uma sobrancelha.

— Cale a boca. Então, o que fez enquanto eu estava dormindo?

— Ouvi música no celular e olhei mais um pouco as fotos na sua parede.

Apontei o garfo para ele.

— Estava xeretando? Não imaginava que você fosse xereta.

— Não mexi nas suas gavetas. Olhei as fotos penduradas na parede. Não acho que é a mesma coisa que xeretar.

— Xereta. — Sorri como uma idiota.

Comemos em silêncio por um tempo. Eu estava sorrindo demais, e parecia que Caine tentava esconder que estava um pouco aterrorizado por meu entusiasmo com o café da manhã. Mas era muito mais do que eu tinha esperado dele depois de como as coisas haviam começado na noite anterior.

Quando eu estava lavando os pratos, meu celular tocou. Estava conectado no carregador, no balcão da cozinha, e Caine e eu vimos ao mesmo tempo o nome brilhando. *Davis*.

Os olhos de Caine se voltaram para os meus. Ignorando-o, terminei de lavar a louça.

— Não vai atender?

— Falo com ele depois.

Enquanto eu limpava a mesa, Caine voltou para a parede da sala de estar com outra caneca de café. Juntei-me a ele quando terminei. Ele estava parado em frente a uma foto em que estávamos eu e os meus três colegas de quarto e que tinha sido tirada há um ano, uma semana antes de todos nos mudarmos e seguirmos caminhos diferentes. Nosso sofá de dois lugares tinha um comprimento de dois metros, com três grandes almofadas, mas nós quatro estávamos sentados apertados em um lado. Havia muitos sorrisos naquela foto.

— Quem é essa com você e Ava?

— Essa é Beth e o outro é Davis. Beth é a do decote.

— Percebi.

Caine bebeu seu café. Depois de um instante, ele se virou e me olhou.

— Por que não dormiu com ele?

— Só jantamos. Ele queria conversar.

— Mas ele quer dormir com você?

— Quer tentar namorar de novo, sim.

Caine bebeu de novo, me analisando por cima da caneca.

— E o que você quer?

Você, seu idiota. Eu quero você. Eu sabia que ele estava um pouco inquieto sobre o que acontecera na noite anterior, então respondi com cautela, fingindo não dar muita importância para o assunto.

— Não me importaria de fazer um pouco mais do que fizemos ontem à noite.

Caine enfiou a mão debaixo da minha camiseta e viu que eu não estava usando nada por baixo. Segurou minha bunda e apertou.

— Você não vestiu nada aqui embaixo desde que acordou?

— Não.

Ele pegou o café que eu estava segurando e foi até a cozinha, deixando nossas duas canecas na mesa. Quando voltou para mim, se inclinou, me levantou e me colocou no ombro, estilo bombeiro. Gritei, mas adorei cada minuto. Principalmente o que veio depois...

Somente no meio da tarde Caine fez menção de ir embora. Eu tinha que trabalhar no O'Leary às cinco, e tínhamos acabado de tomar banho juntos. Ele se vestiu enquanto eu estava no banheiro seguindo minha rotina normal. Ainda usando apenas uma toalha, me inclinei no espelho do banheiro para passar hidratante na pele. Caine apareceu atrás de mim e ficou observando em silêncio. Trocamos sorrisos e olhares, mas, na maior parte do tempo, nenhum de nós disse nada. Ele só me olhava, enquanto eu terminava de hidratar o rosto, passar um creme diferente nas pernas e braços e, então, escovar o meu cabelo molhado.

Em certo momento, ele falou.

— Já escutou alguma música pela primeira vez, sem saber a letra, mas que lhe pareceu familiar?

— Claro. Como "All Summer Long", de Kid Rock, na qual ele usa partes de "Sweet Home Alabama" e "Werewolves of London"?

— Não. Uma música original que você escuta pela primeira vez, mas parece que a conhece mesmo assim?

Virei para encará-lo.

— Acho que sim. Quer dizer, todas as músicas têm uma coisa em comum. Um verso, um acorde, um solo, um tom comum ou timbre. Nosso cérebro parece internalizar todas essas pequenas coisas, então quando escutamos algo temos essa sensação de familiaridade, mesmo assim não conseguimos descobrir de onde vem. Por quê?

— Você é essa música. Não sei a letra, mas o tom é muito familiar.

Entendi exatamente o que ele quis dizer. Também havia sentido uma conexão desde a primeira vez em que nos vimos. Não queria assustá-lo, mas o que quer que acontecesse entre a gente sempre foi maior que eu – maior que nós.

Brincando, coloquei os braços em volta do pescoço dele.

— Bom, meu corpo provavelmente te faz lembrar de alguma modelo famosa. Acho que é aquela com quem aquele jogador de futebol americano é casado.

Caine sorriu.

— Está falando de Tom Brady?

— Essa mesma. Meu corpo? É uma cópia do da esposa dele. E meu coração, provavelmente, tem um pouco da Madre Teresa.

— É mesmo?

— Mmm-humm.

Ele se inclinou e me deu um beijo suave nos lábios.

— Deve ser isso. Preciso ir, Madre Teresa, e você precisa trabalhar. Te vejo amanhã na aula. Serei aquele na frente da sala, ignorando você e tentando não olhar para o seu corpo.

— Ok. — Fiquei na ponta dos pés e o beijei. — E eu serei aquela que você sabe que está sem calcinha.

Capítulo 24

Caine – Quinze anos atrás

Ela não apareceu na semana anterior e eu deveria ter ficado feliz por isso. Depois de oito semanas me escondendo na igreja, eu finalmente tive meu sábado de volta. Mas não fiquei. Isso me deixou ansioso, e a maldita semana passou se arrastando.

Olhei para cima, para a cruz da igreja, e resmunguei para mim mesmo antes de entrar. *Desculpe pelo* maldita*, amigão.*

Como de costume, a igreja estava vazia, e eu tinha uma música para aprender, então fui para o meu lugar de sempre para me distrair, em vez de ficar esperando do lado de fora. Novamente, Liam tinha escrito uma de suas músicas enquanto estava bêbado, depois de uma farra. Porém, depois do último fiasco, quando ele apenas conseguira se lembrar de metade de uma música legal, todos juntamos dinheiro e compramos um gravador digital portátil. A coisa era menor que um celular e conseguia gravar vinte horas de música apertando um só botão. Deu muito certo. Quando ele apareceu de ressaca no ensaio naquela manhã, depois da típica sexta à noite de bebedeira e composição de música, não conseguia se lembrar de merda nenhuma. Mas tudo o que precisamos fazer foi um *upload*.

Ficamos felizes por Liam ter se lembrado de ligar a maldita coisa. Só que, infelizmente para nós – e para ele –, não tinha se lembrado de desligar durante a noite toda. Nós definitivamente teríamos que encontrar um jeito de colocar em uma faixa, no futuro, os grunhidos que ele emitia enquanto batia uma durante a noite.

Fiquei sentado no confessionário escuro por quase meia hora, com os fones no ouvido. Embora ela não tivesse aparecido, pelo menos eu tinha aprendido a letra que Liam havia escrito. Quando terminei, me afundei no assento de veludo vermelho almofadado, fechei os olhos e coloquei Bob Dylan. O som de "Blowin' in the Wind" bloqueava tudo ao redor, incluindo o som da porta se abrindo do outro lado.

Não sabia há quanto tempo ela estava ali quando abri os olhos e a vi. Tirei um fone do ouvido, não entrei no modo padre e deixei minha personalidade de dezesseis anos tomar conta.

— Oi. Achei que não fosse vir.

A música retumbava do fone pendurado.

— O que está escutando? — ela perguntou.

Não poderia dizer a ela que estava ouvindo Dylan. Isso não fazia muito o estilo padre.

— Uns louvores.

— Parece Bob Dylan.

Sorri. A menina conhecia Dylan. Não era à toa que eu gostava tanto dela. Baixei a voz.

— Shh. Não vamos contar nosso segredinho para os outros padres.

Não conseguia enxergá-la, mas sabia que ela estava sorrindo.

— Ok.

— Falando em segredos, o que tem para mim hoje? Tem sido uma boa cordeirinha?

— Minha irmã voltou para casa.

— Para te pegar?

— Não. Ela se meteu em encrenca, e a polícia a trouxe para casa.

Que bom. A polícia precisava estar naquela casa.

— O que aconteceu?

— Ela estava ficando na cabana de caça do pai de uma amiga dela ao norte. Bebeu todo o uísque dele em uma noite, saiu andando para encontrar um mercado e se perdeu. A polícia a trouxe para casa depois que ela vomitou na parte de trás do carro deles.

— Eles conversaram com seus pais?

— Conversaram com Benny. Escutei da porta do meu quarto. Ele mentiu para a polícia, disse que ela bebe o tempo todo e foge com garotos, e que ela faz isso há um tempo.

Merda.

— Eles não perguntaram mais nada?

— Não. Eram dois policiais, e um deles conhecia Benny da garagem.

— Da garagem?

— Onde Benny trabalha.

— Benny conserta carro? É mecânico?

— É.

— Como sua irmã está agora?

— Ela está triste.

— Por que você não veio na semana passada?

— Não podia deixar minha irmã sozinha. Benny estava muito bravo com ela depois que a polícia a levou para casa. Ele ficou bebendo e gritando muito por dias.

— Ele a machucou?

— Acho que sim.

Isso não era mais um jogo.

— Você precisa me contar. Machucou ou não?

Ela ficou quieta por muito tempo. Eu tinha resolvido que, se ela fosse embora, ou eu a seguiria para casa ou nós dois finalmente nos veríamos cara a cara. O fato de eu ter violado a confiança da pobrezinha nem importava. Ela poderia me odiar e fugir da igreja, contanto que estivesse segura.

Insisti, com um tom mais sério.

— Fale comigo. *Ele machucou* ou *não machucou* sua irmã?

— Ela não me conta. Mas eu o vi saindo do quarto dela de manhã, e ela me disse que eu tinha que trancar a porta à noite, porque ele tinha jurado que não me incomodaria se ela fosse legal com ele a partir de agora.

Porra. Porra. PORRA*!*

— Precisamos ir à polícia. Eu vou com você.

— Tenho que ir para casa agora.

Pude ver pela tela que ela tinha se levantado.

— Espere! — gritei.

Ela ficou parada.

— Por que veio hoje se não quer minha ajuda?

— Porque me sinto segura aqui com você.

— Você confia em mim?

— Confio.

— Então preciso que faça uma coisa por mim.

— Ok.

— Pegue sua irmã e volte aqui.

— Não posso. Benny vai chegar em casa logo.

— Então, amanhã. É domingo. O que você costuma fazer no domingo?

— Benny geralmente vai trabalhar de manhã. Minha irmã e eu ouvimos música. Não podemos ouvir quando ele está em casa.

— Quando ele sair para o trabalho, venham para cá. Quero falar com você e com sua irmã. Juntas.

Ela ficou quieta por um tempo. Quando finalmente falou, sua voz não foi convincente.

— Ok.

— Você vai vir? E trazer sua irmã?

— Vou tentar.

Esperei até ouvir a porta do confessionário e, então, a da igreja se abrir e fechar. Provavelmente ela demoraria uns minutos para destrancar sua bicicleta, e eu sabia a direção de onde vinha.

A última coisa que eu queria era assustá-la, quando a seguisse até sua casa. Mas, se ela não aparecesse no dia seguinte, eu precisava saber aonde iria.

Capítulo 25

Rachel

Fazer sexo arrebatador tinha suas consequências. Não eram nem nove horas da noite, nem metade do meu turno, e eu já estava arrastando a minha bunda pelo bar. Até aquele pensamento, entretanto, me fez sorrir. *Estou arrastando minha bunda.* A bunda em que Caine colocou as mãos na noite anterior... e nesta manhã.

Ava me flagrou sonhando acordada.

— Ah, meu Deus. Você transou com Davis.

— Do que está falando?

Ela colocou a bandeja no bar, ao lado de um cara aleatório, que ficou imediatamente interessado em nossa conversa.

— Consigo ver na sua cara. Você normalmente é toda... — Ela apontou para o próprio rosto enquanto o enrugava para fazer parecer que estava com dor — ... tensa. Agora você não está. — Ela bateu as costas da mão contra o cara que bebia sua cerveja e perguntou sua opinião. — Estou certa? Ela com certeza transou.

O cara analisou meu rosto com cuidado.

— Por favor, ignore-a. — Fui até a outra ponta do bar onde não havia ninguém sentado. Ava me seguiu e se sentou em um banquinho.

Voltando ao trabalho, limpei o balcão, na tentativa de ignorá-la, mas ela continuou me encarando com um sorriso besta.

Suspirei e parei.

— O que foi?

— Você não vai mesmo me contar nada?

— Não é o que está pensando.

— Então, alguma coisa *realmente* aconteceu com Davis. Diga!

— Davis e eu saímos para jantar ontem à noite.

— Eu sabia que tinha acontecido alguma coisa. Você está com aquele olhar de quem está apaixonada ou com desejo.

Eu esperava que fosse a segunda opção que me desse o frio na barriga toda vez que pensava em Caine West, porque tinha certeza de que a primeira não era uma boa ideia. Ava interpretou meu olhar brilhante e penetrante como sendo a segunda opção.

— O sexo cai bem em você.

Felizmente, um casal entrou e queria se sentar, me dando uma trégua temporária para o tormento de Ava. Embora ela tivesse uma boca grande, eu sabia que nunca contaria meus segredos – não era isso que me impedia de lhe contar a verdade. Por mais tolo que pudesse parecer, eu apenas queria manter para mim mesma o que tinha acontecido entre mim e Caine. Não estava pronta para analisar muito o que estava acontecendo. Escolhi permanecer na minha alegria particular e ignorante o máximo que conseguisse.

Mas não duraria muito.

Lá pelas nove, eu estava balançando um Cosmo em uma coqueteleira prateada, sem prestar atenção, quando a voz de Ava me surpreendeu. Ela falou daquela forma cantada que a maioria das garotas aprende desde que começa a usar sutiã.

— Oiiii — ela cantarolou. — Imagino o que te traz aqui hoje.

Olhei para cima e vi Davis no fundo do bar, tirando a jaqueta. A culpa bateu na minha cara. *Droga.* Por que eu não tinha respondido às mensagens dele naquela tarde? Ele acenou, e eu fiz sinal de que iria até ele em alguns minutos. Não havia nada que me impedisse de ir até lá, então precisei inventar motivos. Servi cerveja para um cliente e conversei com ele o máximo que consegui, depois me ofereci para fechar a conta para um cara que nem estava perto de ir embora. Aqueles eram os clientes que eu tinha, então já estava quase sem desculpa quando vi Ava vindo em direção ao bar. Felizmente, ela tinha um pedido de bebida.

— Vá fazer um intervalo. Vou cobrir você. — Ela deu uma piscadinha. — E não tenho nenhum motivo para entrar no estoque, caso você queira ter um pouco de privacidade.

A culpa abasteceu o meu pânico. Quando olhei para o bar, Davis sorriu e eu fiquei tão desesperada que as minhas axilas ficaram molhadas e me senti um pouco enjoada.

— Na verdade, pode me ajudar com uma coisa na cozinha?

Ava franziu o cenho.

— Claro.

— Te encontro lá em um minuto. Só vou pegar uma bebida para o Davis.

— Ok. Mas você está agindo estranho.

— Apenas vá.

— Certo.

Inspirei fundo e fui até o fundo do bar. Forcei um sorriso e disse:

— Oi. Que surpresa. Não sabia que você viria.

— Uma boa surpresa, eu espero.

Humm.

— É lógico. Só preciso ver uma coisa lá atrás. O que posso pegar para você beber? Quer o de sempre?

— Pode ser. Obrigado.

De alguma forma, consegui misturar a Tanqueray e tônica de Davis sem derramar e servi com um sorriso.

— Volto já.

Ava estava aguardando na cozinha.

— O que está havendo? Você estava nas nuvens até dez minutos atrás, e agora parece infeliz desde que Davis apareceu? Presumo que não estava esperando por ele.

Andei de um lado para o outro.

— Não estava, não.

— O que está lhe incomodando? A noite passada não foi boa?

— Não, foi.

— Ok...

Esfreguei a testa.

— Davis e eu saímos para jantar. Foi bom, mas eu estava confusa, então terminamos cedo e fui para casa.

— Foi isso? Eu poderia jurar que estava vendo um olhar pós-transa.

— Você estava.

— O que estou perdendo?

Parei de andar e olhei para minha amiga.

— Dormi com Caine depois do jantar ontem à noite.

— O quê? Caine... quer dizer, o professor West?

Assenti.

— Estou confusa. Pensei que tivesse jantado com Davis.

— Jantei. E depois fui para casa. Mais cedo, naquele dia, Caine e eu havíamos discutido na faculdade... um pouco. Quando cheguei em casa, depois do meu encontro com Davis, Caine estava me esperando. Ele queria conversar. Discutimos de novo e...

Ava sorriu.

— Sexo irritado é o melhor. Me foda do mesmo jeito que me odeia.

— O que vou falar para Davis agora?

— Ele não sabe de nada que aconteceu além de você ter ido para casa e dormido depois do jantar, certo?

— Acho que não.

— Então, só finja que não aconteceu.

Obviamente, ela nunca tinha feito sexo com Caine. Fingir que não aconteceu era como tentar comer só uma batata Pringles da lata cheia.

— Sou uma péssima mentirosa.

— Então, não minta. Se ele tentar falar algo sobre vocês dois, só diga que está no trabalho e que prefere não conversar aqui. Adie a conversa até você estar pronta. E, mesmo quando estiver, se só quiser ser amiga de Davis, não precisa contar mais nada para ele.

Respirei fundo.

— Tem razão. Estou agindo como uma idiota. Me sinto culpada, e é por isso que estou assim.

— Não tem por que se sentir culpada. Você é uma mulher adulta e solteira. Assumiu algum compromisso com Davis durante o jantar?

— Não. Disse a ele que precisava pensar.

— Então... — Ela colocou as mãos em meus ombros para me acalmar. — Está tudo bem. Você não fez nada de errado. Espere um ou dois minutos e, então, volte lá e aja como uma mulher que não fez nada errado.

— Ok.

— Tudo bem?

— Acho que sim.

Ava voltou para o bar, enquanto eu esperava um minuto para me recompor. Ela estava totalmente certa. Eu não tinha por que me sentir culpada, e Davis não fazia ideia do que tinha acontecido na noite anterior. *Eu consigo fazer isso.* Não pensar em Caine por um tempinho não era tão difícil.

Inspirei fundo e abri a porta, me sentindo muito mais calma.

Até que...

Olhei para Davis e vi um homem sentado ao seu lado. Aquele homem era *Caine.*

Ava me viu paralisada na porta e foi até mim. Seus olhos estavam arregalados.

— Você sabia que os dois viriam?

— Não. Acho que ambos resolveram me fazer uma surpresa. *Porra.* O que eu vou fazer?

— Ok. Vamos pensar. Você ainda continua não tendo feito nada errado. Embora claramente vá agir estranho quando for até lá.

— Com certeza.

— O Davis sabe quem Caine é?

Balancei a cabeça.

— Não. Acho que não.

— E Caine?

— Ele sabe quem Davis é pela foto na parede do meu apartamento. Acho que vai reconhecê-lo, se já não tiver feito isso.

— Ok. Tenho um plano.

— Graças a Deus.

— Você vai ter que ir até lá e agir como se não houvesse nada errado.

— Esse é seu plano? Que tipo de plano é esse?

— O único que você tem. Vá para o fundo do bar e diga oi, e então vou ficar por perto se precisar intervir.

Meus olhos se agitaram para onde os dois estavam sentados no mesmo instante em que Caine olhou para mim. Sua expressão era indecifrável. Eu estava enjoada. Queria ir para trás do bar, pegar uma garrafa de *qualquer coisa*, abri-la e sair pela porta dos fundos.

Ava sorriu, sabendo o que eu estava pensando.

— Podemos beber quando isso acabar. Só tome coragem e vá até lá. Pode não ser tão ruim.

Ela me entregou um papel com um pedido de bebida.

— A mesa três quer algum drinque fru-fru. Vai te manter ocupada lá atrás do bar por alguns minutos.

Xinguei baixinho e peguei o papel.

— Fique por perto.

Ava sorriu.

— Vou ficar. Mal posso esperar para ver o show.

Balancei o dedo para ela.

— Isso é tudo culpa sua, sabe.

— Culpa minha?

— Se você soubesse a diferença entre azul e marrom, eu não teria brigado com o cara errado naquela noite. Caine e eu poderíamos não ter começado as coisas do jeito que começamos, e poderíamos ter mantido as coisas no nível profissional.

Ava enganchou o braço no meu.

— De nada, então. Vamos.

Fiquei atrás do bar, ocupada preparando o drinque do pedido de Ava no lado oposto ao que Davis e Caine estavam sentados. Evitei olhar para lá o máximo que consegui, mas, às vezes, a curiosidade ganhava e eu via os dois me observando misturar o drinque.

Acenei nervosa e chacoalhei a bebida na coqueteleira por tempo demais. Depois enxuguei o balcão e perguntei aos únicos outros dois clientes se queriam pedir alguma coisa. Sem mais nada para fazer e com quatro olhos em mim, não tive escolha a não ser encarar o inevitável.

Respirei fundo e fui até a outra ponta do bar. Como eu já tinha cumprimentado Davis, olhei para Caine primeiro.

— Oi. Não sabia que viria.

Ele olhou de canto para Davis e depois me encarou.

— Sim. Aparentemente eu deveria ter ligado antes para fazer reserva.

Merda.

Davis, sem saber da identidade de Caine e do significado de seu comentário, deu risada.

— É, este lugar pertence a um cara velho. Fica vazio à noite. Só vim pela garçonete bonita.

O músculo do maxilar de Caine ficou tenso.

Apontei para o copo vazio de Davis.

— Gostaria de outro?

— Claro. — Ele apontou para Caine. — E vou pagar um para o meu amigo aqui também.

Caine olhou para mim.

— Não, obrigado. Pensando bem, acho que já vou embora. — Ele se levantou de repente, e as pernas do banquinho guincharam no chão quando ele o empurrou para sair de seu caminho. — Vá para casa com cuidado, Rachel.

E, desse jeito, Caine saiu.

— O que esse cara tem? Presumo que ele venha sempre aqui.

Peguei o copo de Davis do bar.

— Ele vem de vez em quando. Deixe eu encher de novo para você.

Ava me encontrou na ponta do bar.

— O que aconteceu?

— Nada. Caine foi embora.

— Por causa de alguma coisa que Davis disse?

— Não. Ele apenas foi embora.

— Então, ele acaba de te deixar sozinha para passar a noite com um cara com quem ele sabe que você teve um relacionamento antes e que quer tentar mais uma vez?

Eu sabia que ela não tinha intenção de me magoar, mas ela tinha razão, e a verdade doía. Foi exatamente isso que tinha acontecido. Caine tinha caído fora. Ele não queria se envolver em briga. Não queria se envolver em nada exceto no que tínhamos – sexo. Qualquer outra coisa que eu havia criado na cabeça era apenas meu desejo.

Capítulo 26

Rachel

Eu não tinha o direito de ficar brava.

Embora não ter o direito de se sentir de um jeito e realmente controlar o que sentia fossem duas coisas diferentes. Tentei ao máximo disfarçar a minha amargura depois da aula no dia seguinte. Como sempre, havia esperado que a sala se esvaziasse para descer e falar com Caine. Eu tinha dado uma aula de plantão antes daquela, e ele gostava de guardar a lista de presença para ver quem estava se esforçando. Entreguei a ele.

— Você chegou atrasada.

— Não cheguei, não. Cheguei na hora certa.

— Estava me referindo ao plantão.

A aula nem tinha sido dada em um prédio em que Caine lecionava. E eu nem tinha me atrasado.

— Cheguei, literalmente, dois minutos atrasada. E você está me vigiando?

Ele me encarou.

— Não gosto de atrasos. Talvez você devesse planejar começar os plantões um pouco depois, se tem que trabalhar até tarde ou qualquer coisa assim.

Foi o *qualquer coisa assim* que me fez ver através da máscara neutra que ele usava.

Semicerrei os olhos.

— Estava me procurando esta manhã por um motivo ou só estava me vigiando?

— Apenas chegue na hora, Rachel.

— Responda minha pergunta.

Caine tinha se virado de costas para mim, enquanto guardava suas coisas, mas parou para me olhar. Seus olhos estavam escuros.

— Aqui não. Essa não é uma conversa para se ter na minha sala de aula.

— Certo. Então onde você gostaria de conversar?

Ele ergueu a maleta da mesa.

— Prefiro não conversar.

Cruzei os braços à frente do peito e levantei a voz.

— Está terminando comigo? É isso que está tentando me dizer? Porque prefiro que seja direto. Se estiver terminando, pode simplesmente dizer.

Nos encaramos por um breve instante, e eu sabia que estava provocando sua paciência ao máximo. Também não dava a mínima.

— Sete horas — ele disse. — Irei à sua casa depois da minha última aula.

— Trabalho no turno do dia até as oito da noite hoje. Vou para a sua casa depois.

Não fazia ideia do que me fez dizer isso. Por que eu iria querer dirigir de Manhattan até o Brooklyn, chateada, no meio da noite? Mas meus sentimentos estavam tão descontrolados que me agarrei a qualquer coisa para ter uma ilusão de controle.

— Combinado. Mas eu vou te buscar. Não quero que dirija à noite cansada.

Surpreendentemente, o resto do dia passou voando. O O'Leary estava cheio, e trabalhar com Charlie em vez de Ava significava que eu não precisava falar da minha vida o dia todo. Um pouco antes das sete, eu estava nos fundos do salão de jantar, conversando com um casal que ia sempre lá, quando minha atenção foi desviada. Vi Caine entrando. Meu coração começou a acelerar.

Eu estava me enganando, tentando fingir que não me machucaria quando ele dissesse que o que tivemos foi puramente sexo. Toda a lógica do mundo não conseguia evitar que meu coração se apaixonasse.

Depois de ir às mesas que estava atendendo e avisar os últimos poucos clientes que precisariam fechar a conta no caixa, fui até Caine. Charlie estava em pé ali perto.

— Lembra de Caine, não é, Charlie?

Charlie estendeu a mão.

— O professor West, certo?

Caine o cumprimentou.

— Isso mesmo.

— Tem nome do meio?

Caine franziu o cenho, mas respondeu de qualquer forma.

— Tenho. Maxwell... O nome do meu pai. Por quê?

Charlie olhou para mim.

— Nenhum motivo. Só gosto de saber com quem minha garota está saindo.

Revirei os olhos.

— Ignore Charlie. Ele foi policial por vinte anos. Todo mundo é suspeito até que prove ser inocente. Vou me trocar, já volto.

Ficamos em um silêncio constrangedor durante todo o trajeto até a casa de Caine. Como a maneira como ele trocava a marcha mexia comigo em lugares que não queria que fossem mexidos, passei a maior parte do tempo olhando para fora, pela janela. Quando chegamos ao prédio de Caine, ele deu a volta para abrir a minha porta, mas eu já estava saindo do carro. Ele franziu a testa e segurou o meu cotovelo para me ajudar a me equilibrar enquanto eu saía do carro pequeno e baixo. Mais silêncio no elevador até o seu apartamento. Só quando entramos que um de nós falou.

— Quer alguma coisa para beber?

— Aceito água. — Ajoelhei para cumprimentar Murphy, que pareceu sentir a tensão entre nós e, dessa vez, obedeceu ao comando de Caine.

— Desça, garoto.

Caine trouxe uma garrafa de água para mim e uma taça de vinho para ele. De novo, eu estava olhando para fora, pela janela. Tivera o dia inteiro para pensar no que diria, mas desde que a hora havia chegado, toda a minha raiva e frustração reprimidas haviam desaparecido. Eu estava apenas triste e me sentia derrotada e cansada.

Suspirei e continuei a olhar para as luzes da cidade.

— Não convidei Davis para ir ao O'Leary. Não tínhamos planos nem nada.

— Eu sei.

Meus olhos se moveram para o reflexo de Caine. Ele estava parado atrás de mim.

— Como sabe?

— Porque você não faria isso. Não é o tipo de mulher que sai da cama com um homem de manhã e depois sai com outro.

Virei-me para encará-lo. Ele não recuou nem me deu espaço.

— Então, se sabia disso, por que foi embora?

Ele me olhou diretamente nos olhos.

— Porque você estará melhor com ele do que comigo.

Meus ombros caídos se endireitaram.

— Você não pode determinar com quem eu fico. Não pode simplesmente me passar para outro quando estiver cansado de mim.

— Não é isso que estou dizendo, Rachel.

— Sabe de uma coisa? *Vá se ferrar*.

— Rachel...

Seu tom era um alerta. Mas era eu que deveria o estar alertando. Porque, de repente, fiquei furiosa. Minha frustração tinha se transformado em raiva. O fato de ele estar ali tão calmo me deixava muito irritada. Não era justo que não estivesse chateado. Eu *precisava* que ele ficasse magoado, como eu estava.

— Não me venha com essa! Você tem razão. Estou melhor com Davis. Pelo menos ele é sincero comigo sobre o que sente. E era muito bom de cama também.

Caine tensionou a mandíbula.

— Acabou?

— Não acabei, não. Só estou começando. Acho que vou transar com o garoto do gorro também. Talvez ele possa desenhar nudes melhores depois de ver a imagem de perto e ao vivo.

A voz dele estava firme.

— Agora acabou? Porque se calar a porra da boca por um minuto, eu gostaria de falar para variar.

Arregalei os olhos.

— Você acabou de falar para eu calar a porra da boca?

Caine abaixou a cabeça, então ficamos olhos nos olhos. Ele falou entre os dentes cerrados.

— Não quero ouvir você falando sobre transar com outros homens. Então, sim, cale a porra da boca por um minuto.

— Não. Eu posso...

Caine me interrompeu com um rosnado e, então, sua boca estava na minha. Minha arfada de surpresa foi engolida pelo seu beijo. As mãos dele subiram para segurar o meu rosto, e ele rosnou de novo quando inclinou minha cabeça para onde queria, aprofundando o beijo. Minha reação inicial foi lutar, me soltar de seus braços e correr para a direção contrária. Porém, aquele pensamento se esvaiu no segundo em que a língua dele entrou e encontrou a minha. Em vez disso, eu o beijei com toda a raiva reprimida dentro de mim.

Meus braços envolveram o seu pescoço, e eu puxei o cabelo dele enquanto o agarrava. Caine segurou minhas coxas, me tirando do chão, e me colocou contra o vidro frio da janela. Ele guiou minhas pernas para ficarem em volta de sua cintura e gemeu quando se pressionou entre elas. O som fez todo o resto desaparecer.

Não havia gritos.

Não havia ninguém falando que eu estaria melhor com outro homem.

Éramos apenas eu e ele – e aquele beijo.

Aquele beijo.

Nós.

Não conseguíamos ficar perto o suficiente. Nossos membros se entrelaçavam, seu corpo firme mantinha o meu no lugar. Estávamos famintos um pelo outro. Não havia mais luta em mim. Minha cabeça estava girando, e eu era incapaz de formar um pensamento coerente, até que o nosso beijo selvagem finalmente acabou.

Caine estava ofegante, com a voz rouca.

— Consegue ficar quieta por um minuto agora?

Consegui assentir.

— Que bom. — Seus braços se apertaram em mim, mas ele se afastou o suficiente para me olhar nos olhos. — Eu disse que você estaria melhor com ele do que comigo. Mas você não me deixou terminar.

Prendi a respiração, esperando ouvir o resto.

Caine desviou o olhar, pensativo.

— Fui embora ontem à noite, achando que era a coisa certa a fazer. Nunca estive em um relacionamento que durasse mais do que alguns meses, e ferrei com tudo de bom à minha volta.

— Mas você não...

Caine cobriu os meus lábios com dois dedos, me silenciando. Ele fechou os olhos e balançou a cabeça. Abrindo-os, deu risada.

— Deus, você nunca cala a porra da boca. — Então, encostou a testa na minha. — Me deixe terminar.

Eu assenti.

— Você estaria melhor com ele do que comigo, mas eu sou um egoísta desgraçado. E eu sou egoísta o suficiente para não me afastar, quando sei que deveria, e ainda pedir que fique comigo até eu foder com tudo. Até eu fazer com que você corra para o outro lado.

Olhando nos olhos dele, percebi que ele acreditava em cada palavra que dizia. Qualquer que fosse o motivo, ele pensava que não valia a pena lhe dar uma chance – que as coisas terminariam, inevitavelmente, mal. Uma sensação que corroía a boca do meu estômago me alertava de que eu iria me machucar, mas eu a abafei.

— Você vai me dizer por que acha que vai foder com tudo?

— É só o meu histórico, Rachel.

— Então vamos aprender com ele. Mas não posso fazer isso se não souber o que precisa ser evitado.

Caine olhava nos meus olhos, de um para o outro.

— Vai falar para aquele babaca que não está interessada?

Uni as sobrancelhas.

— Babaca?

— Seu colega de quarto. Davis.

Não me preocupei em lhe dizer que já tinha planejado dizer a Davis que não estava interessada. Deixei que ele pensasse que era sua vitória.

— Vou.

— Certo. Vamos conversar depois.

Claro que comecei a protestar imediatamente.

— Depois? Por que não pode...

Caine me silenciou com um beijo. De novo.

Pode ser depois.

Ouvi a batida do coração de Caine quando descansei a cabeça em seu peito.

— No ensino médio, tive uma namorada por alguns meses. Eu a traí.

A voz dele era baixa, e precisei tirar a orelha do seu coração para conseguir escutar. Virei a cabeça e apoiei o queixo no topo das minhas mãos. A sala estava escura, embora os meus olhos tivessem se ajustado o suficiente para vê-lo enquanto falava. Nós dois estávamos nus, e eu estava me sentindo bem satisfeita.

— Você era jovem.

— Com a irmã mais velha dela, de vinte e dois anos.

— Quantos anos você tinha?

— Dezessete.

— Bom, ainda acho que era jovem. Ela era mais velha e deveria ter sido mais esperta.

— No primeiro ano da faculdade, conheci Abby. Estávamos namorando há uns cinco meses quando resolvi tirar um semestre de folga e fazer uma turnê com a minha banda. Faríamos os shows de abertura de uma banda que não era muito maior que a nossa, mas pensávamos que seríamos estrelas do rock. Essa foi a minha primeira experiência com fãs. Acho que não a traí, tecnicamente. Depois de sete semanas na estrada, liguei para ela e disse que deveríamos sair com outras pessoas. Ela pensou que eu estivesse apenas solitário, então, algumas noites depois, voou para Seattle para me fazer uma surpresa e assistir ao nosso show. Ela assistiu, sim, a um show, mas foi no camarim e envolvia a mim e duas mulheres.

Franzi o nariz.

— Você fez sexo a três?

— Eu nem tinha visto que Abby estava lá. Aparentemente, quando ela entrou, uma das garotas a convidou para se juntar a nós, mas eu estava muito ocupado para perceber.

— Isso é meio nojento.

— Abby ficou brava, bebeu demais e acabou caindo de uma escada de concreto no seu hotel. Com a queda, ela torceu o tornozelo e quebrou o nariz. Passou a noite na emergência, e seus pais precisaram voar até lá e levá-la de volta na manhã seguinte. Só soube que ela esteve na cidade uma semana depois.

— Isso é horrível. Apesar de não ter certeza se foi mesmo sua culpa. Parece que você tentou fazer a coisa certa terminando com ela.

— Mesmo se eu tento fazer a coisa certa, acabo fodendo com tudo.

— Tenho certeza de que não é verdade.

Caine ficou quieto por bastante tempo. Quando falou de novo, sua voz tinha um pouco de dor.

— Meu melhor amigo, Liam, e eu começamos nossa banda quando tínhamos doze anos. Ele era um compositor bem incrível. O único problema era que escrevia as melhores coisas quando estava drogado.

— Li que Dylan escreveu a maior parte de seus melhores trabalhos depois que usava heroína.

— É. Sexo, drogas e rock'n'roll. Não é só um slogan para vender camisetas. O ano em que as coisas começaram de fato a dar certo para nossa banda, foi o ano em que o hobby de Liam de usar drogas também aumentou. Primeiro, ele bebia alguns Red Bulls para ficar acordado e tocar ou compor músicas... depois os Red Bulls se transformaram em Adderall, porque é mais fácil tomar um remédio. Além disso, tocávamos perto dos *campi* de faculdades, e os alunos tomavam isso como se fossem M&M's. Mas o Adderall te mantém acordado por vinte e quatro horas e, então, quando você precisa dormir, toma outro remédio para ajudar a acalmar.

— Está falando sobre Liam ou sobre você?

— Eu usava, mas não como Liam. Na época, eu não enxergava tão claramente como agora. Acho que pensava que era normal. Eu e os outros caras demoramos um tempo para perceber que as coisas tinham ficado ruins. Então, certa noite, tentamos acordá-lo para um show e não conseguimos. Quando o hospital limpou seu estômago, havia tanta droga lá dentro, e não apenas remédios, que foi um milagre ele ter sobrevivido. Eu não fazia ideia de que o Adderall tinha se transformado em coca e meta.

— Oh, Deus. Sinto muito.

— Liam foi internado em uma clínica de reabilitação pela primeira vez, e voltamos aos Red Bulls por um tempo depois disso. Mas não durou muito. Ele voltava a ficar sem controle, e o colocávamos de volta na reabilitação. Tínhamos recebido uma oferta de contrato com uma gravadora durante seu último período na reabilitação. Eu deveria ter percebido que era demais para ele aguentar. Parte do nosso acordo era que precisávamos levar cinco músicas novas. É muita pressão para alguém que tinha acabado de sair da reabilitação.

Eu já sabia que um dos membros da banda dele tinha morrido de overdose. Não queria que ele precisasse dizer.

— Li sobre o seu amigo quando te procurei no Google, depois que nos conhecemos. Sinto muito.

Caine ficou em silêncio por um tempo. Fechou os olhos e, quando os abriu, pude ver que estavam úmidos, mesmo no escuro.

Acariciei sua bochecha.

— Você não pode controlar alguém viciado.

— Não. Mas não precisava aumentar o estresse. Não deveríamos ter aceitado aquele acordo e pressionado Liam.

— Liam ficou feliz com o acordo?

— Todos ficamos. Tínhamos vinte e um anos com um contrato de álbum com a maior gravadora da época.

— O que aconteceu não foi culpa sua. Viciados procuram motivos para justificar o que estão fazendo. Se não fosse isso, teria sido outro motivo.

Caine suspirou.

— Não tenho um bom histórico, Rachel. Mesmo quando tento fazer a coisa certa, fodo com tudo de algum jeito. Não te contei nem metade das escolhas erradas que fiz. Sobre a namorada de Liam, que era jovem demais para estar na estrada com uma banda, mas deixei isso acontecer. Sobre quando eu tinha dezesseis anos e conheci uma garota...

Tinha ouvido o bastante. Assim como ele tinha feito comigo mais cedo, o silenciei, pressionando dois dedos em seus lábios.

— Cale a porra da boca, Caine.

Ele sorriu através da tristeza.

— Você queria que eu conversasse com você.

Subi por seu corpo e fiquei sobre seus quadris, soltando o lençol que estava enrolado em mim.

— Obrigada por compartilhar.

Ele segurou minha cintura e me surpreendeu ao me deixar de joelhos. Esticando o braço, pegou seu pau e o segurou para cima, posicionando-o em minha abertura.

— Ainda não acabei.

Capítulo 27

Rachel

As coisas entre mim e Caine haviam mudado na noite anterior. O esforço que fazia sempre que estava comigo pareceu ter desaparecido. O amanhecer de um novo dia trouxe uma versão mais leve, até mais feliz, de Caine.

Depois de expulsá-lo do chuveiro para que partes além dos meus seios e entre minhas pernas pudessem ser lavadas, fiquei alguns minutos refletindo sobre tudo que havia acontecido. A água corrente massageou meu pescoço enquanto fechei os olhos.

Caine havia se aberto comigo. Ele carregava muita culpa e peso nas costas, muito do que parecia não merecer. Mesmo assim, eu não havia compartilhado muito do meu passado com ele. Não sabia se algum dia estaria pronta para falar sobre isso.

Depois de me arrastar para fora do chuveiro, entrei no *closet* dele e encontrei uma camisa. A entrada do *closet* era maior que minha cozinha. Vesti uma camiseta velha e usada do Brooklyn College e passei os dedos pelo cabelo molhado.

Encontrei Caine sentado à mesa da sala de jantar com uma pilha de papéis e seu notebook aberto. Ele estava usando aqueles óculos que eu amava como ficavam nele e olhou para cima para me observar caminhar pelo corredor.

— O que foi?

— Minha camiseta. Fica melhor em você.

Quando cheguei à mesa, ele colocou imediatamente a mão debaixo dela e segurou minha bunda.

Balancei o dedo para ele.

— Ãh-ãh-ãh, professor. Parece que tem trabalho a fazer.

— Minha auxiliar deveria estar corrigindo estes trabalhos.

— Você não pediu. Eu teria corrigido.

Ele me colocou sentada no seu colo e enterrou o rosto em meu cabelo.

— Por que não os corrige agora? Vou te bolinar enquanto você lê a redação sobre a arte do ritmo.

— Você é muito grosseiro.

Ele olhou para mim.

— O que é grosseiro? Te bolinar? Gosta dos meus dedos dentro de você. E de minha língua. E do meu pau. Queria ter mais partes para colocar aí dentro. Eu nunca sairia.

Bati no peito dele e dei risada.

— Estou morrendo de fome. Você precisa me alimentar.

— O quê? Era isso que eu estava tentando fazer. Aquecer você para te alimentar.

— Que tal fazer alguma coisa para comermos, e eu termino de corrigir?

— Combinado. Odeio corrigir trabalhos.

Terminei de corrigir enquanto Caine preparava o café da manhã para nós. Panquecas com um pedaço de linguiça.

— Isso está muito bom. Mas é a mesma coisa que você fez na minha casa. — Apontei o garfo para ele. — Você só sabe fazer panquecas?

— Não, Sabichona. Sei fazer um monte de pratos. Só não faço sempre porque é mais fácil comprar alguma coisa no caminho para casa.

— Não sou tão boa em fazer comida, mas sei fazer doces e bolos muito bem.

— Ah, é?

— Rose, minha tia que nos criou, era confeiteira. Assim que nos mudamos, o jeito que ela encontrou de se aproximar de mim e da minha irmã foi preparar docinhos conosco o tempo todo.

Caine pareceu refletir.

— Sua tia e seu tio têm filhos?

— Não. Rose não podia ter filhos. Eles foram, na realidade, pais adotivos por muito tempo. Depois que adotaram minha irmã e eu, pararam de adotar outras crianças. Ficaram bem ocupados comigo e com Riley.

— Você mencionou que passou por uns anos rebeldes. Gostaria de ter visto isso.

— Não gostaria, não. Fizemos da vida de Rose um inferno. Meninas adolescentes já são bem ruins sem um motivo para piorar o inferno. Eu não era nenhum anjo, mas minha irmã era bem pior.

Terminar de comer foi minha desculpa perfeita para me levantar e tentar mudar de assunto. Eu não era uma boa mentirosa, e era só questão de tempo até Caine fazer uma pergunta que eu não estava pronta para responder. Levei nossos pratos para a pia e resolvi lavá-los, em vez de colocá-los na lava-louça.

Caine veio por trás de mim e beijou meu ombro.

— Você precisa trabalhar amanhã à noite?

— Não. Trabalho hoje à noite e amanhã de dia.

— Quero te levar a um lugar amanhã à noite.

— Aonde?

— É surpresa.

Sorri.

— Ok.

— Arrume-se.

Terminando o último prato, fechei a torneira e me virei para encará-lo.

— Quão arrumada?

— O quanto quiser.

Não conseguia me lembrar da última vez que sentia tudo tão certo. Caine viu meu sorriso bobo.

— O que foi?

— Isso parece... certo.

Seus olhos buscaram os meus.

— Parece. Por mais que eu tenha lutado, e seja contra todas as regras no trabalho, nada parece tão certo em muito tempo. Talvez o motivo de eu não ter conseguido parar de pensar em você seja que é para você estar em minha mente.

Passamos as poucas horas seguintes preguiçosamente, abraçados no sofá, assistindo a velhas reprises de *Law & Order*. O dia estava acabando, e eu detestava isso, mas, em certo momento, tive que pedir para Caine me levar para casa. Precisava me arrumar para o trabalho. Nos trocamos juntos em seu quarto.

Arrumei a cama, enquanto ele vestia jeans e uma polo e escovava os dentes. Havia uma caixa meio vazia de camisinhas jogada no criado-mudo.

A porta do banheiro da suíte estava aberta, então gritei:

— Onde você guarda isso?

— O quê?

— As camisinhas.

— No criado-mudo. Mas pode deixar aí fora se quiser. Vou acabar com elas logo.

Sorri ao abrir a gaveta e guardei a caixa lá dentro, mas uma foto pequena em um porta-retratos prateado me chamou a atenção. Curiosa, peguei-a para analisar. Era uma foto da antiga banda de Caine. Ele provavelmente tinha vinte e poucos anos e estava abraçado com outro cara da mesma idade. O resto da banda estava atrás, ao fundo da foto.

Caine apareceu e me flagrou com ela em minhas mãos pequenas e quentes.

— Desculpe. Quando abri a gaveta, vi a foto e não consegui me segurar. Você era tão sexy.

A cama afundou quando ele se sentou ao meu lado.

— Era?

Fiquei aliviada por ele não se chatear pelo fato de eu ser xereta. Batendo os ombros nos dele, zombei:

— Bom, agora você está velho e maduro, então é mais bonito do que sexy.

Ele pegou a foto da minha mão.

— É mesmo?

Eu o observei olhar para ela, passando o dedo pela foto.

— Eu, Liam e a banda.

— Vocês todos parecem muito felizes. Por que guarda na gaveta?

— Não sei. Acho que não é fácil vê-la em alguns dias.

Eu conhecia aquele sentimento. Na primeira vez em que tinha decorado o meu apartamento, havia dias em que passava pela foto da minha mãe e ficava triste. Mas me acostumei e, com o tempo, comecei a sorrir para ela toda manhã.

— Fica mais fácil se deixar para fora. Quando você guarda, está enterrando, e a ferida nunca se fecha.

Caine olhou para mim e assentiu em silêncio. Então, fechou a gaveta do criado-mudo e colocou a pequena foto em cima do móvel.

— Está pronta?

Tive que me conter para não demonstrar minha empolgação por ter aceitado o meu conselho. As primeiras vezes que ele olharia para a foto provavelmente seriam difíceis, mas talvez fosse a hora. Além disso, eu torcia para estar por perto e ajudá-lo a se sentir melhor quando ele se deitasse para dormir toda noite.

Peguei a minha bolsa na sala de estar e andei pela casa procurando o meu celular, enquanto Caine colocava os sapatos. Havia umas moedas perdidas ao lado do meu celular, o que me deu uma ideia – uma coisa que eu não fazia há muito tempo.

— Espere um pouco — eu disse. — Esqueci uma coisa no quarto.

Voltando para o criado-mudo, dei uma última olhada na velha foto de Caine e Liam antes de fechar os olhos e fazer um pequeno desejo. Então, joguei as duas moedas de cobre que estavam na minha mão no chão, para que Caine as encontrasse depois.

Encontre uma moeda, pegue-a e terá sorte o dia todo.

Satisfeita, sorri e me virei para voltar para a sala. Não esperava encontrar Caine na porta, então pulei de susto quando o vi parado ali. Minha mão apertou o peito.

— Você me assustou.

Os olhos de Caine se direcionaram para o chão e viram as moedas, então se voltaram para mim e analisaram meu rosto.

— O que você acabou de fazer?

Capítulo 28

Caine

Que porra foi aquela?

Fiquei andando de um lado para o outro desde que voltei do apartamento de Rachel, depois de deixá-la. Ela sabia que havia alguma coisa errada, sabia que eu mentia quando disse que estava com um começo de enxaqueca. Nem tenho enxaquecas, mesmo assim, tinha quase certeza de que a pulsação em minha cabeça iria iniciar uma.

Não podia ser coincidência.

Podia ser a porra de uma coincidência?

Passei as mãos pelo cabelo. *Pense, West, pense. Qual era o sobrenome do pai daquela garotinha?*

Então, me lembrei do arquivo na gaveta da minha mesa. Ou talvez estivesse no armário do escritório, onde eu guardava coisas velhas da banda. Tinha certeza de que havia guardado uma cópia do relatório policial. Só Deus sabe por que guardara aquilo depois de os meus pais terem pagado uma fortuna para que o incidente fosse apagado, e garantido que os registros estivessem lacrados.

Destruí completamente os meus arquivos procurando por ele. Quando dei de cara com a página amarelada, parecia que o meu escritório tinha sido saqueado.

Nome da vítima: Benny Nelson

Nelson. Eu achava que ao descobrir que não era o sobrenome de Rachel ficaria aliviado, mas, em vez disso, só fiquei com mais perguntas.

A mãe da menininha havia morrido no ano anterior. Isso significava que ela teria uns nove ou dez anos quando a perdeu. A mesma época em que Rachel perdeu a mãe.

Porra.

Aquela sensação. Aquela maldita sensação que tive desde o dia em que a conheci. Eu sabia que a conhecia de algum lugar, mas não conseguia definir de onde. O que era aquilo que fazia me sentir daquela forma? Eu nunca tinha visto a menininha de perto — só um *flash* de um rosto de dez anos de idade do outro lado da igreja e através da treliça, há mais de quinze anos. Nada era claro.

Porra.

Rachel tinha dito que foi criada por sua tia. Nunca mencionara um padrasto. Por outro lado, se o meu padrasto fosse um molestador de crianças, esse não seria exatamente um assunto do qual eu falaria durante um encontro.

Ignorando o vinho, peguei o uísque do armário e me servi uma dose dupla. Queimou a garganta quando desceu, mas foi bom, como se eu estivesse pegando fogo no momento.

Dei outro gole.

Rachel tinha dito que crescera em uma cidade longe de mim. *Pleasantville é uma cidade minúscula, dá pra ir de St. Killian até lá com uma bicicleta azul e pequena.*

Outro gole.

A garotinha tinha uma irmã mais velha.

Rachel tem uma irmã mais velha.

Os anos da adolescência em que ela saiu de controle... Viver com aquele otário do Nelson com certeza deixaria alguém na merda, tentando esquecer.

Acabei com o resto da bebida e olhei para fora pela janela, tentando trazer a imagem da garotinha para minha mente. Mas foi há tanto tempo e estava muito distante.

Finalmente sentindo o álcool ser absorvido pelo meu sangue, deitei no sofá e descansei a cabeça no braço, olhando para o teto.

Como eu iria descobrir? Precisava saber.

Eu não podia ser direto e simplesmente lhe perguntar: *Me diga, você foi amiga de um padre quando criança? Um homem a quem você confiou todos os seus segredos?*

É. Esse era eu. Um garoto de dezesseis anos, drogado, que se entretinha escutando uma garotinha falar sobre sua vida de merda em casa.

Aliás, você foi molestada quando criança? Ou foi só sua irmã?

Porra!

POOOORRA*!*

Joguei o copo vazio na janela. Felizmente, ele bateu no batente de madeira e se quebrou, minhas janelas de vidro que iam do chão até o teto ficaram intactas.

Fechei os olhos e pensei mais um pouco.

Como vou descobrir?

Como vou descobrir?

Capítulo 29

Rachel

Sentia-me como a Cinderela.

Sem saber o que vestir, fiquei enchendo Caine até ele me dizer aonde íamos. Nunca tinha ido a uma ópera e pensei que era gentil da parte dele querer me levar, sabendo o quanto aquilo significava para mim, por causa da minha pesquisa com Umberto.

Não tinha nada chique o suficiente para vestir, então peguei emprestado de Ava um vestido preto simples, transpassado na frente e que se prendia na nuca. O decote na linha do pescoço revelava muito mais do que eu normalmente mostraria, e fiquei feliz por ela ter se precavido e me mandado uma fita dupla face com o vestido.

Pontualmente às seis, o interfone tocou e, surpreendentemente, eu estava quase pronta. Enquanto aguardava Caine subir pelo elevador, fui para o banheiro terminar de passar lápis nos lábios. *Pacote completo*, pensei, enquanto passava um batom vermelho brilhante que eu nunca usava.

Havia deixado a porta do meu apartamento entreaberta depois que Caine tocou o interfone, e ele bateu antes de entrar.

— Rachel?

— Já vou em um segundo!

— Fique à vontade.

Essa seria a resposta de uma pessoa normal, e eu estava esperando um comentário sobre o meu atraso de sempre. Nos últimos dois dias, parecia que Caine tinha parado com esse joguinho. Não estava tão sarcástico como de costume, e suas mensagens nem eram pervertidas. Só fazia quarenta e oito horas desde que ele tinha me levado para casa depois de nossa noite espetacular juntos, mas eu sentia falta da intimidade que já compartilhávamos.

Dei uma última olhada no espelho e gostei do que vi. Respirei fundo antes de sair para cumprimentar Caine. Estava nervosa — fora da minha zona de conforto e toda elegante para ir a uma ópera.

Encontrei meu namorado no lugar de sempre, em frente à minha parede de fotos emolduradas.

— O que acha? — Fiz toda aquela coisa de rodopiar como uma menininha... também uma coisa diferente para mim.

A expressão no rosto de Caine quando se virou não tinha preço. Ele ficou boquiaberto e precisou pigarrear para falar.

— Você está linda.

— Obrigada. Você não está tão mal também.

Ele vestia um terno de três peças, com corte *slim* e escuro, que parecia ter sido feito sob medida. Ao ver a forma como abraçava seus ombros largos e bíceps, percebi que provavelmente tinha mesmo. *Pura elegância.* Estava em toda a forma como ele vestia o terno, e o efeito que tinha em mim devia ser similar ao que uma lingerie causa em um homem. De repente, eu estava quente em meu vestido sem manga que mal tinha tecido na parte de cima.

Caine ficou no lugar, seus olhos medindo todo o meu corpo, e esperou que eu fosse até ele. Com meu *stiletto* de quinze centímetros de altura, não precisei ficar na ponta dos pés para cumprimentá-lo, para variar.

— Gosto de você com terno formal. Provoca efeitos em minhas partes femininas.

Ele sorriu.

— Ah é? Poderíamos ficar em casa, e posso ficar vestido enquanto *eu* provoco efeitos em suas partes femininas... com minha língua.

Caramba, esqueça pasta de amendoim e geleia. Não há combinação melhor do que uma boca safada e um terno sexy. Caine segurou minha nuca e me beijou selvagemente, sem se importar que estivesse borrando meu batom.

Fiquei um pouco tonta quando ele sussurrou:

— Amei o vestido, mas mal posso esperar para tirá-lo mais tarde.

Eu estava radiante de alegria. Quem diria que eu conseguia ficar radiante?

— Só preciso trocar minha bolsa, e estarei pronta em um minuto.

Em meu quarto, consertei o batom, aplicando uma camada nova em meus lábios inchados do beijo, depois peguei em meu armário uma *clutch* minúscula preta com pedraria e coloquei o essencial lá dentro.

— Pronto?

— Você não tem nenhuma foto de quando era pequena na parede.

É porque não tive muitos bons momentos dos quais poderia me lembrar.

— Não há muitas. — Dei de ombros. — Sabe, segunda filha e tal.

Caine olhou para mim.

— Você tem uma? Gostaria de ver como era quando pequena.

— A maioria delas está com a minha irmã. Mas acho que posso encontrar alguma.

Ele assentiu.

Do lado de fora, fiquei surpresa por ele não estar dirigindo. Tinha alugado um carro para nos levar e, quando nos aproximamos, um motorista saiu e abriu a porta de trás. Senti-me mesmo como a Cinderela nesse instante.

— Um carro alugado? Você caprichou. Mas vou te contar um segredo... você já ia se dar bem hoje à noite. Não precisava me impressionar.

Caine sorriu, mas pareceu meio desligado. Eu não conseguia definir o que era, mas não estava parecendo ele mesmo. Nossas conversas eram normais; qualquer pessoa que olhasse de fora não veria nada além de um casal a caminho de uma noite maravilhosa. Mesmo assim, por algum motivo, eu estava com uma sensação esquisita.

A caminho do Met, conversamos sobre a faculdade e o trabalho. Minha inquietação estava me dando nos nervos, ou talvez as coisas estivessem mudando um pouco agora que não estávamos lutando contra nossa união. Talvez fosse apenas um novo sentimento: estabilidade. Não tinha certeza.

Dentro do teatro, ainda faltava meia hora para a apresentação começar, então fomos para o bar do *lobby* e pedimos bebidas. Pedi o refrigerante diet de sempre, e Caine pediu uma dose dupla de uísque.

— Está tudo bem?

— Sim. Tudo. Por que está perguntando?

Dei de ombros.

— Nada.

Depois que ele terminou o primeiro uísque, foi para o segundo. Só porque eu evitava beber não significava que estranhasse que outros o fizessem. Mesmo assim, de novo, as duas doses duplas e o silêncio de Caine enquanto esperávamos eram estranhos.

Quando as luzes piscaram, o funcionário nos levou aos nossos assentos. Olhando em volta, disse a mim mesma, mais uma vez, que, provavelmente, estava apenas me sentindo um peixe fora d'água. Embora gostasse da música, o pensamento de ir a uma ópera de verdade sempre me pareceu pretensioso. O lugar estava todo decorado, e sorri ao pensar que não haveria nenhum camelô do lado de fora vendendo camisetas, como no último show a que fui.

Caine deve ter percebido que eu olhava as pessoas à nossa volta e se inclinou.

— Se eu tirar o meu paletó e colocar no seu colo, talvez consiga te masturbar com o dedo e fazer você cantar junto com a primeira cena.

A mulher que estava sentada do outro lado de Caine o fitou, então lancei um olhar de alerta para ele e sussurrei:

— Shhh. Fale baixo.

Ele sorriu e, quando as luzes se apagaram para o começo da apresentação, ele se levantou e tirou o paletó, me entregando com uma piscadinha. Para não ceder à tentação, dei a mão para ele quando se sentou de volta.

A música preencheu o ar quase que imediatamente e me envolveu, pegando-me de guarda baixa. Sugou-me desde a primeira nota e não me soltou até a última. Superou meus sentidos — a orquestra, as vozes amplificadas, a beleza do teatro e das fantasias. Eu esperava gostar da experiência, mas não esperava ser levada às lágrimas.

Estava sem palavras quando acabou. Fomos de mãos dadas até o carro que nos esperava.

Caine apertou os meus dedos quando entramos.

— Então, o que achou?

— Acho que foi a coisa mais mágica que já vivi.

Ele passou o polegar no topo da minha mão.

— A primeira vez com certeza é de outro mundo.

— Obrigada por me levar. Fiquei feliz por ter essa experiência com você.

Caine sorriu.

— Do que mais gostou?

— Sinceramente, não sei como explicar. Me fez sentir algo que nunca havia experimentado. Fiquei consumida pelas emoções... como se eu não conseguisse sentir ou pensar em mais nada.

Seus olhos eram gentis.

— Conheço essa sensação.

Em alguns momentos, havia percebido que Caine me observava em vez de assistir à apresentação, mas estava muito envolvida para tirar os olhos do palco.

— Pode parecer esquisito, mas acho que o que senti foi alguma forma de amor. Pelo menos a sensação que estar apaixonada lhe causa... Sabe, toda essa sensação de plenitude e de estar totalmente consumida?

— Pensei que tivesse dito que nunca havia se apaixonado.

Foi nesse momento que percebi. Eu sabia o que era o sentimento porque estava me apaixonando por Caine. Assim como a ópera, ele havia me deixado deslumbrada desde o dia em que o conheci. Era uma conexão inexplicável, embora eu estivesse com medo de admitir minha descoberta em voz alta.

Dei de ombros.

— Li sobre isso.

O lábio de Caine subiu daquele jeito que eu não via há um tempo.

— Você leu sobre isso, é?

Senti como se ele pudesse ver dentro de mim, então mudei de assunto e voltei à sua pergunta original sobre o que mais gostei.

— Acho que minha cena favorita foi aquela em que a mãe morre. É meio mórbido, não é?

— Do que você gostou nela?

— A forma como o marido dela cantou depois. Havia tanta dor e emoção em sua voz que eu simplesmente sabia que ele nunca encontraria outro amor em sua vida. — Levei a mão ao coração, sentindo-me triste só de pensar na cena. — Me fez lembrar de Umberto e Lydia... da devoção que ela tem por ele. Pelo menos eles tiveram mais de cinquenta anos juntos, mas esse cara era tão jovem, e o amor da sua vida se foi. Foi de partir o coração, mas lindo.

Caine assentiu e pareceu refletir sobre o meu comentário enquanto olhava para o trânsito pela janela. Quando voltou seu olhar para mim, sua expressão estava séria.

— A sua mãe nunca se casou de novo depois de seu pai? Você nunca mencionou um padrasto antes de ser adotada.

— Não. — A mentira saiu antes de eu conseguir pensar nisso. — Não tive padrasto. — Depois de dizer isso, me senti mal por não ser honesta com ele.

Mas esse sentimento não durou muito, porque, de repente, Caine esticou o braço, ergueu a minha mão do banco ao lado dele e me colocou sentada em seu colo. Não era uma posição muito educada para uma mulher, levando em conta o vestido chique que eu estava usando, mas não me importava. Seu humor sério havia sido substituído pela brincadeira. Ele sorriu amplamente, e isso causou um frio na minha barriga.

Travando os braços em minhas costas para me manter no lugar, ele disse:

— Sabe o que vamos fazer para comemorar?

Dei risada.

— O que vamos comemorar?

— Nós. Vamos nos comemorar.

O motivo não importava, apenas o olhar no rosto de Caine.

— Parece bom para mim. Como vamos comemorar?

— Sexo com fones de ouvido.

— Não faço ideia do que seja isso, mas saiu da sua boca e tem a palavra sexo, então estou dentro.

Caine jogou a cabeça para trás e riu.

— Essa é minha garota.

Capítulo 30

Rachel

Eu estava muito ansiosa. Depois de brincarmos durante o trajeto até o meu apartamento, o clima ficou mais sério quando entramos em meu quarto. Caine me fez parar no pé da cama. Ele ficou em pé atrás de mim e seus dedos acariciaram os meus braços nus de cima a baixo.

Sua respiração quente fez cócegas em meu pescoço quando sussurrou em meu ouvido:

— Você confia em mim?

— Sim.

— Feche os olhos.

Segui suas instruções sem hesitar. As mãos dele deixaram meus braços, e eu o senti se mexendo atrás de mim, mas ele permaneceu de frente para as minhas costas. Um barulho alto me fez arfar. Ele havia retirado a gravata e, então, senti a seda em meu rosto.

— Vou privá-la de seus sentidos para que consiga se concentrar apenas no que estou fazendo com você.

Mal ouvi minha própria voz, minhas palavras estavam presas na garganta.

— Ok.

Caine tampou meus olhos com sua gravata, amarrando-a como uma venda. Nem tentei abrir os olhos, estava muito ansiosa para sentir o que ele queria que eu sentisse.

— Tudo bem? — ele sussurrou.

Assenti.

Ele abriu lentamente o zíper do meu vestido nas costas. Eu não sabia se era a ansiedade ou se a minha audição realmente estava mais apurada por estar vendada, mas o som do zíper descendo devagar fez o meu corpo todo queimar. Meus mamilos ficaram inchados, e cada terminação nervosa parecia se pronunciar — eu conseguia sentir na pele.

Caine desceu o meu vestido lentamente, usando o material sedoso para acariciar minhas curvas, enquanto me guiava para fora dele. O ar frio atingiu minha pele quando ele se afastou, me deixando sozinha com nada a não ser a lingerie e os *stilettos*. Ouvi um barulho no quarto, mas não tinha ideia do que ele estava fazendo. Quando seu calor retornou para as minhas costas, seus dedos seguraram os meus quadris e me puxaram contra ele. Ele havia tirado a camisa, e pude sentir seu peito firme contra as minhas costas. Através de suas calças, o comprimento grosso de seu pau empurrava minha bunda. Ele beijou todo meu pescoço até chegar à orelha.

— Você é tão linda. Mal posso esperar para estar dentro de você. Quero ter você nua... sem nada entre nós esta noite. Tudo bem assim?

Minha resposta foi metade sim, metade gemido.

— Vou tampar seus ouvidos agora. Certo?

Assenti de novo. Teria concordado com qualquer coisa naquele momento. Meu corpo estava vibrando de necessidade. Caine colocou alguma coisa em meus ouvidos. Ele havia pegado os meus fones de redução de ruído do criado-mudo. Sua voz estava abafada quando falou:

— Conectei você à minha *playlist*. Vou colocar a música baixinho, para que possa se acostumar a ela, e aumentar o volume lentamente.

Depois que um *blues* instrumental começou a tocar, Caine tirou o meu sutiã e a minha calcinha. Então tirou o restante de sua roupa e ficou em pé, atrás de mim, com o pau duro apertado entre seu abdome e o topo da minha bunda. Ele ergueu um dos fones e a música que estava tocando foi substituída por sua voz rouca.

— Os sapatos ficam.

Ele me guiou para a cama e me deitou de costas. Assim que me acomodou, aumentou o volume da música. Sem conseguir vê-lo nem ouvi-lo, soltei uma arfada alta quando ele começou a chupar meu mamilo. Minhas costas arquearam da cama com a sensação erótica de ser tocada sem aviso, de sucumbir à vontade dele sem questionar. Em vez de me sentir cativa por não conseguir ver ou ouvir, tive o sentimento contrário, de total e completa liberdade.

A ansiedade pelo que ele poderia fazer em seguida era diferente de tudo que eu já havia sentido. Cada beliscão, lambida, afago e carícia em meu corpo me fez ficar muito mais desesperada por ele. Eu estava ofegante com desejo, mesmo que não conseguisse me ouvir.

Caine aumentou o volume de novo, assim que outra música instrumental começou a tocar. Era lenta e gradativa, e, à medida que seu som e intensidade cresciam, as ações de Caine pareciam aumentar também. Ele tomou minha boca em um beijo apaixonado, roubando minha respiração com a profundidade do sentimento que incendiou dentro do meu peito. Estava consumida por dentro e por fora — a privação de tudo à minha volta fazia com que eu estivesse concentrada apenas nele e na forma como ele me fazia sentir.

De repente, ele parou de me beijar e seu corpo se afastou do meu. Percebi que ele havia se levantado. Não conseguia vê-lo, mas sabia que estava se ajoelhando sobre mim, observando meu corpo. Imaginei seus olhos dilatados, suas narinas inflando e seu desejo queimando em seu rosto lindo. O fato de estar deitada esparramada, sem ver nada à minha volta, deveria ter me feito sentir vulnerável, mas, em vez disso, me senti poderosa.

Estiquei o braço, sabendo que ele estava ali, embora não conseguisse enxergar, e o puxei gentilmente para mim. Os lábios de Caine passaram pelos meus, enquanto ele cobria meu corpo com o dele. Debaixo de seu peso, abri as pernas o máximo que consegui, convidando-o a entrar.

Senti seu gemido vibrar na minha pele quando ele moveu sua ereção para cima e para baixo, pela umidade entre minhas pernas. O volume nos fones aumentou, e Caine entrou em mim.

A música retumbava.

A única coisa que eu podia ver era escuridão.

Mas, caramba, como eu conseguia sentir.

Tinha a sensação mais luxuriosa, erótica e linda do mundo conforme Caine entrava devagar. Tantos sentimentos me envolveram. Meus olhos se abriram quando a música atingiu seu *crescendo* e Caine se enterrou profundamente, me preenchendo de muitas maneiras.

Fazia tanto tempo que eu estava à beira da glória, que não demorou para a palpitação dentro de mim começar. Suas investidas eram fortes, entrando e saindo com movimentações poderosas que roçavam em meu clitóris a cada vez que deslizava. Meu mundo começou a se estilhaçar, enquanto eu seguia em direção ao clímax. Tudo e qualquer coisa se despedaçava, meu único foco se tornou nós dois... aquele momento.

Gemi alto, proferindo o nome de Caine repetidamente, enquanto gozava sem conseguir ver nada. Nossos quadris giravam em uníssono, de alguma forma se movendo com a música que nos revestia. Pensei que tivesse chegado ao topo da montanha-russa, mas, aparentemente, não tinha. Caine deu uma última estocada profunda, e senti o calor de seu alívio transbordar em mim, o que me fez ter um novo e imprevisto orgasmo.

Quando paramos de nos movimentar para a frente e para trás, eu estava completamente acabada. Meu corpo parecia não ter coluna vertebral e senti como se fosse desmontar no chão caso tentasse me levantar. Caine primeiro desamarrou a venda e depois tirou os fones dos meus ouvidos.

Ele esperou que eu falasse, mas não era fácil. Cada centímetro de energia havia sido drenado de meu corpo.

— Isso foi doido — finalmente consegui dizer.

O lábio de Caine subiu, o que eu amava por algum motivo inexplicável. Ele tirou o cabelo úmido do meu rosto.

— É.

— Eu nunca... — Não sabia como explicar o que tinha acabado de sentir. — Nunca foi... assim.

Caine sorriu com carinho.

— É. Para mim também não.

Dei risada.

— É sempre assim... com fones e vendas?

— Não faço ideia.

Franzi as sobrancelhas.

— Nunca fez isso antes?

— Não.

Fiquei boquiaberta.

— Então, como consegue ser tão bom nisso, hein?

Ele riu.

— Não sou. Nós somos.

— Nós?

— Juntos. Simplesmente dá certo. Senti isso na primeira noite em que nos vimos. Só não queria admitir.

Ele tinha razão. A conexão entre nós estivera ali desde o nosso primeiro encontro — uma chama na qual poderíamos pisar e tentar apagar ou fazê-la se espalhar com um sopro.

— Você admite agora?

Ele beijou meus lábios e sussurrou contra eles.

— Na verdade, eu nunca tive escolha, Estressadinha.

O som de um celular tocando me tirou do sono profundo.

— Merda. — Apoiei-me nos cotovelos e dei de cara com uma faixa de luz diretamente nos olhos. Semicerrei os olhos, desanimada com as cortinas abertas que permitiam que o sol entrasse e iluminasse meu criado-mudo e meu celular.

Chamada perdida brilhava na tela do celular quando o peguei. Verifiquei o registro de chamadas, olhei a hora e me virei para Caine, deitada em sua barriga.

— Caine? — sussurrei.

Seus olhos se apertaram fechados.

— Humm?

— São quase dez horas. Você tem aula em uma hora.

— Não tenho, não. Minha auxiliar vai dar aula por mim hoje.

Sorri.

— Não estava na agenda que sua auxiliar daria aula hoje e ela precisa estar em seu outro emprego ao meio-dia.

Ele resmungou.

— Minha auxiliar é horrível.

Segurando minha cintura, ele me puxou de volta para a cama e ficou por cima de mim. Sua ereção pressionava minha perna.

— Você está...

— Duro.

— É, isso.

— É de manhã, e acabei de acordar com você nua ao meu lado. Meu corpo quer te cumprimentar apropriadamente.

— Não temos tempo. Você vai demorar, no mínimo, trinta minutos para tomar banho e chegar à aula.

Sua boca foi para meu pescoço.

— Vou chegar um pouco atrasado.

Arregalei os olhos.

— Atrasado? Você? O Professor Pontualidade não pode chegar atrasado.

A mão de Caine deslizou por meu corpo, seu polegar encontrou meu clitóris e começou a massagear.

— Eu posso me atrasar. São meus alunos e minha auxiliar que não podem.

— Isso é hipocrisia da sua parte — eu disse, embora já tivesse perdido a luta para seus dedos.

Ele parou de massagear e deu um sorriso conhecido.

— Tem razão. É melhor eu me arrumar.

Segurei o punho dele.

— De jeito nenhum, professor. Apenas acabe rápido com isso.

Quinze minutos mais tarde, Caine já havia nos dado um orgasmo e tinha tomado banho. Eu estava curtindo a visão dele pegando suas roupas enquanto não vestia nada além de uma toalha, quando o meu celular tocou.

— É minha irmã de novo. Ela ligou esta manhã e nos acordou.

— Diga a ela que agradeci.

Sorri e atendi.

— Oi.

— Oi — ela disse. — Estava começando a achar que teria que mandar uma patrulha te procurar. Não tenho notícias suas há tanto tempo.

— Desculpe. Estive ocupada... entre o O'Leary, a faculdade e meu novo trabalho de auxiliar. O tempo está voando neste semestre.

— Como o ogro está se saindo?

— Ogro?

— O novo professor do qual me falou.

Havia esquecido que a última vez que conversara com Riley havia sido no primeiro dia como auxiliar de Caine. Olhei para cima e para os olhos dele, enquanto abotoava a camisa.

— Acabou que ele não é tão mau assim.

Caine ergueu as sobrancelhas.

— Ah, que bom. Fico feliz que esteja dando certo — ela comentou. — Você não esqueceu do jantar hoje à noite, não é?

Havia esquecido completamente.

— Como poderia esquecer do nosso jantar mensal?

Balancei a cabeça, demonstrando a Caine que estava mentindo, e ele deu risada enquanto terminava de vestir a camisa.

— Trabalho até as sete hoje. Devo chegar aí umas sete e meia.

— Ok.

— Certo. Te vejo mais tarde. Preciso entrar no chuveiro para não me atrasar para o trabalho. — Estava prestes a desligar quando tomei uma decisão de última hora. — Espere. Tudo bem se eu levar alguém?

— Você está saindo com alguém e não fiquei sabendo?

— É novidade.

— Claro. — Escutei a empolgação na voz dela. — Mal posso esperar para conhecê-lo.

— Não sei se ele vai poder ir ou não. Te mando mensagem daqui a pouco. Ok?

— Lógico.

Caine terminou de se trocar e pegou seu celular. Havia chamado um Uber depois de sair do banho.

— O carro está quase chegando — anunciou. — Preciso ir.

Eu ainda estava sentada na cama, nua na parte de cima com o lençol enrolado na cintura. Ele andou até mim e passou os nós dos dedos contra meu mamilo ao se inclinar para me beijar.

— Vou te buscar no trabalho às sete.

— Vai comigo para a casa da minha irmã?

— Presumi, pela sua conversa, que era o que queria.

— Eu quero.

— Então te vejo às sete.

Fiquei sorrindo por muito tempo depois de ele ter saído. Ele não fazia ideia do quanto o fato de concordar em ir comigo sem precisar insistir era importante para mim. Senti que havíamos ingressado em um novo caminho juntos, e mal podia esperar para andar ali.

Capítulo 31

Caine

Eu poderia facilmente me acostumar com aquele sorriso ao me receber. Rachel acenou da mesa que estava servindo quando cheguei ao O'Leary alguns minutos mais cedo. Fazia menos de doze horas que eu estivera dentro dela e, mesmo assim, senti meu corpo reagir ao vê-la.

Charlie me cumprimentou no bar. Apertou minha mão com firmeza querendo chamar minha atenção.

— Ela está flutuando por aqui. Acredito que seja por causa do que quer que esteja rolando entre vocês dois.

— Se está perguntando se estamos saindo, a resposta é sim.

— Você não é casado, é? — Ele estreitou os olhos.

— Não sou casado, não.

— Usa drogas?

— Sem drogas.

— Já foi fichado?

Estava basicamente sendo interrogado por um policial — não havia motivo para contar algo que havia acontecido há anos e a que ninguém mais tinha acesso.

— Sem ficha.

Charlie formou um v com seu indicador e dedo médio e apontou para seus olhos, depois para mim.

— Estou de olho em você.

Rachel apareceu ao meu lado.

— Charlie, o que está fazendo?

Ele pegou um copo de um engradado cheio e começou a empilhá-lo atrás do bar. Ele me enfrentava, mas, com Rachel, era gentil.

— Só conversando com o bom professor.

Ela semicerrou os olhos.

— Só conversando, é? Sem interrogatório?

Charlie ficou me encarando.

— Só estávamos falando sobre o Yankees. O terceira-base se machucou quando tentou completar a volta. Deveria ter ficado na terceira até o técnico permitir. *Certo*, professor?

Rachel pareceu desconfiada.

— Claro, Charlie — concordei.

Não sei se ela acreditou na besteira de Charlie ou se escolheu ignorar. De qualquer forma, fiquei feliz por ter alguém que se preocupava com ela.

— A mesa três está quase pronta para fechar — Rachel disse a Charlie. — Falei para eles trazerem a conta para você. — Olhou no relógio. — Ava ainda não chegou. Quer que eu espere? A mesa cinco pediu petiscos e ainda não decidiu o jantar.

— Pode deixar. Vocês dois podem ir.

— Tem certeza?

Charlie apontou para a porta com o polegar.

— Vão. Saiam daqui. Não quero que as pessoas vejam seu amigo professor aqui e pensem que o lugar está sendo frequentado por mauricinhos.

Dei risada.

— Boa noite, Charlie.

A irmã da Rachel morava no Queens, e o trânsito ainda estava lento por causa do horário de pico. Quando nos aproximamos da autoestrada, percebi que Rachel estava mais quieta do que o normal.

— Trabalhou muito hoje?

— Não. Foi meio devagar, na verdade.

Permaneceu em silêncio conforme olhava para fora da janela.

— Tem alguma coisa te incomodando?

Ela se mexeu no banco.

— Preciso te contar uma coisa sobre a minha irmã.

— Tudo bem.

— Ela é viciada em drogas. Bom, está em recuperação. Mas acho que isso ainda a torna uma viciada, porque, uma vez viciado, sempre viciado. É a mesma coisa que alcoólatra, certo? Ainda pode se chamar de alcoólatra mesmo se não bebe por cinco anos. Há realmente uma hora em que a pessoa para de se referir a si mesma assim? Tipo como aquelas fichas que te dão... uma deve significar que está sóbrio? Todas aquelas fichas têm significados diferentes? Pensei que fossem suas conquistas ao longo do tempo... tipo um por mês, e outro por ano? Mas talvez...

Ela ainda não tinha parado para respirar. O fato de emendar frases uma atrás da outra mostrava que estava nervosa. Então, interrompi:

— Rachel?

— O quê?

— Você está balbuciando. Não me importo que sua irmã seja viciada. Nem me importaria se sua irmã não estivesse em recuperação. Não vou julgá-la. Estou indo ao jantar porque você quis que eu viesse. Ainda quer que eu vá junto?

— Quero.

Estiquei o braço e peguei a mão dela, levando para cobrir o câmbio debaixo da minha.

— Tudo bem, então.

Da minha visão periférica, vi seus ombros relaxarem um pouco. Ela olhou para fora da janela, parecendo perdida em pensamentos, depois se virou para mim.

— Ela perdeu a guarda do filho por causa do vício.

— Sinto muito por isso.

— Ela só o vê duas vezes por semana... e ainda são visitas supervisionadas. Seu ex-marido a deixou alguns anos atrás e levou o filho dela com ele.

— O filho dela? Não é filho do ex-marido?

— Não. É uma longa história. Mas ela teve Adam quando era jovem.

Apertei a mão dela debaixo da minha.

— Merdas acontecem, Rachel. O vício é difícil. — E eu sabia muito bem que isso era verdade depois do que acontecera com Liam.

— Eu sei. Só queria te contar.

— Obrigado por contar.

Apesar de ter sido sincero quando disse que não julgava a irmã dela, eu havia imaginado que ela fosse totalmente diferente. Esperava ser recebido por uma viciada, magra e despenteada, em um apartamento pequeno, talvez com dentes estragados, quando chegássemos. Mas a mulher que nos recebeu não era nada disso. Era uma versão mais velha de Rachel. Saudável e sorridente, nos recebendo em sua casa com um abraço.

— É tão bom te conhecer. Minha irmã não me contou absolutamente nada sobre você.

Rachel riu.

— Ignore-a. Ela costuma se achar a sabichona.

— Então vocês duas têm muito em comum, além da aparência.

Riley fechou a porta depois que entramos, sorrindo de orelha a orelha.

— Já gostei dele.

A entrada do apartamento levava à cozinha, então ficamos ali em pé, conversando por um tempo, enquanto Riley verificava o jantar que preparava no forno. Havia feito muito calor durante a aula naquele dia, então eu tinha bebido algumas garrafas de água. Agora, precisava me aliviar.

— Com licença, preciso usar o banheiro.

Riley estava mexendo uma panela no fogão e apontou para o fim do corredor.

— Claro. Passe pela sala, no fim do corredor, primeira porta à esquerda. Moro basicamente em um corredor, então não dá para se perder.

Vi uma parede cheia de quadros, parecida com a que Rachel tinha em seu apartamento, mas não parei para olhar antes de ir ao banheiro.

Na volta, observei que a maioria das fotos eram do mesmo menininho loiro em várias fases do crescimento. Presumindo que fosse o filho de Riley, Adam, não quis parar e chamar atenção para isso, no caso de ser difícil falar sobre ele.

Havia passado por quase toda a fileira de fotos do corredor quando uma foto pequena chamou minha atenção. Nela, havia duas menininhas em pé no gramado, a mais jovem devia ter uns três ou quatro anos, e a mais velha talvez oito ou nove, mas com certeza eram Rachel e sua irmã.

Parei para olhar a mais jovem mais de perto. A foto era antiga e estava em baixa resolução, mas alguma coisa nela acendeu uma luz dentro de mim. Minha postura se endireitou quando a encarei.

— Ela sempre insistia em prender seu próprio rabinho. Sempre ficava torto, mas teimava em fazê-lo sozinha. — Riley veio para o meu lado junto à parede de fotos e me entregou um copo. — É chá gelado.

Peguei sem desviar os olhos. Havia algo muito familiar na foto. É claro que seria familiar para mim, considerando que Rachel não mudara muito, mas era mais que isso. Meus olhos passaram por toda a parede.

— Você tem mais fotos de vocês duas?

Rachel se juntou a nós.

— Você pediu para ver uma foto minha quando pequena outro dia. — Ela bateu em meu ombro, de brincadeira. — Se Riley vai te mostrar fotos vergonhosas, é melhor eu ver fotos suas quando era pequeno também.

Acho que assenti, mas não tenho certeza. Minha mente ainda estava focada na carinha de Rachel na foto. Depois de um minuto, Riley voltou com um álbum.

— Venha, vou lhe mostrar como minha irmã era gordinha quando bebê. Nossa mãe gostava de tirar fotos dela pelada enquanto lhe dava banho na pia. Rachel tinha covinhas, mas não no rosto.

Nós três nos sentamos no sofá, uma irmã de cada lado de mim. Riley apontou para uma foto, que presumi ser ela segurando Rachel recém-nascida.

— Detestei Rachel quando mamãe a trouxe para casa. Ela roubou toda minha atenção.

Rachel a reprimiu.

— Minha mãe disse a ela para manter objetos pequenos longe de mim porque eu podia sufocar, e ela costumava jogar moedas no berço.

Esforcei-me para parecer interessado, mas alguma coisa me corroía. Eu sabia o que era, mas pensei que fosse minha imaginação fértil. Mesmo assim, não conseguia parar de pensar nisso. Riley passou quase todas as páginas — em quase todas as fotos Rachel era muito nova.

— Não tem muitas fotos de nós depois que Rachel fez uns cinco ou seis anos. Foi quando minha mãe ficou doente.

— Rachel me contou. Sinto muito por sua perda.

Riley assentiu.

— Obrigada. De qualquer forma, os dois anos que se seguiram depois de sua morte, antes de morarmos com os Martins, não foram bons para querermos guardar em fotos.

— Não sabia que não tinham ido morar com seus tios logo depois que a mãe de vocês morreu. Vocês moraram em um orfanato ou algo assim?

Rachel e Riley olharam uma para a outra. Houve uma troca de silêncio antes de Rachel falar.

— Não. Depois que a minha mãe morreu, nós continuamos a morar com o nosso padrasto.

Olhei para Rachel.

— Pensei que tivesse dito que sua mãe não havia se casado de novo.

Riley olhou para nós dois e fechou o álbum de fotos.

— Nós gostamos de fingir que ele nunca existiu. — Ela se levantou. — Vou olhar meu molho.

Quando Riley saiu, Rachel pegou minha mão.

— Sinto muito. Não quis mentir para você. É só que... minha irmã está certa. É mais fácil fingir que não houve nenhum Benny. — Ela falou baixinho: — Ele não era um cara legal.

Benny.

O porra do Benny.

O nome me atingiu como um soco no estômago.

Não sabia se conseguiria aguentar o jantar. Ficava olhando para Rachel e, cada vez que o fazia, via a menininha do confessionário. Estava mais claro que a luz do dia agora, apesar de eu não ter enxergado antes. De repente, não conseguia tirar da cabeça a única visão nítida dela que consegui ter, do outro lado da igreja, todos aqueles anos antes. Quando olhava para ela, via seu rostinho doce de dez anos de idade.

Permiti-me sair desse devaneio e, por fim, notei Rachel me olhando com preocupação. De maneira abrupta, me levantei e me afastei da mesa.

— Com licença um instante.

Voltei para o banheiro e encarei meu reflexo no espelho. Gotas de suor haviam se formado na minha testa e no topo do meu lábio superior. Nunca havia tido um ataque de pânico, mas tinha certeza de que era exatamente assim. Meu coração ricocheteava contra a parede do meu peito, e o simples ato de respirar era um esforço. Inclinei-me sobre a pia e me concentrei em inspirar e expirar por alguns minutos antes de jogar água no rosto.

Não sabia quanto tempo tinha ficado trancado no banheiro, mas, quando saí, Rachel estava me esperando no corredor.

— Você está bem? — Colocou a mão na minha testa úmida. — Não parece muito bem.

— Na verdade, não estou. Não me sinto muito bem. Começou na aula hoje, e pensei que fosse o calor, mas deve ser algum tipo de virose.

— Oh, sinto muito. O que posso fazer? Quer um chá de gengibre ou um pano úmido? Talvez devesse se deitar no sofá um pouco.

— Estou bem. Mas acho que é melhor eu ir.

— Oh. Certo. Entendo. Deixe eu só falar para Riley, e vou pegar minha bolsa.

— Não — eu disse, provavelmente um pouco rápido demais.

— Não?

— Você deveria ficar. Não quero estragar sua noite. Sua irmã pode te levar para casa?

— Acho que sim...

— Desculpe. Te vejo amanhã na aula, tudo bem?

— É, tudo bem.

Enquanto suas palavras diziam que estava tudo bem, a expressão de Rachel mostrava algo totalmente diferente. Não tinha certeza se ela acreditara que eu estava passando mal, mas precisava sair logo dali.

Depois de me desculpar com Riley e me despedir rapidamente, saí de lá. Perguntei-me se era uma boa ideia dirigir, senti que não tinha condições para isso. Quando cheguei em casa, percebi que, com certeza, aquilo tinha sido uma má ideia. Não me lembrava de dirigir da casa da irmã da Rachel até a minha.

Peguei uma bebida forte e andei de um lado para o outro por um tempo, lembrando da última vez que tinha visto a garotinha da igreja, o dia em que a havia seguido até sua casa. Depois de tudo que acontecera, meus pais haviam entrado em ação para me proteger, pedindo favores para todo mundo, para políticos locais e para a polícia. Agora, não conseguia me lembrar muito bem do que aconteceu naquele dia, exceto um detalhe. Eu havia mentido para a garotinha que agora sabia que era Rachel por meses, em vez de fazer o que podia para tirá-la daquele inferno o mais rápido possível.

Capítulo 32

Rachel

Após dez minutos, os alunos estavam começando a ficar inquietos. Mandei mensagem para Caine, depois resolvi que era melhor iniciar a aula ou os alunos começariam a ir embora a qualquer minuto. Havia uma agitação na boca do meu estômago. Ele ainda não havia respondido à mensagem que eu mandara na noite anterior, quando cheguei da casa da minha irmã, apesar de conseguir ver que ele a tinha lido.

Dei aula por um tempo, depois fiz uma pausa para tocar algumas músicas que iríamos analisar. Enquanto a música preenchia a sala, verifiquei meu celular atrás do púlpito. *Nada.* Mesmo assim, a mensagem sobre a aula também tinha sido lida.

A princípio, estava preocupada que Caine tivesse passado muito mal, talvez até ido ao hospital ou algo assim. Mas se ele podia ler minhas mensagens, por que não conseguiria responder?

Passada quase uma hora da aula de noventa minutos, eu estava tão distraída que a encerrei mais cedo. Caine não ficaria feliz com isso, porém essa não era minha principal preocupação. Ansiosa, liguei para ele antes mesmo de a sala ter se esvaziado por completo. Tocou uma vez e caiu na caixa-postal.

Quando um celular está desligado, vai diretamente para a caixa-postal. Quando alguém não consegue atender, toca várias vezes até cair na caixa-postal. No entanto, quando vai para a caixa-postal depois de um toque, o receptor está recusando a ligação. *Que porra era essa?*

Deixei uma mensagem: "Caine, é a Rachel. Estou preocupada com você. Não responde minhas mensagens e não apareceu para dar aula. Pode, por favor, me falar se está tudo bem para eu não começar a ligar para os hospitais como uma maluca?"

Quis ir até seu apartamento e ver como ele estava, mas precisava estar no trabalho em uma hora, então não haveria tempo suficiente para ir e voltar. A terça também era o único dia em que eu trabalhava sozinha. Abria o bar para Charlie porque ele ia ao mercado e visitava o túmulo de sua esposa toda semana, como um relógio. De jeito nenhum eu ia interromper isso porque meu namorado não atendia minhas ligações.

Ele é mesmo meu namorado? Durante todo o trajeto até O'Leary, me peguei discutindo comigo mesma sobre tudo e qualquer coisa em relação a Caine. Um pequeno obstáculo já fez com que a minha mente entrasse em um frenesi de conclusões paranoicas. Até o momento em que estacionei o carro, já havia superado todas elas. Ele não estava me evitando, simplesmente não se sentia bem. Felizmente, quando olhei meu celular, essa teoria foi por água abaixo.

CAINE: ESTOU ME SENTINDO MELHOR. OBRIGADO POR ME COBRIR NA AULA.

É isso? Sem nenhuma explicação? O nó que esteve em meu estômago durante toda a manhã se transformou em raiva. Eu merecia mais que isso. Joguei o celular na bolsa, abri a porta da frente do O'Leary e comecei meu ritual de abertura no piloto automático. Acendi as luzes, liguei o forno nos fundos, tirei tudo da lava-louça e levei o primeiro engradado de copos para guardar atrás do bar, antes de contar o caixa. Pontualmente ao meio-dia, acendi a placa de aberto. Em seguida, verifiquei meu celular de novo. *Nada.*

As horas se arrastaram depois disso. Ava apareceu às quatro — uma hora antes de seu turno iniciar — para me ver, e eu estava prestes a ter uma explosão verbal. Ela se sentou no bar. Havia apenas um cliente na outra ponta do balcão, um policial aposentado, amigo de Charlie, que não falava muito e só pedia cerveja de hora em hora.

— Então você *ainda* está viva? — ela perguntou. — Pensei que talvez tivesse sido fodida até a morte pelo professor bravo.

Ava deu uma olhada na minha cara e sua expressão ficou triste.

— Ah, não. O que aconteceu? Aquele babaca te traiu? Ele é casado? Porque vou sair atirando na bunda dele.

Suspirei.

— Não, não é nada disso.

— Então o que é?

— Gostaria de saber.

Então, continuei a vomitar tudo para minha pobre amiga, contando todos os detalhes dos últimos dias. Bom, nem todos os detalhes — as partes do sexo incrível guardei para mim —, mas contei tudo que poderia ser relevante.

— Acha que ele ficou com o pé atrás porque o levou para a casa de Riley? Alguns homens têm esse medo ridículo de *conhecer a família*, porque acham que é o último passo antes de você arrastá-lo para a igreja.

— Imagino que poderia ser... apesar de não achar que seja isso. Ele não hesitou ou mostrou qualquer preocupação sobre ir comigo, e nos primeiros dez minutos ou mais depois que chegamos, ele estava bem.

— O que aconteceu entre a chegada de vocês e o momento em que ele disse que não estava se sentindo bem e fugiu?

— Nada mesmo. Repensei sobre isso várias vezes. Estávamos sentados na sala de estar, olhando álbuns de foto.

Olhei para o vazio ao visualizar nós três — eu, Riley e Caine — sentados no sofá. Fotos. Rabinhos de cavalo. Mamãe morrendo. *Benny*. Devia saber que algo daria errado só de mencionar aquele homem. Então tive uma ideia. Caine poderia ter ficado irritado porque menti sobre ter um padrasto? Era tão insignificante que não conseguia imaginar que fosse isso.

— Álbuns de foto da *família*? Ele fugiu porque se sentiu pressionado.

— Mas eu não o pressionei. Ele tinha *pedido* para ver uma foto minha de quando era pequena.

— Não importa. — Ela deu de ombros. — Ele é gamofóbico.

— Não acho que seja isso.

— Bom, então talvez ele estivesse mesmo doente? Talvez tenha ido ao banheiro de sua irmã, ficado com caganeira e não quisesse entupir a privada.

Enruguei o nariz.

— Você precisa mesmo falar desse jeito?

Ava deu de ombros.

— Quer que eu justifique o fato de ele ter fugido para que você finja que ele não tem problemas com compromisso ou não?

Sinceramente, tudo que eu queria era me livrar daquele sentimento de insegurança. Se Caine realmente tivesse problemas com compromisso e uma visita à minha irmã o tivesse deixado com o pé atrás, eu conseguiria lidar com isso. Tudo que eu precisava era de honestidade.

Capítulo 33

Caine — Quinze anos atrás

Essa era a quarta vez que ela parava para colher flores do lado da estrada, a caminho de casa. Sua vida parecia um amontoado de merda, e ela ainda via beleza no meio das ervas daninhas e do mato alto.

Permaneci pelo menos dois quarteirões para trás, e ela não parecia ter notado. Isso me lembrou de que precisava ter uma conversa séria com minha cordeirinha sobre estar consciente do que acontece ao redor. Qualquer psicopata poderia segui-la sem que ela percebesse.

Enfim...

Depois de uns bons três quilômetros, ela finalmente virou em uma travessa. A casa era na verdade bem legal. Eu tinha imaginado que ela morava em um trailer detonado, no fim de uma rua comprida e suja, com lençóis pendurados para esconder as janelas e uma moita enorme para camuflar qualquer sinal de vida — provavelmente três ou quatro carros caindo aos pedaços e sem funcionar no gramado. Mas a travessa na qual ela virou era pavimentada e levava a uma casa pequena, mas bem-arrumada, com um estilo típico da península de Cape Cod. O gramado estava cortado, as cortinas abertas emolduravam as janelas e os vizinhos estavam do lado de fora, por perto, fazendo suas coisas. O único carro na garagem era apenas de alguns anos atrás e tinha um daqueles símbolos de peixe de Jesus na traseira. *Nada* como eu tinha imaginado.

Observei quando a garotinha desapareceu pela lateral da casa e voltou para a porta da frente, sem a bicicleta, um minuto mais tarde. Sem hesitar, ela entrou.

Fiquei ali, olhando em volta por mais ou menos meia hora depois disso. Pela primeira vez, questionei se ela poderia estar inventando tudo. Ela poderia ter uma imaginação fértil. A semente da dúvida foi plantada, mas minha intuição dizia que ela não estava inventando uma história. Olhei uma última vez para aquela casa antes de ir embora. Pelo menos não precisaria esperar muito para descobrir — somente até ela aparecer com a irmã no dia seguinte.

Esperei por seis horas. Um pouco depois da uma da tarde, me convenci de que ela não apareceria naquela manhã. Antes de segui-la até em casa no dia anterior, eu não tinha nenhuma dúvida de que alguma coisa estava acontecendo. Mas agora, depois de ver a casa comum, em um bairro normal, a dúvida pairava sobre mim. Por outro lado, Ted Bundy, o assassino em série, também parecia normal pra caralho. Resmunguei e me levantei do banco dos fundos, onde tinha ficado ouvindo a três bandas naquela manhã, enquanto olhava para a porta. Não tinha ideia do que fazer, mas sabia para onde iria.

A quatro quarteirões da casa dela, percebi que precisava de combustível. Também precisava bolar um plano, então fiz uma parada em um posto com uma loja de conveniência e entrei para pagar. Minha mão estava na maçaneta da porta quando, de canto de olho, vi alguma coisa que chamou minha atenção. Parado ao lado do posto estava um carro que era muito familiar — o mesmo modelo e marca daquele parado na garagem da garotinha no dia anterior.

Benny era um maldito mecânico.

Fui até lá e dei uma olhada na parte de trás do carro. Com certeza, havia um símbolo de peixe de Jesus. Olhando para a loja de conveniência, vi uma garagem de duas portas anexada a ela. Uma delas estava fechada, mas a outra estava aberta com uns dois metros de altura. As luzes também estavam acesas.

Entrei de mansinho na loja, fingindo ler atrás de um pacote de salgadinho enquanto os dois clientes terminavam de pagar. Quando estavam apenas eu e a mulher que trabalhava no caixa, peguei uma lata de refrigerante e uma barra de Snickers e levei para o caixa.

— A mecânica ainda está aberta? Meu carro está fazendo um barulho e eu gostaria que dessem uma olhada.

Ela olhou para o relógio.

— Fecha ao meio-dia hoje. Mas acho que Benny ainda está lá.

Meu corpo ficou tenso.

— Obrigado. Tem um escritório ou uma sala?

A moça acenou em direção à porta dos fundos.

— Vá por aquela porta. Provavelmente ele está em uma das garagens.

Minha respiração se tornou mais profunda a cada passo, enquanto eu seguia para a garagem escura. Havia uma chave de fenda em cima de uma caixa vermelha de ferramentas. Peguei-a e a guardei no bolso de trás da minha calça.

— Olá?

A garagem tinha quatro carros, mas parecia que não havia ninguém lá.

Um homem apareceu com a cabeça debaixo do capô de um dos carros na outra garagem e quase me matou de susto.

— O que posso fazer por você?

Encarei-o. Eu não tinha um plano.

Ele puxou um pano do bolso e começou a limpar as mãos enquanto avançava em minha direção.

— Estamos fechados. Preciso ir para casa, para as minhas garotas. Há uma oficina a mais ou menos um quilômetro ao norte daqui, se seu carro estiver com problemas.

Suas garotas.

— Você é o Benny?

— Sou. Quem está perguntando?

Eu precisava de uma vara para cutucar o urso. Uma lâmpada se acendeu na minha cabeça.

— Sou amigo da sua filha.

De repente, eu tinha a atenção dele. Seu comportamento mudou totalmente. Parou de limpar as mãos e me encarou.

— Minha filha não pode ter nenhum amigo menino.

— Por quê?

Sua expressão se contorceu de raiva.

— Porque ela é uma putinha.

Estávamos parados um de cada lado do carro, mas ele começou a dar a volta em minha direção.

— Está querendo a minha filha? Deixe eu te dar um conselho. Você quer uma garota boa. Aquela ali... ela não é boa. Quinze anos e nada além de problema.

— Fique longe das duas.

Benny pareceu momentaneamente surpreso. Ele parou de avançar em minha direção. Um sorriso lento e diabólico se abriu em seu rosto. Me deu um arrepio. Eu estava olhando para a cara de um monstro.

— Acha que sabe alguma coisa? Por que não vai em frente e fala tudo de uma vez?

— Você gosta de garotinhas. Entra no quarto da mais velha à noite e a ameaça para ficar quieta ou vai fazer a mesma coisa com sua irmãzinha. Fique longe das duas ou eu vou até a polícia.

Ele semicerrou os olhos, seu olhar ficou penetrante, parecia que tentava montar um quebra-cabeça. Ao entender tudo pela primeira vez, um sorriso sarcástico aumentou em seus lábios. Seu tom combinava com a expressão diabólica.

— Você tem alguma coisa a ver com o fato de elas terem feito as malas e planejado fugir, não tem?

Eu não disse nada.

Ele deu um passo à frente.

— Elas não vão fugir para lugar nenhum depois de ontem à noite. Ensinei uma lição a elas, assim como vou ensinar a você.

Benny começou a vasculhar seus bolsos e tirou um controle pequeno. Me encarando, apontou para o portão parcialmente aberto da garagem, que começou a descer. Segui seus olhos quando eles focaram em uma bandeja cheia de ferramentas ao seu alcance. Tudo depois disso pareceu acontecer em câmera lenta.

Ele pegou uma chave inglesa.

Eu peguei a chave de fenda do meu bolso de trás.

Estava me cagando de medo, até ele falar de novo.

— Vá atrás da sua própria boceta.

Capítulo 34

Caine

— O que está olhando?

Murphy deitou a cabeça no meu colo, seus olhos grandes castanhos me encaravam. Eu fiz carinho em seu lugar preferido atrás das orelhas, e ele soltou um suspiro.

— Caramba. Seu bafo fede, amigão. — Pelo menos pensei que fosse do Murphy. Era possível que na verdade fosse o meu.

Fechei meu notebook e tirei os óculos para esfregar os olhos. Como eu ia contar para ela? Estive enclausurado em meu apartamento por dois dias, não tinha tomado banho, mal tinha comido, e me sentia completamente derrotado. Rachel deve ter entendido a deixa de que eu a estava ignorando, já que não havia mais mandado mensagem desde o dia anterior.

Percebi o quanto estava louco por ela quando debati comigo mesmo pela centésima vez que nunca iria contar. Não seria uma decisão difícil se não tivesse tanto a perder. E eu a perderia. Como ela poderia confiar em mim depois de descobrir que nos conhecemos há quinze anos? De saber que eu havia mentido para ela por meses? Que eu tinha tomado algo sagrado dela — a amizade de um padre em quem ela confiava — e a manipulado pela tela do confessionário toda semana.

Se contasse para ela, eu a perderia. Inferno, eu não confiaria em ninguém que fizesse esse tipo de merda.

Mas se não contasse para ela, tudo que tivemos e tudo que viríamos a ter seria baseado em ainda mais mentiras.

Eu estava sendo egoísta tentando justificar o fato de nunca contar para ela, dizendo a mim mesmo que a magoaria duas vezes se falasse tudo. Eu sabia que ela se importava comigo. Estaria reabrindo feridas antigas que duvidava que ela quisesse relembrar. Por que não deixar tudo adormecido?

Havia uma coisa que eu não conseguia suportar — não queria ser outro homem a decepcioná-la. Ela merecia mais que isso. *Caralho*. Ela merecia alguém melhor que *eu*. Puxei meu cabelo depois de passar as mãos por ele.

Contar a verdade e perdê-la — ao mesmo tempo em que a magoo.

Mentir na cara dela e tentar seguir em frente com aquela mentira sempre entre nós.

Apesar de eu ter perdido dois dias debatendo essa questão, no fundo, sabia que não havia uma escolha de verdade. Eu não conseguiria continuar mentindo para ela.

O único consolo era que, assim que passasse a me odiar, seria mais fácil para ela seguir a vida. Pelo menos, seria mais fácil para um de nós. E se eu resolvesse seguir com aquela mentira, apenas estaria sendo egoísta.

Peguei o celular ao mesmo tempo que ele se iluminou. Não havíamos tido contato em mais de vinte e quatro horas, então o *timing* da mensagem dela foi impecável.

Rachel: que tal um caldo de galinha? Posso ir aí depois do trabalho.

Olhei para o meu celular por um tempo, hesitante. Uma coisa era viver no corredor da morte, mas outra era ter a data da sua execução marcada. Antes que eu conseguisse ter colhões para responder, uma segunda mensagem chegou.

Rachel: saio do trabalho às oito.

Não queria que ela dirigisse à noite quando estivesse brava ou chateada. Era hora de eu ter colhões.

Caine: vou pra sua casa lá pelas nove.

Depois de tomar um banho, resolvi levar Murphy para uma longa caminhada para clarear a mente e matar um tempo. Tínhamos andado um quarteirão e meio quando me veio um pensamento na cabeça.

— O que acha de uma viagem à tarde?

Murphy balançou o rabo, então presumi que fosse sim. Se eu ficasse mais enclausurado no apartamento, iria enlouquecer. Precisava sair e clarear a mente. Poderia também melhorar o dia de alguém...

Uma hora mais tarde, estávamos entrando no prédio principal do Regency Village. Eu tinha ligado antes para me certificar de que não havia problema ir, e a enfermeira dissera que avisaria Lydia e Umberto que eu estava a caminho. Lydia estava esperando na recepção. Seus olhos se iluminaram quando viu Murphy e eu.

Ela se inclinou para fazer carinho nele.

— Ele é igualzinho ao nosso Max.

— Este é o Murphy. Achei que Umberto pudesse gostar da visita.

— Você não faz ideia. Isso vai fazer o dia dele... Provavelmente o ano. Não importa onde a cabeça dele esteja, ele nunca esquece do maldito cachorro. — Lydia olhou em volta. — A Rachel está com você?

— Não, só eu. Eu estava por aqui, então pensei em visitar — menti.

— É tão gentil da sua parte, professor West.

— Me chame de Caine, por favor.

— Caine. — Ela sorriu e assentiu ao se levantar e parar de fazer carinho em Murphy. — Umberto está tirando uma soneca agora. Deve acordar logo. Tudo bem se dermos uma volta? Pode parecer esquisito, mas adoraria segurar a guia dele e caminhar pela propriedade. Meu marido e eu costumávamos levar Max para passear toda noite depois do jantar, logo antes do nosso chá com bolachas.

— É claro. — Ofereci a guia e meu braço a Lydia. Ela pegou ambos, e seguimos para fora, caminhando sob o céu azul.

— Então me diga, Caine. Você é casado?

— Não sou casado, não.

— Um jovem bonito como você com um cachorro fofo, as mulheres devem cair aos seus pés.

Nunca tinha sido o tipo de pessoa que falava de uma mulher com quem estava saindo — nem na faculdade, quando os outros caras não conseguiam ficar de boca fechada. Mas que se dane.

— Há uma mulher na minha vida, mas fiz uma coisa idiota e estraguei tudo.

— Oh? Sinto muito. Quer falar sobre isso? Tenho experiência de mais de cinquenta anos. Talvez possa ajudar a consertar as coisas.

— Não é algo que possa ser consertado tão facilmente.

Lydia ficou quieta por um tempão.

— Você ama essa moça?

Estive tentando evitar a resposta para essa pergunta. Mas mentir para Lydia era mais difícil do que mentir para mim mesmo. Assenti.

— Acho que amo. Mas não faço ideia de como aconteceu.

Ela sorriu.

— É assim que acontece. Você se vira um dia e o amor te atinge na cara, como se estivesse ali o tempo todo e você estivesse cego demais para ver. Esse é o segredo do amor verdadeiro... Nunca vemos o começo ou o fim.

Ótimo. Sem fim à vista. Exatamente do que eu precisava ouvir antes de Rachel me dar um pé na bunda.

Lydia deve ter percebido minha cara de merda. Ela apertou meu braço.

— Não se preocupe, querido. Vai dar tudo certo. Quando se está amando, os erros podem ser consertados.

— Não sei se alguns erros têm conserto.

— Você contou a ela o que quer que tenha feito de errado?

Balancei a cabeça.

— Todos cometemos erros. A vida não vem com instruções. Se a pessoa realmente te amar, vai perdoá-lo por eles. Mas quando você esconde ou mente sobre eles, deixam de ser erros... para serem decisões.

— Para ser sincero, estou evitando-a por alguns dias, porque sei que, quando contar a verdade, ela vai ficar magoada.

— Bom, infelizmente, a verdade dói às vezes. Outra mulher faz meu marido feliz agora, depois de mais de cinquenta anos de casamento. Nem sempre é fácil. Mas, na longa caminhada, é melhor magoar alguém com a verdade do que fazê-lo feliz com mentiras. Porque ela pode tomar a decisão de seguir em frente com a verdade. As mentiras te mantêm preso.

Lydia não estava brincando quando disse que aprendeu uma ou duas coisas com seus mais de cinquenta anos de casamento. A janela da dúvida sobre contar a verdade para Rachel finalmente se fechou. Estiquei o braço e apertei a mão de Lydia.

— Umberto é um homem muito sortudo.

A expressão de Umberto ao ver Murphy deve ter sido uma das melhores coisas que já testemunhei na vida — embora, mentalmente, eu estivesse me torturando por não ter ido com Rachel. Ela teria adorado. E eu teria adorado ver o sorriso em seu rosto.

A outra mulher de Umberto não estava em nenhum lugar naquele dia. Com Lydia acocorada ao seu lado, Umberto sorriu e deu risada ao acariciar a cabeça de Murphy. Meu amigo infiel de quatro patas roubou toda a atenção. Fiquei afastado e tirei um momento para observar os três. Então, dei-lhes um pouco de privacidade. Pelo menos uma decisão boa eu tomei naquele dia.

Durante o trajeto de uma hora quando voltava da visita de Umberto e Lydia, fiquei pensando sobre aquela noite. Deixei Murphy em casa, tomei um banho e ensaiei o que iria dizer — como iria explicar o que tinha feito sem parecer um babaca completo.

Tinha até me convencido de que Rachel conseguiria esquecer, até que cheguei ao seu prédio e não consegui pensar em um jeito nem de começar a conversa. Era como se eu tivesse descoberto tudo de novo. Tudo que tinha pensado, as palavras nas quais refletira cuidadosamente, tudo isso pareceu fugir de mim enquanto eu estava parado do lado de fora do meu carro, olhando para cima, para a janela dela.

Era uma noite estranhamente quente de outono, com uma brisa legal, então sua janela, no terceiro andar, estava aberta. A luz do seu quarto estava acesa, suas persianas quase inteiramente abaixadas, e eu não conseguia fazer nada a não ser ficar parado e observar. Meu coração quase parou quando sua silhueta apareceu. Ela estava de perfil, olhando para longe de onde estava. Primeiro, ela não se mexeu, só encarou o vazio, mas depois vi uma mão segurar seu punho, e ela começar a brincar com o relógio.

É, também estou nervoso, Estressadinha. Desculpe por tê-la feito se sentir assim nesses últimos dias.

Eu precisava acabar com essa merda para o bem de nós dois. Respirando fundo, finalmente segui para seu prédio. O elevador demorou para chegar e demorou mais ainda para subir ao terceiro andar. No instante em que saí dele, estava transpirando na testa. Andei até sua porta com uma dificuldade excruciante.

Bati e esperei com as mãos nos bolsos, olhando para baixo, para os meus sapatos. Baixinho, fiz uma oração — não deixei escapar a ironia daquilo.

Rachel abriu a porta, e senti imediatamente um chute no estômago. Ela estava mais linda que nunca em seu vestido de verão verde com alcinhas finas, que mostravam seu pescoço comprido e lindo. Seu cabelo escuro e rebelde estava solto e colocado para um lado, e eu tive a maior vontade de me inclinar e devorar aquele pescoço. Diferente de sua maquiagem normal e discreta, naquela noite seu rosto estava todo pintado. Um batom vermelho e brilhante cobria seus lábios carnudos, e seus cílios estavam grossos e escuros, combinando com o delineado escuro que aumentava ainda mais seus olhos amendoados. O fato de que talvez eu não encostaria nos lábios dela uma última vez me deixou triste.

Ergui meu olhar para encontrar o dela, e meu coração bateu sem controle. *Me apaixonei por ela.* Naquele momento, eu não queria mais nada além de lhe dizer isso. Mas não queria que a primeira vez que dissesse aquelas palavras fosse abafada pela conversa que estávamos prestes a ter. Eu só esperava que pudesse dizê-las algum dia.

— Olá, Rachel.

Capítulo 35

Rachel

— Oi.

Caine estava olhando de um modo engraçado para mim, como se não estivesse realmente me vendo, embora olhasse diretamente para mim.

— Caine?

Ele piscou algumas vezes.

— Desculpe. Você está linda.

— Obrigada.

Dei um passo para o lado para que ele entrasse, notando que ele não tinha se inclinado para dar um beijo. Tentei ignorar, mas isso elevou o meu nervosismo para um nível que beirava pânico total.

Caine entrou, e as coisas ficaram ainda mais bizarras — pior que um encontro às cegas. Eu estava parada em um cômodo onde aquele homem tinha feito café da manhã recentemente para mim e, mesmo assim, ele parecia um completo estranho.

— Como está se sentindo? — tentei começar uma conversa.

— Melhor. Obrigado. Desculpe pela forma como saí apressado do apartamento da sua irmã e deixei que ela te levasse para casa.

— Está tudo bem. Eu entendo. Você não estava se sentindo bem.

Caine assentiu e enfiou as mãos nos bolsos. Depois de outro minuto de silêncio bizarro, ele pigarreou.

— Olha, Rachel, precisamos conversar.

— Ok. Por que não nos sentamos? Posso pegar alguma coisa para você beber?

— Não, obrigado. Estou bem.

Ele me seguiu para a sala. Sentei em uma ponta do sofá, o que deixou bastante espaço vazio para ele se juntar a mim. Mas ele escolheu se sentar na cadeira ao lado.

Caine olhou para os pés, depois passou uma mão pelo cabelo. Embora ele ficasse muito lindo com aquele visual despenteado, tive a sensação de que estava fazendo muito isso nos últimos dias, e não tinha nada a ver com estilo. Ele expirou alto antes de começar a falar.

— Não posso começar um relacionamento com mentiras.

Ai, caramba. Minha mentirinha sobre Benny havia ficado bem pequenininha no fundo da minha mente desde a minha última conversa com Ava sobre o que estava acontecendo com Caine. Fiquei enjoada. Mas me recusava a deixar que aquele homem horrível tirasse mais alguma coisa de mim.

— Desculpe por ter mentido. É só que... não é fácil, para mim, falar sobre isso.

Caine tentou falar, mas o interrompi, entrando na minha divagação comum de nervoso.

— Eu disse que não tive um padrasto porque queria não ter tido um. Tento fingir que ele nunca existiu. Não era um cara legal. Ele começou a abusar de mim e de minha irmã assim que minha mãe morreu.

Caine tensionou a mandíbula.

— Ele abusava *de você*?

Assenti e olhei para baixo.

— Não era do mesmo jeito comigo e com minha irmã. Ele... — Mesmo quinze anos depois, eu mal conseguia dizer as palavras. — ... ele abusava sexualmente da minha irmã. Mas eu era muito nova.

— Então ele não tocava em você?

Balancei a cabeça.

— Não da mesma forma que tocava minha irmã.

Um olhar de alívio passou pelo rosto de Caine.

— Graças a Deus.

— Mas já que estamos sendo honestos, eu te contei uma mentirinha. A cicatriz nas minhas costas não foi de cair de uma árvore quando era criança. Foi meu padrasto que fez. Na noite anterior ao dia que a polícia veio nos retirar, ele chegou mais cedo do que esperávamos. Riley estava fazendo as malas porque planejávamos finalmente pedir ajuda na manhã seguinte. Benny revistou o meu quarto e encontrou a mala que eu tinha feito. Ele ficou louco e começou a nos chutar com suas botas de bico de ferro. Foi isso que deixou a cicatriz nas minhas costas.

Fui teimosa demais por muitos anos para me permitir chorar por tudo que aconteceu. Mas as lembranças daquela noite ainda estavam vívidas sempre que eu falava sobre elas. Podia ver minha irmã entrando escondido no meu quarto, depois que Benny desmaiou, para cuidar do meu corte. Minhas lágrimas estavam frias, escorrendo pelo meu rosto quente.

— Minha irmã cuidou da ferida, mas provavelmente precisava de uma dúzia de pontos.

Caine veio se ajoelhar aos meus pés. Baixei a cabeça até ele, enterrando o rosto em seu ombro para esconder minhas emoções.

— Sinto tanto, Rach. Sinto muito. Eu não sabia.

Uma vez que a torneira se abriu, eu não conseguia impedir que a água parasse de sair. Enquanto Caine me abraçava, eu me senti segura pela primeira vez em muito tempo — segura para chorar. E foi o que fiz. Chorei muito, me permitindo desabafar. Não sabia de onde vinha tudo aquilo, mas o choro se transformou em uma choradeira feia — que me fazia arfar. Caine se sentou e me abraçou em silêncio, acariciando meu cabelo e se desculpando repetidamente. Quando finalmente me acalmei, me endireitei e o vi com lágrimas enchendo seus olhos.

— Desculpe por desabar assim. Nunca contei a ninguém sobre aquela noite, exceto para a assistente social que foi nos buscar no dia seguinte. Nunca nem disse em voz alta que minha irmã foi abusada sexualmente. — Olhei nos olhos de Caine. — É por isso que menti para você e disse que minha mãe nunca tinha se casado de novo. É mais fácil fingir que ela nunca mais se casou e que aqueles anos nunca existiram.

Caine parecia muito triste. Sua voz estava cheia de hesitação.

— Vocês foram até uma assistente social no dia seguinte, depois do que ele fez com vocês?

— Na verdade, ela veio até nós. Benny se envolveu em uma briga na garagem no dia seguinte, então a polícia veio nos encontrar com uma assistente social.

— Uma briga?

— É. Ele tinha muita raiva. Gostaria que isso tivesse acontecido antes, para o bem da minha irmã. Nós duas tínhamos muito medo de contar a alguém. Mas a assistente social soube que alguma coisa não estava certa quando nos conheceu. Benny estava no hospital, e nós fomos levadas para ficar com minha tia. Um dia, minha irmã contou à assistente social o que estava acontecendo, e Benny foi preso enquanto ainda estava hospitalizado. Um mês depois, ele morreu do coração quando estava sob custódia. — Dei de ombros. — E a vida apenas seguiu. Nossa tia nos adotou, e nunca olhamos para trás.

— Sinto muito, Rachel.

Dei risada e funguei ao mesmo tempo.

— Pare de dizer isso. Não é culpa sua. Eu só queria explicar por que menti, porque sei que ficou chateado por causa disso. E agora gostaria de voltar a fingir que Benny nunca existiu. Podemos fazer isso?

Parecia que Caine iria discutir. Sua boca se abriu para falar, depois fechou, e abriu de novo. Mas, em certo momento, ele assentiu.

Depois de ir ao banheiro para tirar a maquiagem borrada do rosto, senti que um peso tinha sido tirado dos meus ombros. Infelizmente, não podia dizer o mesmo de Caine. Enquanto o fato de desabafar e chorar bastante havia melhorado meu humor, parecia que eu tinha transferido o peso para ele. Resolvemos ligar a TV e relaxar assistindo a um filme, mas cada vez que eu o olhava, ele parecia perdido em pensamentos.

Quando o filme acabou, pensei que as coisas pudessem voltar ao normal no quarto. No entanto, quando mencionei que estava cansada e pronta para ir dormir, Caine me surpreendeu dizendo que precisava dormir na casa dele porque tinha uma reunião cedo.

Enquanto eu o acompanhava até a porta, senti aquela sensação de insegurança que tinha voltando para mim.

— Estamos bem, Caine? — Detestava perguntar, detestava como soava necessitada, mas já tinha ficado duas noites sem dormir e sabia que continuaria se ele fosse embora sem conversarmos.

Caine segurou o meu rosto.

— Você é a mulher mais maravilhosa que já conheci. Nunca se esqueça disso, Rachel. — Ele tocou os lábios nos meus e disse boa noite.

Encostei a cabeça contra a porta fechada depois que ele saiu. Ao mesmo tempo que o sentimento era bom, principalmente depois de tudo que conversamos, por que parecia que Caine estava se despedindo?

Capítulo 36

Caine

Não tive coragem de contar a Rachel depois de ela ter desabado — pelo menos, era isso que eu dizia a mim mesmo. Estava omitindo dela para seu próprio bem, não porque eu era um babaca egoísta e covarde.

Porém, após passar uma semana meio presente e meio aéreo, percebi que estava fazendo a mesma coisa que tinha feito quando ela era criança: dando-lhe corda, toda semana, e não tomando nenhuma atitude porque estava inseguro sobre mim mesmo.

Só que, no passado, eu era um adolescente confuso, e agora era para ser um homem. Com certeza não estava agindo muito como um. Tinha evitado Rachel quase todas as noites daquela semana, exceto na aula, quando eu não tinha escolha a não ser encará-la. Ela sabia que havia algo errado.

— O que está havendo com você? — minha irmã perguntou quando pegou meu prato.

Ela tivera outra consulta com o médico naquela tarde, então eu tinha ficado de babá. Evelyn deve ter ficado bem desesperada por me usar de novo, considerando que quase matei uma de suas filhas da última vez.

— Nada de mais.

Ela foi até a cozinha e colocou meu prato na pia para voltar com seu interrogatório.

— Mentira. Posso ver que tem alguma coisa errada.

— Como?

Minha irmã me escaneou com o olhar.

— Para começar, ainda está aqui. Normalmente, quando peço para ficar de babá, você vai embora no minuto em que eu chego, como se ter uma família fosse contagioso ou algo assim.

Acho que ela tinha razão. Tentei brincar como se não fosse nada.

— Eu estava com fome, só isso. — Dei de ombros.

Ela me analisou.

— Cadê a mulher que estava com você na última vez? As meninas falaram dela por uma semana. Rachel, não é?

— Como vou saber?

— Não me venha com essa. Sua cara mudou assim que toquei no nome dela.

— Está imaginando coisas.

— Sério? — Ela se inclinou. — Rachel — ela falou mais alto. — Rachel. Rachel. Rachel.

— Acho que deveria adicionar um psiquiatra àquela lista de médicos a que está indo.

Levantei-me e comecei a tirar o resto da mesa para colocar um espaço entre a detetive e eu.

Minhas sobrinhas já haviam desaparecido com uma caixa de macarrão cotovelo e cola branca, e ficavam quietas de um modo incomum quando colavam comida em papéis-cartão na sala. Onde estavam as duas matraquinhas quando se precisava delas para interromper uma conversa?

Minha irmã e eu limpamos tudo do jantar e, surpreendentemente, ela ficou em silêncio. Eu deveria ter percebido que ela estava ocupada se recarregando.

Ao fechar a lava-louças, ela se virou e se encostou nela, me encurralando na cozinha enquanto eu guardava os últimos pratos.

— O que você fez?

— Do que está falando?

— Ou ela te deu um fora, ou você fez alguma coisa errada. Sei disso. Está se lamentando. E já que geralmente fica bravo quando alguém ferra com você, vou arriscar e dizer que *você* ferrou alguma coisa.

Droga. Ela é boa. Suspirei.

— Me meti em uma confusão.

— Quer falar sobre isso?

— Na verdade, não.

— Ok. Então como pode sair dessa confusão?

— Sem magoá-la, não posso.

— Você a traiu?

— Não é nada disso.

Evelyn me observou por um minuto.

— Olha, irmãozinho, você carrega muito peso pelas coisas que pensa que são sua culpa e não são. Você assume a responsabilidade. Tem certeza de que realmente fez algo muito ruim?

Minha irmã era sempre parcial quando o assunto era eu. Quando não respondi, ela balançou a cabeça e continuou.

— Você é um bom homem. O que quer que esteja acontecendo, sei que vai saber fazer a escolha certa. Não consigo imaginar você gostando de alguém e magoando essa pessoa de propósito.

Minha irmã estava certa em uma coisa. Nunca pretendi magoar Rachel. Ou Liam, por falar nisso. Mas tinha feito um monte de escolhas ruins ao longo dos anos, e outras pessoas sofreram as consequências. Tinha errado com Liam — não percebi que a pressão era demais, que a banda e o contrato com a gravadora eram mais que ele podia suportar até ser tarde demais. Com Rachel, eu deveria ter contado a alguém do que eu suspeitava no dia em que ela entrou no confessionário. Mas, em vez disso, menti para uma garota inocente, fingindo ser um padre, durante meses. Ela tinha cicatrizes causadas pelos meus erros. Eu tinha feito o suficiente para prejudicá-la.

Detestava ver seus olhos brilhando quando a convidei para tomar um café depois da aula no dia seguinte.

— Então, de acordo com a *Cosmo*, eu gosto de você — ela anunciou.

Tínhamos pedido dois cafés e nos sentamos a uma mesa tranquila no fundo da cafeteria. Rachel estava tentando agir como se não houvesse nada de errado, mas ouvi o tremor em sua voz e percebi a forma como ela girava seu relógio para a frente e para trás.

— Mais testes de revista?

— Aham. Fiquei em dúvida na pergunta nove — ela zombou. — Era sobre se eu ainda me sentiria fisicamente atraída por você caso engordasse trinta quilos, ficasse careca e de repente estivesse desempregado. Minha caneta estava pairando sobre a resposta certa, mas então me lembrei de que você gosta de me vendar, de qualquer forma. — Ela sorriu e, *porra, isso doeu*.

Como não falei nada, Rachel pensou que eu tivesse ficado ofendido.

— Estou brincando, sabia — ela disse.

Assenti e limpei a garganta. Parecia que minhas bolas estavam presas ali, enquanto eu tentava falar as palavras que precisava.

— Olha, Rachel... Não posso mais fazer isso.

Seu sorriso esmoreceu. Ela sabia do que eu estava falando e, mesmo assim, encontrou um jeito de se agarrar à esperança.

— O quê? Andar juntos pelo *campus*? Ninguém acha isso estranho. Vejo auxiliares e professores juntos o tempo todo.

— Não quis dizer sobre ficarmos juntos no *campus*. Quis dizer ficar juntos em qualquer momento. Não podemos mais sair.

— Por quê? Não entendo.

Depois de conversar com minha irmã na noite anterior, eu havia decidido que não tinha por que contar a ela sobre a igreja, algo de quinze anos atrás. Por que magoá-la arrastando-a para mais merda quando eu não precisava?

— Você é minha aluna. O que aconteceu entre nós não deveria nem ter começado.

A tristeza se transformou em raiva no rosto dela.

— Mentira. Você não liga para isso. Além disso, o semestre está quase acabando.

— Desculpe. — Olhei para baixo, porque era muito difícil mentir para seu rosto lindo. — Nunca deveria ter acontecido.

— *Vá se ferrar*.

— Vou continuar como seu orientador. É minha culpa e não deveria te afetar de nenhum jeito.

— Não deveria me afetar?

— Rachel...

Ela se levantou.

— Sabe de uma coisa, Caine? Por muito tempo senti que não merecia o amor, *com vergonha* de coisas que aconteceram na minha vida, *arrependida* de minhas escolhas. Há algumas semanas comecei a perceber que eu *não sou* meu passado. Nunca quero ser o arrependimento de alguém. Então vá se foder.

Por instinto, segurei seu braço quando ela passou por mim. As lágrimas enchiam seus olhos, e eu sabia que ela queria ir embora antes que eu as visse cair, não queria que eu a visse chateada. Deus, eu queria voltar e apagar tudo que tinha acabado de falar. Mas, em vez disso, soltei seu braço e a deixei ir. Era a melhor coisa que poderia fazer por ela, mesmo que não sentisse isso naquele momento.

Não consegui me virar e vê-la indo embora. Fechei os olhos apertados, ouvi o som de seus passos se tornarem cada vez mais distantes, até não conseguir ouvir mais nada.

Rachel estava certa sobre uma coisa — ela era meu arrependimento. Só não do jeito que ela pensava. Eu sempre me arrependeria por deixá-la partir.

Capítulo 37

Rachel

Como de costume, andei em direção à carteira que havia ocupado desde o começo do semestre. Mas então parei. *Que se dane.* Não havia motivo para me sujeitar a ocupar um lugar de frente para o professor poderoso. Faria meu trabalho, iria às aulas que eram obrigatórias, daria os plantões, corrigiria os trabalhos, tudo isso. Mas não precisava me sentar onde ele me dissera que preferia que eu sentasse. Não mais.

Olhando ao redor da sala, sorri ao ver uma carteira vazia ao lado do sr. Ludwig. Deixaria que ele tivesse uma visão de perto do meu corpo para que pudesse desenhar — alguém poderia muito bem gostar.

A temperatura estava na casa dos vinte e cinco graus naquele dia, mas meu vizinho de carteira ainda usava seu gorro.

— Oi. — Ele sorriu para mim. — O Professor Cuzão te deixou escolher? Pensei que teria que me mudar de lugar só para conseguir perguntar se quer tomar um café depois da aula algum dia.

— Você precisa de ajuda com alguma coisa? Não tem vindo nos meus plantões.

O garoto do gorro sorriu. Ele era fofo, de um jeito de universitário, e tinha covinhas.

— Não. Não preciso de plantão. Só preciso de um café com você.

Senti uma presença atrás de mim. Ao ver seus olhos de paquera saírem dos meus seios, irem para cima de meus ombros e sua expressão atrevida desaparecer, eu sabia quem era.

Continuei ignorando-o, torcendo para que ele entendesse a deixa. *Não tive essa sorte.*

— Rachel. — Caine pigarreou. — Posso falar com você depois da aula, por favor?

Fechei os olhos. Queria responder "Vá se ferrar", mas não iria lhe dar a satisfação de tal reação. Nem iria me deixar transformar em um dos boatos que tinha ouvido do professor West antes de conhecê-lo.

Colocando minha melhor imitação de sorriso no rosto, me virei e o encarei, oferendo uma vista fantástica dos meus dentes brancos.

— É claro, professor.

Estava determinada a mostrar a ele que eu estava bem. Mas o que vi quando olhei para cima apagou meu sorriso falso. Caine estava horrível. Seus olhos brilhantes estavam vermelhos, sua pele naturalmente bronzeada parecia fria, e sua aparência estava desgrenhada — não do tipo intencionalmente estiloso. Não, parecia que Caine estivera em uma bebedeira que acabara há algumas horas ou que estava doente como um cachorro e tinha arrastado seu corpo não saudável para fora da cama pela primeira vez em dias, a fim de aparecer para a aula.

Apesar de estar brava com ele, esperava que fosse a segunda opção.

Caine assentiu e seus olhos se moveram para o aluno ao meu lado. Flagrei a leve tensão em sua mandíbula quando ele encarou o sr. Ludwig um pouco mais que o normal. Claramente, eu estava sentindo todo tipo de emoção, porque me irritava o fato de ele achar que tinha o direito de implicar com alguém por flertar comigo. Eu não devia nada a ele.

Durante os noventa minutos seguintes, evitei olhar para Caine, preferi fingir que fazia anotações enquanto minha mente viajava. Quando a aula finalmente acabou, esperei em minha carteira até os últimos alunos saírem e, então, desci para a frente da sala. Fiquei em pé a dez metros de Caine, me sentindo terrivelmente esquisita. Ele estava guardando as coisas.

— Pensei que seria melhor se conversássemos em meu escritório.

— Estou bem aqui.

Caine olhou para mim.

— Eu gostaria de privacidade.

— Eu gostaria de um monte de coisa, mas parece que não consigo tudo, agora podemos?

Ele assentiu.

— Certo. Podemos pelo menos sentar?

Ele ergueu a mão apontando em direção à primeira fileira. Contrariada, eu fui.

Estava agindo como uma adolescente insolente, mas me recusava a olhá-lo. Ele esperou, presumindo que eu fosse parar, em algum momento, de brincar com meu celular e lhe dar total atenção. Mas presumiu errado. Depois de alguns minutos, ele entendeu e começou a falar de qualquer forma.

— Recebi um e-mail do reitor sobre seu pedido para trocar de orientador.

— E?

— Não tem necessidade. Você já está quase no fim e, se não quer passar tempo comigo, podemos resolver a maior parte por e-mail.

Finalmente olhei para ele.

— Não quero suas opiniões no meu trabalho. E não quero ensaiar minha defesa com você. Não quero defender nada para você.

Caine esticou o braço para tocar o meu.

— Rachel.

Recuei.

— Não me toque.

Ele ergueu as duas mãos.

— Desculpe. Não quis te chatear.

Zombei.

— É um pouco tarde para isso, não é?

Ele inspirou fundo e soltou o ar, fazendo barulho.

— Deixe eu começar de novo. Conseguimos ser profissionais um com o outro durante a aula, então por que ter todo esse trabalho pedindo um novo orientador? A maioria dos professores vai querer colocar o próprio toque no seu trabalho, e você vai acabar reescrevendo por meses.

— Acho que você prefere colocar o seu *toque* no meu trabalho de um jeito diferente.

Pelo seu tom, eu sabia que Caine estava perdendo a paciência. E era exatamente o que eu queria. Queria irritá-lo... Queria fazê-lo reagir de algum jeito. Nosso término tinha sido muito frio. Fez-me sentir que nunca mereci sua energia. E isso era um saco.

— Estou tentando ser profissional, Rachel.

Endireitei as costas.

— Eu também, professor. Se eu pudesse escolher, não seria sua auxiliar *nem* o teria como meu orientador. Consegui pedir um novo orientador sem levantar suspeita, já que não estamos trabalhando há muito tempo juntos e você não era meu orientador original. Mas não consegui inventar um motivo para não ser mais sua auxiliar. Pensei que contar para eles que estávamos *transando* antes e *agora não estamos mais* não seria a forma mais profissional de lidar com tudo.

Caine passou os dedos pelo cabelo.

— Desculpe por te magoar, Rachel. Não sei como consertar as coisas e fazer com que voltemos a ser amigos.

— Nunca fomos amigos, Caine. E, por mais que conserte as coisas, são necessárias duas pessoas para qualquer relacionamento dar certo. Não podemos consertar nada, porque só um de nós sabe o que aconteceu. — Minha voz se abaixou. — Ainda não entendo o que aconteceu.

A falha na minha voz nas últimas palavras fez Caine olhar em meus olhos. Eu queria encará-lo, lançar raios de irritação nele, mas quando olhei no fundo de seus olhos, tudo que vi foi dor.

Em um momento de fraqueza, permiti que meu coração falasse.

— O que aconteceu, Caine? Por que terminou comigo? Estávamos bem em um dia e no outro...

Em vez de desviar o olhar como ele estava fazendo ultimamente, Caine me permitiu infiltrar por um instante muito breve. Nosso olhar se travou, e vi, dentro dele, o homem que eu havia conhecido, ele ainda estava ali, bem no fundo. De repente, tudo desapareceu, e comecei a pensar se havia imaginado quem ele era.

— Você é uma mulher maravilhosa, Rachel. Merece mais.

Em um minuto eu estava vulnerável e boazinha, no outro, insensível e firme. Levantei-me de repente, me desequilibrando e quase caindo até conseguir me equilibrar.

— Você não tem o direito de me dizer o que eu mereço. Eu posso escolher o que quero.

Caine se levantou e segurou meu cotovelo quando ia me virar. O barulho alto da porta pesada da sala se abrindo ecoou pelo auditório vazio. As vozes o seguiram conforme os alunos começaram a entrar para a próxima aula. Aguardei, curiosa para ver o quanto seria importante para ele me manter no lugar.

Doeu tudo de novo quando ele simplesmente me soltou.

— Pense nisso, Rachel. Não tenha trabalho extra só porque está brava comigo.

Embora os alunos estivessem no topo da sala, me inclinei para me certificar de que ninguém conseguisse ouvir. Posso até ter feito isso para causar mais efeito.

— Vá se foder, professor — sussurrei no ouvido dele.

— Converse comigo.

Charlie apoiou os cotovelos no bar. Já tinha dado sua hora, mas ele ainda estava por ali. Havia desconfiado que ele estava esperando os atrasados irem embora.

O ciclo de secar da nossa lava-louças tinha parado de funcionar há um ano. Charlie não tinha intenção de consertar. Estranhamente, eu achava isso bom — principalmente naquele dia, já que enxugar copos me acalmava. Tirei um copo de refrigerante pingando do engradado em que estava trabalhando e enfiei o pano de prato dentro dele.

— Sobre o que você gostaria de conversar? Atualidades? Música?

— Não me venha com essa, mocinha. Você sabe do que estou falando.

Sorri para Charlie, completamente consciente do que ele estava falando.

— Não tenho certeza se sei.

— Você está viajando há uma semana. O que está havendo? Problema com o namorado?

Charlie era durão por fora, mas manteiga derretida por dentro. Era uma das minhas coisas preferidas nele.

— Está tudo bem, Charlie. Só tive uma semana cheia.

Ele balançou a cabeça.

— Você está mentindo. Trabalho aqui há vinte e oito anos. Sei quando alguém está mentindo.

Eu estava prestes a negar quando pensei em uma coisa.

— Como pode saber quando alguém está mentindo? Quero dizer, quais são os sinais que indicam?

— Há uma linguagem corporal na maioria das pessoas que pode te dar uma ideia, se prestar atenção.

— Tipo o quê?

— Bom, tem as óbvias: a pessoa não te olha nos olhos, fica agitada, toca a boca ou o rosto. Embora a maioria dos mentirosos saiba desses sinais e tente controlá-los. Os menores sinais são os melhores. Para iniciantes, seus ombros às vezes se erguem um pouco. É porque sua respiração fica mais superficial quando mentem, e essa é a reação natural do corpo à mudança na respiração. Alguns ficam rígidos. Quando as pessoas estão falando, têm um balanço natural do corpo. Mas quando mentem, perdem esse conforto natural. Além disso, há sinais no discurso, como dizer as mesmas palavras ou frases repetidamente. "Não fui eu. Não fui eu."

— Interessante.

— Quem está mentindo para você?

Exagerei ao erguer os ombros e repeti:

— Ninguém. Ninguém.

— Sabichona.

Charlie se importava comigo, e eu sabia que ele não xeretaria muito, como Ava fazia, então fui sincera com ele.

— O cara com quem estava saindo terminou tudo. Tenho a sensação de que ele não está sendo honesto quanto ao motivo. — Suspirei. — Talvez eu só esteja procurando uma razão que não existe por causa do meu próprio ego. Não sei.

— Estamos falando daquele professor?

— É.

— Você quer saber se ele ainda te ama ou não? Está pensando que tem alguma merda na cabeça dele que não harmoniza com o que está dentro do peito?

Assenti.

— Acho que sim.

— Bom, só tem um jeito de saber se um homem que está correndo na outra direção realmente te ama.

— Qual é?

Charlie me olhou nos olhos.

— Siga sua vida sem ele. Um homem cai na real bem rapidamente quando pensa que você não está mais esperando por ele.

Capítulo 38

Caine

Eu estava mentindo.

Só que desta vez estava mentindo para mim mesmo também. O chefe do departamento me mandou um e-mail pedindo que eu fizesse um relatório com minhas observações sobre o projeto de Rachel para passar para outros professores e ajudá-la na solicitação de um novo orientador. Estive enrolando para lhe dar uma chance de reconsiderar, e agora estava usando isso como motivo para vê-la — fingindo que precisava entregar o relatório rapidamente quando, na verdade, não tinha intenção de fazê-lo.

As férias de meio de semestre tinham começado, e seis dias sem ver Rachel eram o máximo que eu conseguia aguentar. Se alguém soubesse a que recurso apelei, pensaria que eu tinha ficado louco — e talvez estivesse certo, mas eu não dava a mínima após seis dias.

Na revista *Rolling Stone* daquele mês havia um daqueles testes pelos quais Rachel era obcecada. Havia visto enquanto a folheava há duas semanas e colocado de lado para que ela pudesse responder. Ao sentir falta dela naquela manhã, talvez tenha respondido eu mesmo.

O que sua música diz sobre sua vida amorosa fazia uma série de perguntas baseadas em quais músicas você mais se identificava. Quando somei os pontos, a predição dada ao meu futuro era, é claro, totalmente errada. Curioso, li as outras predições de qualquer forma. Uma me chamou atenção, só que eu não tinha somado entre 52 e 68 pontos. Aquela resposta em particular só poderia ter sido mais perfeita para Rachel ler hoje se eu mesmo tivesse criado aquele teste. Lia-se:

Você já encontrou seu destino! Embora talvez não saiba. Você é uma alma antiga que se conecta com pessoas em um nível cósmico. Confiança pode ser problema para você, e que costuma evitar relacionamentos porque segue sua cabeça, e não sua intuição, às vezes de maneira cega. Quando apaixonada, às vezes precisa jogar fora a cautela e mergulhar de cabeça. Você conhece sua alma gêmea há muito tempo, mas apenas recentemente percebeu que era para ser. Pare de lutar e alimente sua alma.

O teste era uma série de quinze perguntas. Eu o refiz, só que desta vez respondi como Rachel o faria. Bebendo um uísque com gelo, mexia o gelo no copo enquanto somava as respostas dela. Sua pontuação daria entre 40 e 43. *Você ainda vai encontrar seu destino!*

— É. Não vai acontecer — resmunguei.

Bebendo o resto do uísque, vi que ela precisava de uma soma de dezoito a vinte pontos para se inserir seguramente onde deveria estar. Escolhi as quatro perguntas em que eu tinha mais certeza das respostas dela e alterei manualmente a classificação dos pontos para aumentar em cinco cada.

— Bem melhor.

Porra, estou sentimental.

Joguei a revista na mesa e esfreguei as mãos no rosto. Que porra eu estava fazendo? Havia apelado para editar os *quizzes* de amor e respondê-los como Rachel. Eu precisava *não* beber um segundo drinque, ficar sóbrio, tomar banho, vestir umas roupas limpas e ir até o O'Leary antes que começasse a ligar e desligar na cara dela só para ouvir sua voz.

Tomando coragem, foi exatamente o que, afinal, eu fiz.

Decidi que não lhe mandaria uma mensagem antes de ir, para evitar que ela sugerisse que eu enviasse um e-mail com as coisas sem importância que eu estava fingindo serem importantes o suficiente para ela dar uma olhada. O pensamento de que a veria logo me deixou com o humor melhor do que sentira nas últimas duas semanas. Assobiei junto com a música no trajeto de carro.

Ava estava atrás do balcão do bar quando entrei. Lembrei de Rachel falando que as habilidades de bartender da amiga eram limitadas a cobrir intervalos rápidos e idas ao banheiro, então pensei que ela pudesse estar no banheiro ou fazendo alguma coisa nos fundos.

Sentei-me no bar para esperar, optando pelo lado mais vazio, oposto ao que Ava estava, ainda de costas para mim, conversando com um cliente. Com bom humor, tamborilei os dedos no balcão ao som de "Better Together", de Jack Johnson, que tocava dentro da minha cabeça.

Infelizmente, meu bom humor foi para o saco quando olhei em volta no restaurante. Rachel estava em uma mesa, só que não era servindo comida. Minhas mãos cerraram em punhos quando a vi sentada em um banco no canto com outro cara. As mãos deles estavam dadas no meio da mesa, conforme conversavam de uma maneira profunda. Encarei até o cara mexer a cabeça e eu conseguir ter uma visão clara de seu rosto. *Davis*.

Que porra era aquela?

Meu primeiro instinto foi andar até lá e descobrir o que estava havendo. Até me levantei e dei alguns passos. Porém, algo que vi me fez congelar no lugar. Rachel jogou a cabeça para trás, rindo. Instantaneamente, passei de bravo para uma mistura esquisita de sentimentos de dor e de culpa. Ela estava sorrindo de novo, em vez de parecer triste. Não era isso que eu estava querendo o tempo todo?

Em conflito, assisti de longe até não conseguir mais aguentar. Então, me virei e saí do bar em silêncio. Eu estava bravo, embora soubesse que não tinha direito nenhum de estar. E minha raiva se misturava com uma sensação de arrependimento.

Eu era culpado por ela estar dando a mão a outro cara. Tinha me afastado porque não merecia tê-la, mas, mesmo assim, ninguém mais a merecia. Meus pensamentos não tinham lógica. De alguma forma, no entanto, eu tinha consciência de que ninguém entenderia as decisões que eu tomara. Então, guardei para mim mesmo, apesar de ter que falar em voz alta sobre o que eu estava passando.

Durante as férias inteiras, eu tinha ficado enclausurado no meu apartamento. Minha única atividade diária, além de ir à academia, era ouvir música. Se eu não ficasse pelo menos algumas horas fora de casa, havia uma boa chance de Rachel receber uma fita gravada com músicas. Eu estava afeminado nesse nível.

Sozinho e sem nada para fazer, decidi dirigir. Deixaria a estrada e meu carro me levarem aonde quisessem. Não precisava ir trabalhar até segunda. Sair da cidade por uma ou duas noites poderia ser exatamente do que eu precisava. Dando meia-volta, segui para a ponte, em vez de ir para a avenida que me levava de volta ao meu apartamento. Sinceramente, não tinha nenhum destino certo em mente. Então, apenas dirigi. Por horas. E, quando cheguei, percebi que estava exatamente onde precisava estar.

As escadas tinham sido substituídas. O tijolo vermelho gasto se transformara em um mármore branco. Alguns dos arbustos eram novos, e a cerquinha que rodeava a estátua da Virgem Maria não existia mais. Mas, exceto por essas mudanças, a igreja St. Killian estava exatamente como da última vez em que entrei por suas portas, há quinze anos. Ainda me lembro daquela visita. Eu tinha saído escondido de casa, porque estava sendo punido depois da merda que acontecera com Benny na semana anterior. Eu sabia que ela havia sumido. Meus pais tinham me contado apenas isso, já que eu me recusava a conversar sobre qualquer coisa que tinha acontecido até saber se ela estava segura. Mas não me importava.

Eu precisava estar ali naquele sábado no caso de, por algum motivo, ela voltar para falar comigo. Eu queria explicar por que tinha feito aquilo.

Naquela tarde, me sentei no confessionário escuro por seis horas seguidas. Claro que ela nunca apareceu — tinha partido há muito tempo. Percebi que teria que conviver com a culpa de ter traído sua confiança e torcer para que ela seguisse a vida.

Percebi a ironia de estar ali mais uma vez depois de vê-la *seguir a vida* hoje.

Lá dentro, a igreja estava vazia. Eu não fazia ideia de por que havia ido lá ou o que iria fazer quando chegasse. Meus olhos foram direto para o confessionário, que ainda estava ali, mas eu não ia sentar lá dentro. Em vez disso, sentei no banco dos fundos e olhei em volta. Era uma noite tranquila. O cheiro de incenso embolorado aqueceu meus sentidos. Fechei os olhos e respirei fundo algumas vezes, abri os braços por sobre o banco e abaixei a cabeça.

Fiquei assim por um tempo indeterminado, até o som de passos se aproximando me fazer erguer a cabeça. Um padre mais velho veio em minha direção. Nem o tinha percebido até ele estar a apenas alguns bancos de distância.

— Como estás, filho?

Demorou um minuto para eu entender seu sotaque e perceber que tinha apenas perguntado como eu estava.

Sorri.

— Estou bem. Espero que esteja tudo bem por aqui.

— Sem cadeados nas portas. Somos muito sortudos. Pouquíssimas igrejas podem dizer isso. Ótima comunidade aqui. Podes vir quando quiseres.

— Obrigado.

— Tens alguma coisa que queiras conversar?

— Acho que não.

— Tens certeza? Sou conhecido como um bom ouvinte.

— Não quero ofender, padre, mas é uma mulher... Não sei se é sua especialidade.

O padre sorriu calorosamente e se sentou na fileira à minha frente. Virando-se para o lado, ele ergueu um joelho no assento e jogou um braço para trás do banco, a fim de ficar de frente para mim.

— Posso ser casado com o Senhor, mas tenho uma mãe e quatro irmãs. — Ele ergueu quatro dedos. — *Quatro* irmãs. Nenhuma delas cala o inferno da boca, então conheço bastante as mulheres.

Dei risada.

— Acho que nunca ouvi um padre dizer *inferno* a não ser que esteja se referindo à condenação eterna.

Ele sorriu.

— É o novo milênio, filho. Tenho que acompanhar as épocas. Até assisto um pouco daquela série *The Real Housewives* quando vou à casa da minha irmã Mary. Ela é viciada naquela coisa.

— Parece uma penitência.

— É, bom, o Senhor trabalha de formas misteriosas.

— Com *isso* concordo plenamente.

— Então o que te traz nesta noite boa? Não me lembro de ter te visto nas missas. És novo por aqui?

— Não, na verdade, cresci aqui. A St. Killian era minha igreja quando eu era criança.

— Ah. — Ele assentiu. — Voltaste para a cidade para visitar a família, então?

— Não. Meu pai morreu há anos. E minha mãe não mora mais aqui. Eu só... Eu estava... — Não tinha como mentir para um padre. — Pensei em dirigir para clarear a mente e, de algum jeito, vim parar aqui.

— Às vezes o caminho é criado para nós, e a única coisa que podemos fazer é segui-lo.

— Acho que sim...

— Então me conta sobre a garota. Qual é o nome dela?

— Rachel.

Ele assentiu.

— Do livro de Gênesis.

— Se você diz...

— O que está havendo com Rachel que te deixaste perdido?

— É uma longa história, padre.

— Não tenho nada além de tempo.

— Você não vai gostar muito. Não honrei muito bem a igreja. Ou os padres, na verdade.

Seu sorriso era convidativo e sem julgamento, mesmo depois de eu tê-lo alertado.

— Todos nós cometemos erros, filho. Às vezes, tirar isso do peito ajuda.

Não havia nada a perder, exceto o respeito dele. Eu já não tinha nenhum por mim mesmo. Talvez uma confissão oficial fosse uma coisa que já devia ter feito há muito tempo.

Então, respirei fundo.

— Tudo bem. Não diga que não te avisei.

O padre tirou os óculos e esfregou os olhos.

— Bom, isso foi realmente diferente, filho.

— Nem me fale.

— Vamos começar pelo começo. O que fizeste todos esses anos atrás... por mais que possa ter começado pelos motivos errados, não fazendo o trabalho direito, escondendo-se no confessionário, tu voltaste mesmo depois de não precisar mais estar aqui.

— É.

— Me digas, por que continuaste voltando toda semana?

— Eu sabia que tinha alguma coisa errada. A menininha... Rachel, quero dizer. Ela estava assustada. Parecia que realmente precisava de alguém com quem conversar sobre o que quer que estivesse acontecendo.

— Então querias ajudá-la?

— Queria. — Essa era a verdade. Eu queria ajudar. — Mas não fui pelo caminho certo. Devia ter contado a alguém no primeiro dia, envolvido a polícia quando fiquei desconfiado. Em vez disso, brinquei de detetive e a machuquei.

O padre refletiu por um instante.

— Por que não recorreste a um adulto? Deve ter havido um motivo.

— Ela estava assustada, quase aterrorizada. Eu não tinha certeza de que minha suspeita era certa. Tinha medo de espantá-la e de ela não confiar em mais ninguém depois disso.

— Talvez, se tivesses corrido e informado à polícia depois da primeira vez que falaste com ela, Rachel e a irmã tivessem ficado com muito medo de admitir a verdade e negado tudo que estava acontecendo.

Balancei a cabeça.

— Talvez tivessem dito a verdade e sido tiradas mais cedo daquele inferno.

— Às vezes, na vida, a dor é inevitável, filho. Fazemos o melhor que podemos. Parece, para mim, que tu colocaste um fim na situação. Se tu *não* tivesses voltado naquela semana seguinte, a coisa poderia ter continuado por anos. Muitos adolescentes não teriam abdicado de suas tardes de sábado para ser amigo de uma garotinha.

Passei os dedos pelo cabelo.

— Não sei.

— Tu acreditas em Deus, guri?

Fazia muito tempo que eu não ia à igreja, mas isso não mudou minha fé. Por mais infeliz que eu estivesse, e por mais que tivesse estragado minha conexão com a igreja, ainda acreditava em uma força maior.

— Acredito.

— Isso é bom. Precisas se atentar ao destino que Ele escolheu para ti. E a única forma de honrar isso é aceitá-lo e abraçá-lo com a verdade.

— Não sei se entendi.

— Não existe coincidência. Coincidência parece ser uma ocorrência extraordinária de eventos que não têm conexão plausível. Mas sempre há uma conexão. Deus sempre é a conexão.

Eu estava cético.

— Então, acha que Deus nos colocou no confessionário ao mesmo tempo?

— Acho. — Ele foi rápido na resposta. — E ainda mais importante, acredito que Deus os colocou juntos de novo por um motivo.

— E qual é esse motivo?

— Isso — Ele apontou um dedo para mim. — é para tu descobrires. Parece que Ele está te dando uma segunda chance. O que farás é escolha tua.

Balancei a cabeça. Talvez ele estivesse certo. Talvez estivéssemos juntos novamente para eu me desculpar com Rachel, ou talvez essa segunda chance fosse algo mais. Mas para fazer a coisa certa para ela teria que recompensar quinze anos.

— Obrigado, padre.

Ele esticou o braço e estendeu uma mão para mim.

— Vou te deixar sozinho para que possas fazer o que veio fazer aqui... pensar.

Nos cumprimentamos.

— Obrigado.

Ele levantou do banco, avançou alguns passos em direção ao altar, depois se virou para mim.

— Quatro ave-marias, dois pais-nossos e um ato de fé. — Ao ver o olhar no meu rosto, ele explicou. — Tua penitência. Não acredito que apenas rezar repare os pecados. Às vezes dou um ato de bondade de algum tipo como parte da contrição; um ato de caridade, um ato de esperança... Vou dar poucas orações para ti, mas quero que o ato de fé seja significativo.

Fiquei sentado sozinho no fundo da igreja por quase uma hora, pensando. Em certo momento, resolvi que era hora de ir. Mas conforme seguia para a saída, não resisti em dar uma olhada, retornando à cena do crime.

Sorri quando a porta do velho confessionário fez barulho ao abrir, exatamente como costumava fazer. O interior parecia quase a mesma coisa, talvez um pouco mais desgastado pelo tempo. Sentei-me na cadeira onde tudo tinha começado, e olhei em volta. A decoração também não havia mudado muito. Apenas uma cruz dourada simples pendurada na parede. Encarei-a por um tempo, depois apoiei a cabeça nas mãos e fechei os olhos.

Tantas perguntas me rodeavam. *Seria verdade que Rachel e sua irmã poderiam ter negado tudo se eu tivesse contado a alguém na época? Será que ela poderia perdoar o que eu fizera e todas as mentiras da época e de agora? Mesmo se pudesse, será que Rachel já tinha virado a página? Será que era melhor assim?* Vê-la mais cedo com Davis — o olhar feliz em seu rosto quando riu — me magoou demais. Eu queria ser a pessoa a fazê-la sorrir. Talvez aquele fosse meu ato de fé, parte de minha penitência de sacrifício.

Eu não sabia o que deveria fazer. Era possível que eu estivesse mais confuso agora do que quando entrei ali. *Sei que fui um paroquiano horrível, mas um sinal seria legal.*

Sentindo-me derrotado, abri os olhos e olhei para o carpete gasto. Uma moeda brilhante me encarou, com a cara para cima. Dei risada e me abaixei para pegá-la. Mesmo depois de todos esses anos, ainda conseguia ouvir a voz dela.

"Encontre uma moeda, pegue-a e terá sorte o dia todo."

Deus, ela ainda estava comigo. Mesmo após todos esses anos e tudo pelo que tínhamos passado. Como eu poderia esquecê-la?

E, então, isso me fez pensar.

Eu poderia deixá-la ir fisicamente. Mas ela levaria todo o meu coração consigo. Precisava pelo menos falar a verdade e deixá-la decidir o que fazer com isso.

Assim como eu tinha feito antes, quando sentava nessa cadeira, girei a moeda de cobre repetidamente entre meu polegar e o indicador. Segurei-a na palma da mão depois de um minuto e olhei para a cruz.

— Obrigado. Vou precisar.

Capítulo 39

Rachel

Se ele realmente se importasse, teria feito alguma coisa.

Isso era difícil de aceitar. Mesmo que Caine não tivesse me dado motivo para ter esperança, eu ainda tinha. Porém, nesta noite, senti como se qualquer coisa a que eu estivesse me agarrando finalmente tivesse se rompido.

— Está me matando te ver assim — Ava disse.

Havíamos acabado de trancar o O'Leary no fim da noite. Como não havia muito movimento, eu fizera tudo que precisava antes de fechar, exceto fechar o caixa, o que estava fazendo no momento. Parei de contar e olhei para minha amiga.

— Vou ficar bem. Só foi uma noite difícil.

Ela se sentou ao balcão.

— Talvez você não devesse ter dito a Davis que não estava interessada. Ele é um cara legal. Poderia te ajudar a superar o monte de merda.

Sorri. Ava era do time do Caine até o momento em que lhe contei que ele terminou tudo. Agora ela tinha uma seleção ampla de nomes para ele, e nenhum deles descrevia Caine.

— Só não entendo por que ele veio aqui hoje.

— Caine? Não sei. Mas ele não parecia feliz. Encarou vocês dois sentados naquele banco ali e não me escutou chamá-lo. Pensei que fosse ir até lá e dar um soco no Davis.

Embora pudesse ser decepcionante, se ele tivesse feito isso teria, pelo menos, me mostrado que se importa. Nenhum homem vê a mulher pela qual nutre sentimentos e vai embora. *Principalmente* no instante em que Caine tinha entrado. Descobrir que ele tinha ido ao O'Leary e saído quando me viu dar as mãos para Davis me fez sentir que enfim estava terminado. Eu havia imaginado ter visto algo que ainda estava nos olhos dele. Mas Charlie estava certo: se você quer saber se o coração de um homem ainda está na sua, mostre que virou a página. Eu estava vendo o que queria ver em vez de enxergar a verdade.

— Bom, ele não foi. E isso diz mais do que qualquer coisa.

— Homens são um saco.

Terminei de contar o caixa e coloquei o dinheiro na mala de couro que usávamos para guardar no cofre durante a noite.

— Isso meio que resume tudo.

No trajeto para casa, tive uma conversa animada comigo mesma. Estava cansada de Caine West — não tinha realmente me apaixonado por ele. Era apenas desejo. Meu feitiço de nove meses na seca me fez confundir os dois. Eu precisava sair mais, talvez sair com pessoas da minha idade. Era melhor assim. Adeus, Caine West. O amanhã chega com ou sem você, então não preciso de você para continuar.

Receitei minha própria terapia musical a caminho de casa. Escutar "Fight Song", de Rachel Platten, me fez sentir não apenas que ficaria bem, mas que na verdade estava melhor sem Caine. *Estou animada por estar solteira*, pensei comigo mesma, rindo.

Parei o carro no estacionamento superfaturado próximo ao meu apartamento e suspirei alto. Convencer minha mente era muito mais fácil do que convencer meu coração. E com aqueles dois em desacordo, meus sentimentos estavam bem confusos. Fui de animada para o fundo do poço no espaço de tempo em que desliguei o carro e andei cinco quarteirões sozinha para casa.

Perdida em pensamentos, não estava prestando atenção à minha volta. Andava lentamente e um pânico inesperado tomou conta de mim quando virei a esquina para o meu prédio. Olhei por cima do ombro, do outro lado da rua, para cima e para baixo do quarteirão — durante todo o tempo sentindo uma forte onda de ansiedade. Aquela sensação aumentou quando comecei a andar mais rápido para casa. O motivo da minha ansiedade se fez presente quando abri a porta externa do meu prédio.

Pulei e gritei quando vi alguém em pé no vestíbulo. Por instinto, recuei e soquei o mais forte que consegui, fechando os olhos bem apertados.

— Merda! — o intruso gritou.

Só que... aquela voz. Não era um intruso.

— Caine! Que porra é essa? Você me assustou pra caramba. De novo!

Sua mão foi para seu rosto, onde eu havia acabado de socá-lo.

— Estou vendo. Seu soco está bem forte, Estressadinha.

— Desculpe. Você está bem? — Meu coração estava pulando do peito.

— É, vou ficar bem. Não se preocupe. Não quis te assustar. Eu estava tocando a campainha. Imaginei que estaria em casa agora já que o O'Leary fecha à meia-noite.

— Tem certeza de que está bem?

Ele mexeu a mão, e pude ver sua face já começando a ficar vermelha e inchada.

Quando a onda de adrenalina começou a se esvair, percebi que minha mão estava doendo, muito. Abri e fechei, pensei que poderia ter quebrado alguma coisa.

— Você machucou minha mão.

Caine jogou a cabeça para trás.

— *Eu* machuquei sua mão? Você me deu um soco.

— É, mas é sua culpa por me assustar. De novo. Por que está aqui me esperando, de qualquer forma?

— Deixe eu ver sua mão.

Segurei-a no ar. Não estava cortada nem nada assim, mas os nós dos dedos médio e indicador tinham começado a ficar inchados. Caine pegou minha mão na dele e delicadamente passou o polegar pelos nós dos meus dedos. Um raio de eletricidade passou por mim e não tinha nada a ver com meu machucado. Puxei a mão de volta rapidamente.

— Machucou?

Menti.

— Sim.

— Nós deveríamos colocar gelo nela.

Ouvi-lo dizer *nós* me fez lembrar que *ele* não deveria nem estar ali, para começar.

— O que está fazendo aqui?

Caine olhou para baixo, depois para mim. Sua beleza acelerou a minha pulsação de novo. Ele parecia cansado e estressado, e tinha um inchaço crescendo no rosto, onde eu o socara e, mesmo assim, ainda estava absolutamente lindo. O tipo de beleza que nunca envelhece porque a cada vez você fica maravilhado com o efeito que causa em você.

Sua voz era suave.

— Preciso conversar com você. Por favor.

— Está tarde.

— Não dá pra esperar.

Quando hesitei antes de abrir a porta, ele entendeu aquilo como um sinal de que talvez eu não estivesse confortável para convidá-lo.

— Podemos sair para tomar um café ou apenas caminhar, se você quiser.

Procurei as chaves na minha bolsa.

— Não, está tudo bem. Quero tirar o uniforme, de qualquer forma.

A viagem de elevador foi bizarra. As portas eram prateadas e refletiam Caine me olhando. Mantive os olhos para a frente, observando cada andar iluminado, como se o elevador dependesse de mim para se mexer. A maldita coisa se movia a passos de caracol.

Dentro do meu apartamento, fomos à cozinha, peguei um saco de ervilhas congeladas do freezer e entreguei para Caine.

— Sua bochecha está inchando.

— Tudo bem. Use para sua mão.

Coloquei o saco no balcão da cozinha e praticamente corri para o quarto para me trocar. Precisava organizar os meus pensamentos.

— Sairei em alguns minutos.

Vinte minutos antes, eu estava cantando brava "Fight Song" no carro, desejando que o homem tivesse uma boa vida, e agora eu estava retomando as esperanças porque ele tinha aparecido na minha porta. Eu era patética. O que ele estava fazendo ali? Tinha bebido? Era melhor que não pensasse que tinha aparecido para transar. *Sexo com Caine*. Xinguei minha libido por apenas pensar nisso.

Coloquei calças de ioga e uma blusinha regata, penteei o cabelo e lavei o rosto. Posso até talvez ter espirrado um pouco de perfume. (Não me julgue.) Quando eu estava prestes a voltar à sala, percebi que ainda não estava no meu normal. Peguei meu iPhone, abri a *playlist* e procurei até achar uma música que mudasse meu humor, deixando-me irritada novamente. Parei em "I hate everything about you", de Three Days Grace.

Vai servir.

Deitei-me de costas na cama, fechei os olhos e coloquei os fones de ouvido para me recompor. Depois disso, me senti mais forte e pronta para enfrentar Caine.

Ele estava em seu lugar de sempre, olhando as fotos na parede, quando finalmente voltei.

— Quer beber alguma coisa? — Passei por ele e fui para a cozinha pegar uma garrafa de água, embora realmente pudesse ter escolhido algo mais forte.

— Não, obrigado.

Abri a tampa e bebi um longo gole enquanto seus olhos seguiam cada movimento meu.

— Então, do que precisa falar?

— Podemos sentar?

Caine esperou eu me sentar. Eu estava mais perto do sofá, mas me sentei na cadeira à frente dele de propósito para que não acabássemos muito perto. Naquela noite, nossos papéis estavam invertidos. Porém, eu precisava de espaço para pensar direito quando ele estava próximo.

Depois que ele se sentou, juntou as mãos, apoiou os cotovelos nos joelhos e baixou a cabeça, encarando os pés. Eu nunca tinha visto Caine tão nervoso. Normalmente, ele era a epítome da compostura. Quanto mais o silêncio se alongava entre nós, mais eu ficava ansiosa.

Passados mais ou menos dois ou três minutos, que pareceram uma eternidade, Caine soltou o ar. Quando ele finalmente ergueu a cabeça para me olhar, seus olhos estavam vidrados e cheios de dor. Eu queria muito tocá-lo, mas tinha que me proteger. O que quer que o estivesse machucando, logo iria me machucar.

— Não sei por onde começar. — Sua voz estava rouca.

Havia apenas uma resposta quando uma pessoa parecia tão perturbada quanto Caine.

— Que tal começar do começo?

Ele assentiu.

— É por aí que deveria ter começado semanas atrás. — Ele buscou meus olhos. — Sei que você não me deve nada, mas pode me prometer uma coisa?

— O quê?

— Me escute até o fim.

— Ok...

Caine apenas continuou balançando a cabeça.

— Você se lembra da primeira noite em que nos vimos?

— No bar? Sim.

— Eu disse que você parecia familiar para mim. Pensou que eu estivesse te cantando. Na hora, eu não consegui ligar as coisas, mas depois de descobrir que você frequentou o Brooklyn College, eu fiz as contas.

Franzi o cenho.

— Está dizendo que já nos conhecíamos?

Caine assentiu. Sua expressão estava solene.

— Foi há muito tempo.

— Onde nos conhecemos?

— Na igreja.

Do que ele estava falando? Minha cabeça tombou para o lado.

— Na igreja?

Caine passou os dedos pelo cabelo e me encarou. O olhar em seu rosto estava partindo meu coração.

— Você se lembra de ir à St. Killian para conversar com um padre todo sábado?

Arregalei os olhos, e meu corpo ficou paralisado.

— Como sabe disso?

Ele buscou meus olhos.

— Não era um padre. Era eu.

Acho que eu estava em choque. Não entendia o que estava sentindo. Não estava chateada ou brava — só estava meio... adormecida, como se estivesse perdida em uma neblina densa e não conseguisse pensar que caminho seguir. Minhas mãos estavam úmidas e as pernas, pesadas, embora eu estivesse sentada. Uma onda de tontura misturada com náusea me lavou, e me segurei nas laterais da cadeira.

— Rachel?

Ouvi Caine dizer meu nome, mas eu não estava escutando.

— Rachel? Talvez seja melhor se deitar.

Provavelmente era melhor eu ter feito isso, considerando como me sentia, mas precisava de respostas.

— Quando descobriu que era eu?

Caine deu um sorriso triste e enfiou a mão no bolso. Quando a tirou, abriu-a para me mostrar uma dúzia ou mais de moedas.

— Guardei todas. Não faço ideia do porquê. Mas guardei. Todos esses anos.

Confusa, peguei uma de sua mão.

— São...

Ele assentiu.

— São as que você costumava jogar no confessionário para que eu tivesse sorte.

— Você as guardou?

— Sinceramente, mesmo na época, eu sabia que estava fazendo algo errado, mas depois de perceber que você acreditava na sorte apesar de toda a merda à sua volta, não conseguiria ter ido embora, mesmo se quisesse. Não sei por que as guardei, mas quando vi que jogou moedas no chão do meu quarto há algumas semanas, me deu esse estalo.

— Por que não me contou, então, se percebeu naquele dia?

— Não tinha certeza. Acho que uma parte de mim não queria acreditar que era você, que *você* tinha morado com aquele monstro do caralho. Eu precisava ter certeza. Jogar moedas podia ter sido apenas uma coincidência estranha. Então, na oportunidade seguinte que tive, perguntei se sua mãe tinha se casado novamente.

Baixei a cabeça.

— E eu disse que não.

Caine assentiu.

— Depois na casa da sua irmã...

— Ela mencionou Benny.

Ele assentiu de novo.

— Não é só isso. Tem mais, Rachel.

O que mais ele poderia estar escondendo?

— Mais?

— Sabe a briga em que Benny se envolveu na mecânica?

— Sei.

— Não foi um cliente. Fui eu. Naquele sábado, depois de ter te pedido para me encontrar na manhã seguinte, segui você até em casa, só para saber onde morava, caso resolvesse não aparecer. Então, quando não apareceu na igreja no domingo, eu saí para te ver. A algumas quadras da sua casa, parei para abastecer, e vi estacionado no posto o mesmo carro que estava na sua casa no dia anterior. Parei no lugar em que ele trabalhava, completamente por coincidência.

— E o que aconteceu?

— Disse a ele para ficar longe de você e da sua irmã. Ele disse umas coisas horríveis, depois veio para cima de mim com uma chave inglesa.

— Ele te machucou?

— Alguns cortes e roxos, mas fiquei bem.

Minha cabeça estava girando.

— Não me sinto muito bem.

— Sinto tanto, Rachel. Por tudo. Por mentir para você todos esses anos. Por não ter ido à polícia e pedido ajuda logo. Por ter te machucado. Se eu não tivesse dito a você para vir me encontrar, aquele animal não teria te flagrado arrumando a mala, e ele... — A dor na voz de Caine era agonizante. — Ele não teria te machucado. Sinto muito.

Por mais que me deixasse triste ver Caine perturbado, eu precisava ficar sozinha. Precisava de tempo para pensar. Era demais para absorver de uma vez.

As conversas com aquele padre tinham acontecido há uma vida. Eu não conseguia me lembrar de todas as coisas que havia lhe dito, mas, na época, estava perdida. Ele era a única pessoa que me fazia sentir segura. Descobrir que nada disso era real me fez sentir... confusa, brava, *violentada*.

Mas o pior de tudo era que eu me sentia envergonhada. Sempre me arrependi por ter escondido pelo que estava passando por tanto tempo, e me sentia responsável por não interromper logo o que estava acontecendo com minha irmã.

— Preciso me deitar. — Senti Caine me olhando, mas não conseguia suportar olhar em seus olhos. — Você deveria ir.

Ele ficou quieto por um instante, enquanto continuei olhando para o nada. Então o escutei se levantar. Sua voz era um sussurro.

— Sinto muito, Rachel. Sinto tanto.

Capítulo 40

Rachel

Eu tinha desejado voltar por tantos anos. Mas essa parte da minha vida estava em uma caixa trancada, e eu tinha receio de abri-la por medo de encontrar coisas lá dentro que não conseguiria pôr de volta. Mesmo assim, pelos últimos quatro dias, desde que Caine revelara tudo, a chamada para voltar tinha sido tão forte que não conseguia mais ignorar.

Não havia nenhuma missa, mas, nos últimos dez minutos, as pessoas haviam começado a entrar e se sentar nos bancos perto do confessionário. Talvez estivessem aguardando uma sessão começar. Sentei-me do outro lado da igreja, perdida em meus pensamentos pela maior parte do tempo. Minha atenção se desviava para as pessoas entrando e saindo do confessionário — os pecadores. Uma mulher com uma criança entrou e se sentou. A menininha devia ter uns dez anos, não muito mais velha que eu quando comecei a ir lá aos sábados.

Depois de um homem mais velho sair do confessionário, a mulher se inclinou e disse alguma coisa à garotinha antes de entrar para a vez dela. Lembrei-me de quando costumava ir com minha mãe, antes de ela ficar doente. Fechei os olhos e vi minha mãe e eu sentadas naqueles bancos há vinte anos.

— Sabe quando você está com dor de estômago ou febre e vai ao médico? — ela disse, enquanto esperávamos chegar sua vez de entrar na salinha estranha.

— Sei.

— Bom, é aqui que você vem quando alguma coisa está te incomodando aqui dentro. — Mamãe deu um tapinha no peito.

— Quando tenho dor no peito? Como quando Riley teve pneuma?

Mamãe deu risada.

— Pneumonia, e não. Não no peito. O que está dentro de você que te faz sentir de um jeito específico.

Franzi o nariz.

— O que está dentro de mim?

— Sua alma. É a coisa que você não consegue nomear. É a verdade do que a torna você.

Dei risada.

— Não entendo.

Mamãe sorriu.

— Não precisa entender agora. Só se lembre de que este é um lugar que pode vir para conversar com Deus sobre qualquer coisa.

— E se Ele estiver ocupado?

Ela se inclinou e beijou o topo de minha cabeça.

— Então um de seus anjos estará ouvindo.

Nem tinha percebido que estava chorando até uma lágrima cair nas minhas mãos unidas. Abri os olhos, olhei para onde a menininha estava sentada, e os bancos estavam todos vazios. Ela tinha ido embora, assim como sua mãe. Elas haviam partido sem que eu notasse. A porta aberta do confessionário chamou minha atenção. Olhei em volta e percebi que só havia restado eu na igreja. Meu peito tinha uma sensação esmagadora dentro dele pelas lembranças antigas de minha mãe.

— Bom, é aqui que você vem quando alguma coisa está te incomodando aqui dentro.

— O que está dentro de mim?

— É a verdade do que a torna você.

Antes que eu pudesse pensar sobre isso, me levantei e segui para o confessionário.

Era surreal entrar ali depois de todos esses anos. Eu poderia ter vinte e cinco agora, mas foi uma garota de dez anos que se sentou. Nada havia mudado. A salinha parecia a mesma da última vez que eu entrara. Consegui ouvir uma respiração do outro lado do confessionário — o padre estava aguardando. E desta vez eu o tinha visto entrar. Sabia que era realmente o padre.

Em certo momento, depois de pensar em sair várias vezes, respirei fundo e abri a janela de madeira que cobria a tela.

— Me abençoe, padre, porque eu pequei. Faz quinze anos que não me confesso.

Exceto por alguns comentários, como *continue* e *me conte mais*, o padre tinha ficado relativamente quieto. Depois de um início engessado, quando não sabia como começar ou o que dizer, estava miraculosamente tagarelando por quase meia hora. Era o máximo que já tinha falado com alguém sobre minha mãe, minha irmã, minha culpa, ou os anos em que passei me sentindo envergonhada pelo que permiti que acontecesse.

— O que te *trouxeste* aqui hoje? Parece que *estiveste* pensando bastante ultimamente. — *Estiveste*... ele tinha um pouco de sotaque.

Embora tivesse ido até ali pela confusão com Caine, nós realmente não havíamos conversado muito sobre ele. Percebi que o que me incomodava tinha pouco a ver com ele e mais a ver comigo.

— É uma história muito longa.

— Não tenho nada além de tempo, minha querida.

Acho que padres ouviam de tudo, porque, depois que acabei minha história maluca, ele não pareceu nem um pouco chocado.

— Há mais alguma coisa que gostaria de confessar hoje?

— Bom, faz mesmo muito tempo, então tenho certeza de que tenho muita coisa. Falo palavrão frequentemente.

O padre ficou em silêncio por um instante.

— Para sua penitência, quero que rezes uma ave-maria e um pai-nosso e realizes dois atos de perdão.

— Ok.

Levantei-me e olhei para a tela. O padre estava olhando para a porta, e eu podia apenas definir um perfil vago.

— Obrigada por escutar, padre.

Estava com uma mão na porta quando ele me parou.

— Rachel?

— Sim?

— O primeiro ato de perdão deve ser fácil. Você não fez nada errado. Precisa se perdoar.

Depois de rezar, voltei para o carro. Somente no meio do caminho para casa, algo me fez pensar. Eu não tinha dito meu nome para o padre, mesmo assim, ele havia me chamado de Rachel.

Na volta, pensei muito. Decidi parar no O'Leary e pedir uns dias de folga. Minha cabeça não estava boa, e eu precisava trabalhar na minha tese. Era fim de tarde e o bar estava calmo, com apenas alguns clientes regulares – ex-policiais – conversando com Charlie.

— Oi, Charlie. Tem um minuto?

— Claro, docinho. É muito mais agradável olhar para você do que para esses velhos. — Ele apontou o polegar para seus amigos com um sorriso.

Sentei-me na outra ponta do balcão, e Charlie encheu um copo com Coca Diet antes de ir conversar comigo.

— Tudo bem se eu tirar uns dias de folga? Posso pedir para Ava me cobrir.

— Está tudo bem?

— Só preciso trabalhar no meu projeto da faculdade.

— Claro. É lógico. E não se preocupe em pedir para Ava te cobrir. Vou cobrir seus turnos.

— Obrigada, Charlie. Agradeço muito mesmo.

— Ah, aliás. — Ele foi até o caixa e ergueu a bandeja de dinheiro, retirando um envelope debaixo dela. — Que bom que você e aquele professor terminaram. Pesquisei sobre ele. Ele é fichado.

— Pesquisou sobre ele?

Ele jogou o envelope no balcão.

— Aham. Eu te disse que ia verificar os caras que se interessam por vocês a partir de agora. O cara é fichado por agressão. É antigo, e estava selado porque ele era adolescente. Mas não são muitos criminosos que mudam seu caráter.

Em vez de tentar explicar qualquer coisa, só agradeci. Era um final adequado para o dia que eu tivera. Quando alguns novos clientes entraram, Charlie foi preparar umas asinhas de frango e resolvi abrir o envelope.

Era surreal ler um relatório de polícia que envolvia Caine e Benny. A primeira metade era tudo de cadastro — nome, data, local, hora do incidente. No fim da página, havia uma seção chamada "Narrativa do Incidente", e um parágrafo havia sido escrito com uma letra horrível de um policial:

> *No dia 3-8-02, às 15h35, o suspeito cometeu um ato de agressão a um homem sem parentesco de trinta e nove anos. Não houve testemunhas à agressão, mas quando cheguei à cena, o suspeito estava em pé ao lado da vítima, que estava inconsciente. Vi cortes e sangue nas mãos do suspeito, consistentes com a agressão da vítima. A ambulância número 4631 foi enviada e chegou à cena às 15h48. A vítima recuperou a consciência enquanto os paramédicos o atendiam. O suspeito admitiu que tinha agredido a vítima, mas se recusou a dar um depoimento além de pedir que a polícia e o serviço social fossem enviados à rua Robbins Lane, 3361, na*

cidade de Pleasantville. As unidades foram enviadas ao endereço para investigar. O suspeito foi chamado, algemado e colocado no banco de trás do carro da patrulha enquanto a cena estava sendo consolidada. Ele permaneceu lá até 16h50, quando foi transportado para o 33º distrito para o processo de acusações de agressão de segundo grau.

Por mais que eu já soubesse de tudo que estava lendo, de alguma forma, ler tudo no papel, fiquei sensibilizada. Caine havia colocado minha irmã e eu antes de si mesmo, certificando-se de que tivéssemos a atenção de que precisávamos antes até de pensar no que poderia acontecer consigo. Fizera a mesma coisa de novo há algumas semanas — ou pelo menos ele pensou que tinha feito —, escolhendo sacrificar a própria felicidade pela minha quando terminou tudo a fim de evitar trazer o passado à tona.

Fechei os olhos. A lembrança que tivera de minha mãe enquanto estava sentada na igreja hoje inundou de novo os meus pensamentos. Ela tinha me dito para ir à igreja se um dia precisasse conversar, e Deus ouviria.

— E se Ele estiver ocupado?

Ela se inclinou e beijou o topo de minha cabeça.

— Então um de seus anjos estará ouvindo.

De repente, tudo ficou claro. Não era Caine que eu precisava perdoar. Ele nunca tinha feito nada além de tentar me proteger. Eu precisava me perdoar para que pudesse aceitá-lo em meu coração. Eu podia fugir para o outro lado, mas era tarde demais, ele já tinha meu coração.

Charlie deve ter percebido que eu estava envolvida em pensamentos e interpretou errado, achando que estava chateada.

— Você está bem? — Ele apontou para o envelope rasgado no balcão e os papéis que eu estava lendo.

— Agora estou. Obrigada, Charlie.

Capítulo 41

Caine

A mensagem de Rachel era a última coisa que eu esperava. Li de novo a troca de mensagens ambígua de uma hora antes.

RACHEL: PODEMOS CONVERSAR AMANHÃ, DEPOIS DA AULA?

CAINE: CLARO. ESTÁ TUDO BEM?

RACHEL: SIM. ESTÁ TUDO BEM.

CAINE: QUER FALAR SOBRE ALGO RELACIONADO À FACULDADE OU À SUA TESE?

RACHEL: NÃO.

Eu sabia que ela costumava sair rápido para trabalhar às terças depois da aula.

CAINE: NÃO TEM QUE TRABALHAR DEPOIS DA AULA?

RACHEL: NÃO. TIREI UMA SEMANA DE FOLGA.

Não conseguiria dormir naquela noite. Estava ansioso demais. Claro que minha mente começou a me trolar, imaginando todo tipo de merda — como por que ela tirara uma semana de folga. Imaginei-a sentada em um avião, viajando para algum destino exótico com aquele mala do Davis. Apesar de bastante tempo ter se passado desde nossa última mensagem, peguei o celular na tentativa de descobrir algo que pudesse me ajudar a relaxar.

CAINE: VAI A ALGUM LUGAR?

Ela respondeu alguns minutos mais tarde.

Rachel: não. a lugar nenhum.

Mais tentativas de relaxar depois disso foram simplesmente inúteis. Em certo momento, peguei minhas chaves e decidi que o dia seguinte era muito tempo para esperar para ouvir o que Rachel tinha a dizer. Havia lhe dado o tempo que ela pedira, mas se estava finalmente pronta para falar, eu tinha muita coisa que precisava dizer também.

Quando cheguei à casa dela, percebi que era bem tarde. Sem querer assustá-la tocando a campainha às onze horas da noite, resolvi mandar mensagem primeiro.

Caine: está acordada?

Os pontos começaram a pular. Isso respondia à pergunta.

Rachel: sim.
Caine: acha que podemos conversar um pouco mais cedo do que depois da aula amanhã?
Rachel: claro. que horas?
Caine: agora.
Rachel: acho que é melhor conversarmos pessoalmente.
Caine: eu também. estou aqui embaixo. posso subir?

Meu celular tocou um minuto depois.

— Está brincando?

Apertei o interfone dela como resposta.

— Sou eu.

Depois de ela deixar que eu entrasse, aguardei diante do elevador. Aquela maldita coisa era muito lenta. Agora que eu estava ali e que ela me deixara entrar, eu estava desesperado para vê-la. Meu coração batia rápido, não de um jeito natural, enquanto esperava. Impaciente, olhei em volta para procurar uma porta que levasse às escadas. Quando encontrei, saí voando e subi dois degraus por vez.

A porta de Rachel se abriu assim que cheguei em seu andar.

— Você está mesmo aqui.

Não conseguia ver se ela estava feliz ou chateada por eu ter aparecido assim, sem avisar — sua expressão estava mais para chocada.

— Estou.

Ela ficou parada na porta, vestindo uma camiseta fina de algodão e shorts. O cabelo estava preso em um rabo, e o rosto estava sem maquiagem. Eu a tinha visto linda, toda arrumada para uma ópera, mas ela nunca esteve mais linda do que naquele momento.

— Posso entrar?

Ela deu um passo para o lado.

— Pode. Claro.

No trajeto para lá, tinha decidido que, antes de ela falar o que quer que estivesse em sua mente — independentemente se fosse me dar o fora, dizer que estava saindo com outro, dizer para eu me foder ou, indo até mais longe, dizer que estava disposta a me dar outra chance —, eu iria dizer o que sentia por ela. Estava cansado de guardar segredos daquela mulher.

— Quer beber alguma coisa?

Minha boca estava seca de nervoso e da subida veloz pela escada.

— Uma água seria ótimo. Obrigado.

Enquanto Rachel pegava água para mim, olhei em volta e vi a parede de fotos que sempre chamava minha atenção. Meus olhos se fixaram na foto de Rachel e seus colegas de quarto. *Davis*, para ser mais específico.

Eu precisava saber. Então, quando ela me trouxe a água, perguntei diretamente, sem enrolar.

— Está saindo com Davis de novo?

— Não.

— Te vi com ele na semana passada, no O'Leary.

— Eu sei.

— Você me viu?

— Não. Ava te viu. Por que não ficou para conversar comigo se foi até lá?

Baixei a cabeça.

— Estava tentando fazer a coisa certa.

— A coisa certa? O que isso significa?

— Deixar você ficar com alguém melhor para você do que eu. Ir embora.

Ela pareceu refletir nisso por um instante.

— Por que está aqui, então?

Suspirei.

— Porque sou um babaca egoísta.

— Não entendo.

Esperei até ela olhar em meus olhos e decidi dizer o que deveria ter dito semanas antes.

— Menti para você. Guardei segredos de você. Te machuquei. Eu sou o motivo de você ter uma cicatriz nas costas. Você tem zero motivos para querer confiar em mim ou me dar outra chance, mas preciso tentar. — Respirei fundo. — Preciso tentar porque eu te amo, Rachel. Estou desesperadamente apaixonado por você.

Pareceu que ela ia chorar. O pavor formou um nó na boca do meu estômago.

— Não te culpo por nada do que aconteceu, Caine. Não é por isso que não consegui te ver por um tempo. Não consegui te ver porque não conseguia *olhar* para você. Tenho tanta vergonha de tudo que aconteceu.

— Vergonha? Do que está falando? Não tem por que ter vergonha.

Rachel olhou para baixo.

— Deixei as coisas acontecerem por muito tempo e não contei a ninguém. Deveria ter ido à polícia. Ou contado a um professor. Se tivesse ficado com menos medo, talvez minha irmã não tivesse sofrido tanto. Talvez ela não tivesse passado metade da sua vida entrando e saindo da reabilitação. Eu era a única que poderia ter feito alguma coisa em relação ao que estava acontecendo, e não fiz.

Coloquei a mão sob o queixo de Rachel e o ergui, obrigando-a a olhar para mim. Meu coração se partiu quando vi lágrimas escorrendo por seu rosto.

— Você não fez nada errado. Não tem motivo para ter vergonha de *nada. Nada.*

— Eu deveria ter...

— Você deveria ter sido uma garota de dez anos de idade que saía e andava de bicicleta sem preocupação. É isso que deveria ter feito. A única pessoa que fez alguma coisa errada para sua irmã foi *Benny*. Você tinha dez anos, estava com medo e nem entendia direito tudo que estava acontecendo. E mesmo naquela época você *tentou* contar a alguém. Contou para mim. Eu era mais velho. Deveria ter mais conhecimento e ter pedido ajuda.

— Você *ajudou*. Se não fosse você, não sei por quanto tempo tudo aquilo teria continuado.

— Eu deveria ter interrompido antes.

Ela balançou a cabeça.

— Outro dia eu estava pensando no que me fez entrar naquela igreja, e me lembrei de uma conversa que tive com minha mãe. Ela me disse para ir lá, algum dia, se algo causasse incômodo dentro de mim. Disse que era um lugar onde eu poderia conversar com Deus sobre qualquer coisa. Eu tinha apenas cinco anos quando ela me disse isso, então segui seu conselho bem literalmente. Perguntei a ela o que aconteceria se Deus estivesse ocupado. E sabe o que ela disse?

— O quê?

— Ela me disse que, se Ele estivesse ocupado, um de Seus anjos iria escutar.

Encarei-a, maravilhado com o quanto ela foi forte e esperta na época.

— Sua mãe parece ter sido uma pessoa muito especial, bem espiritualizada.

— Ela era. E ela também tinha razão, Caine. Você não vê? Deus estava ocupado, então Ele me mandou um anjo. Meu próprio anjo da guarda. Deus me enviou você.

Não importava se eu fosse parecer muito sentimental, comecei a chorar.

Rachel colocou a mão no meu peito.

— É hora de nós dois esquecermos o passado.

— Desculpe por tudo, Rachel.

— Não há nenhuma razão para se desculpar.

Inclinando-me, segurei seu rosto lindo e a beijei com todo meu ser. Sua face estava vermelha quando a soltei.

— Quase esqueci — ela disse.

— O quê?

Rachel deu um passo para trás e ergueu a camiseta. Não estava usando sutiã, e eu não consegui esconder a expressão que fiz.

— Espere aí, professor. Quero te mostrar outra coisa.

Ela se virou e olhou para mim por cima do ombro. Na parte inferior esquerda de sua lombar havia uma bandagem grande.

— O que aconteceu?

— Tire a fita. Mas tire com delicadeza porque ainda está um pouco dolorido.

Quando comecei a tirar a bandagem, percebi que a área que ela tinha coberto era a cicatriz que Benny lhe deixara quinze anos atrás.

— Aconteceu alguma coisa com sua cicatriz?

Ela sorriu.

— Não é uma cicatriz. É só um corte que se fechou. As cicatrizes de verdade são aquelas que você não consegue ver... as mais difíceis de se fechar.

Ergui a camiseta, e fiquei sem palavras ao ver o que ela tinha feito. Não conseguia mais ver a cicatriz comprida que havia marcado sua pele linda. Estava coberta por uma tatuagem de anjo.

— É você — ela disse. — Tinha enterrado bem fundo para que não tivesse que lidar com sentimentos antigos. Tudo que veio à tona agora não foi fácil, mas finalmente sinto que estou do outro lado daquelas lembranças. Elas sempre estarão ali, mas consigo vê-las pelo espelho retrovisor agora, em vez de à minha frente.

Estava tão sufocado que gaguejei ao falar.

— É linda. Assim como você.

— Posso tirar a bandagem agora. O cara do estúdio de tatuagem me disse para deixá-la por mais de oito horas. Fiz hoje cedo.

Rachel se virou para me encarar. Seus seios eram grandes e redondos pra caralho e não consegui evitar de ser distraído por eles.

— Caine?

— Ãh? — Meus olhos voltaram para encontrar os dela.

Ela pareceu estar se divertindo.

— Só tem um problema.

— Qual?

— Não posso deitar de costas.

— Isso não é um problema, Estressadinha. Consigo pensar em muitas formas de estar dentro de você sem você deitar de costas.

Inclinei-me e a peguei nos braços. Segurando-a no meu colo, fui até o quarto.

— Me diga, você quer foder em cima de mim, de quatro, apoiada na mesa ou de conchinha? Ou talvez prefira apenas sentar na minha cara?

Coloquei Rachel sentada na beira da cama, tirei seus shorts e sua calcinha, e comecei a me despir. Quando cheguei à cueca boxer, enganchei os dedos nas laterais e olhei para ela enquanto a baixava. Meu pau estava dolorosamente duro.

— Qual você prefere, docinho? Está no clima de qual posição?

Rachel lambeu os lábios.

— Preciso escolher uma só?

Tirei a cueca e me acariciei algumas vezes.

— Não, *baby*, você vai escolher a primeira posição. Vamos fazer todas elas. Amanhã você estará tão dolorida que vai doer quando se sentar na minha aula. E vou te observar sentada e saber exatamente por que estará se contorcendo na cadeira. Então, vou ficar com ereção a aula inteira. Escolha uma para podermos começar a te deixar dolorida.

— Por cima. Quero ficar por cima.

Seu rosto ficava muito sexy com aquele sorriso diabólico. Subi na cama, me recostei na cabeceira e a coloquei em minhas coxas. Queria ver seu rosto enquanto ela enfiava meu pau em seu corpo.

— Você está molhada? — Coloquei os dedos entre suas pernas e a senti totalmente úmida.

Ela assentiu.

Peguei meu pau e o segurei perto da base.

— Pegue. Gentil e lentamente. Quero vê-lo desaparecer dentro da sua boceta.

Rachel se ergueu sobre os joelhos, apoiando as mãos no meu ombro para se equilibrar, e ficou acima da cabeça brilhante do meu pau. Eu estava com uma vontade muito forte de empurrar para cima e me enterrar fundo dentro dela, porém, não o fiz. Ela queria me cavalgar, e eu queria lhe dar tudo que ela quisesse.

— Caralho — gemi quando ela começou a se abaixar em meu pau. Ela era tão apertada e gostosa. Eu estava cativado pela visão de sua boceta me engolindo. Fazia apenas algumas semanas que estivemos juntos, mas eu estava faminto por ela como se fossem anos.

Ela se ergueu e se abaixou algumas vezes, facilitando cada vez mais a entrada, até estar sentada comigo completamente dentro dela, e sua bunda pressionada sobre minhas bolas. Quando ela começou a rebolar, pressionei o polegar em seu clitóris e acariciei em pequenos círculos, ao mesmo tempo que segurava seu rabo de cavalo com a outra mão.

— Vai, Estressadinha. Vai *fundo*.

Ela gemeu, então empurrei um pouco mais. Com sua cabeça para trás, seus seios magníficos estavam bem na minha linha de visão. Observei-os balançarem para cima e para baixo, tirando os olhos apenas para me inclinar para a frente e chupar um mamilo — um, depois o outro. A velocidade de Rachel aumentou — subindo e descendo, parando pela metade do meu pau e me tomando de volta com um ritmo que era perfeito pra caralho. Simplesmente perfeito pra caralho.

Choramingando, ela começou a perder a força quando seu orgasmo começou. Agarrei seus quadris e assumi de onde ela parara, empurrando para cima dentro dela, enquanto ela me encontrava com o que quer que estivesse restado. O aperto firme de sua boceta e seu gemido que repetia meu nome enquanto ela gozava me fez estocar cada vez mais forte até *Caine* se tornar um mero sussurro. Engoli cada um de seus últimos gemidos com um beijo. Então, me enterrei o mais profundo que consegui e gozei intensa e demoradamente dentro dela.

— Te amo, Rachel Martin — murmurei contra seus lábios.

— Eu também te amo, Caine West.

Ficamos assim por um bom tempo, ela sentada em meu colo, eu acariciando seu rosto.

Eu não conseguia superar a forma como as coisas se resolveram. Estava impressionado por sua beleza, interior e exterior — e pela maneira como o destino havia nos colocado juntos de novo.

— O que foi? Você está me olhando engraçado — ela disse.

— É que é tão doido quantos anos se passaram e como encontramos nosso caminho de volta um para o outro.

Rachel sorriu e inclinou a cabeça para o lado.

— Sabe que você é o motivo de termos nos encontrado de novo, certo?

— Acho que a morte de professor Clarence teve algo a ver com isso.

— Talvez. Mas se não fosse por você, eu poderia nem ter descoberto o poder da música como terapia. Todos esses anos atrás, você me deu seus fones e me disse para ouvir música... para me concentrar nas palavras quando estivesse chateada. Eu escutei, e ajudou mesmo. Foi assim que realmente me interessei pela música.

Refleti.

— Eu te dei fones mesmo, não dei?

— Deu. Sabia que escrevi uma carta para você na manhã em que tudo aconteceu? Bom, não para você, para o falso-padre.

— Ah é? Chegou a levar na igreja?

— Não. Nem sei o que aconteceu com ela. Acho que foi jogada fora quando fomos morar com minha tia e meu tio.

— O que ela dizia?

— Não me lembro exatamente. Mas sei que te agradeci por conversar comigo toda semana.

— Voltei lá todos os sábados por um mês apenas no caso de você voltar. Parecia que faltava alguma coisa toda vez que eu ia e você não estava lá.

— Faltava. Um pedacinho do seu coração. — Ela sorriu. — Guardei e trouxe de volta a você.

— Não, não trouxe, Rachel. Você sempre teve meu coração, e nunca mais o quero de volta.

Epílogo

Rachel

— Se vai banir o sexo, precisa começar a usar sutiã pela casa — Caine resmungou enquanto se inclinava e plantava um beijo casto em meus lábios. Também enfiou a mão por baixo da minha camiseta e beliscou meu mamilo. *Forte.*

— Aii.

— Você ama, e sei disso.

Meu noivo estava mal-humorado, mas também estava certo. Eu secretamente adorava o fato de ele ficar mais irritado a cada dia, desde que o cortei há quase duas semanas.

Meus olhos se suavizaram quando olhei para ele.

— A que horas vai voltar?

— Talvez não até as seis. Preciso verificar todas as notas que minha auxiliar com cocô no cérebro deu antes de entregar as notas finais.

Caine estava extremamente infeliz com a auxiliar que lhe fora atribuída naquele ano. Eu sorri.

— Quando se tem a melhor, todo o resto parece inferior.

— Você era uma boa auxiliar. Porém, posso ter sido influenciado por sua ótima assistência ao professor. Estive pensando, já que não está me dando essa assistência agora, *você* deveria pelo menos trabalhar como auxiliar e dar minhas notas.

— Não posso, professor. Tenho um dia cheio pela frente. Preciso terminar de encaixotar as últimas coisas esta manhã. Sua irmã e eu vamos levar as meninas para escolher os vestidos e depois sair para almoçar.

Depois disso, preciso ver o padre McDonald, para lhe dar os nossos votos e as escolhas musicais. Então você vai ter que cuidar das coisas sozinho.

Ele fez beicinho.

— Eu estou cuidando de mim sozinho há duas semanas.

Levantei-me da cadeira onde estava bebendo meu café matinal e fiquei na ponta dos pés ao abraçar Caine no pescoço.

— São só mais dois dias. Pense no quanto será mais empolgante quando finalmente formos para a cama no sábado à noite, depois que a festa acabar. E da próxima vez que fizer amor comigo, serei a sra. Caine West.

Seus olhos ficaram mais gentis.

— Eu gosto muito de como isso soa. Embora só tenha concordado em esperar depois do casamento. Nunca disse nada sobre ser depois da festa.

— O que pensou? Que iríamos transar no carro ou no trajeto da igreja para o restaurante?

— Eu estava pensando que poderíamos transar no confessionário, logo depois de o padre dizer que você está presa a mim pelo resto da sua vida.

— Isso é errado em muitos níveis, até para você.

Caine riu.

— Preciso ir ou vou me atrasar para começar a prova. Então me dê essa boca e me beije adequadamente para me dar força para viver outro dia de celibato.

De uma vez, ele colocou a mão nas minhas costas e apertou minha bunda ao me levantar. Minhas pernas envolveram sua cintura. Sua boca se moldou à minha, o beijo foi intenso e apaixonado. Gemi em seus lábios quando ele me encostou na parede e me prendeu contra ela, usando seus quadris para que suas mãos pudessem percorrer meu corpo.

Sim, meu futuro marido, definitivamente, sabia como me beijar da forma adequada.

Depois que ele deixou o apartamento, resmungando por não transar, olhei em volta para as poucas coisas que tinham restado para arrumar. Havíamos decidido que eu me mudaria para a casa de Caine; então, no último mês, estávamos levando as coisas para lá. Só faltava encaixotar as fotos emolduradas da minha parede, meus livros e alguns artigos pessoais do banheiro. Peguei os livros primeiro e depois fui para a parede.

Tinha acrescentado algumas fotos novas ao meu mural no último ano: Caine e eu na minha festa de conclusão do mestrado. Eu estava de frente para a câmera, sorrindo orgulhosa com o diploma, e Caine estava olhando para mim com o mesmo sorriso orgulhoso. Eu e a equipe do O'Leary na minha última noite trabalhando lá. Charlie estava com o braço em volta do meu ombro. Tinha sido difícil convencê-lo de que Caine não era um criminoso violento. No fim, uma noite depois que Caine e eu voltamos, eu havia contado a Charlie toda minha história. Após tantos anos guardando tudo, era esquisito falar sobre aquilo abertamente, mas quanto mais eu falava, mais aqueles dias horríveis ficavam para trás no meu espelho retrovisor.

Sentia falta de trabalhar no O'Leary, mas adorava meu novo emprego como terapeuta musical. Eu trabalhava como autônoma para uma escola, fazendo terapia individual com crianças autistas. Era um emprego que mais parecia uma gratificação do que um trabalho. Caine e eu jantamos com Charlie toda semana no O'Leary. Ele pode não ser mais meu chefe, mas era o mais próximo que eu tivera de uma figura paterna desde que meu tio faleceu. Na verdade, Charlie iria me levar ao altar em dois dias. Suspeitava que Caine receberia uma boa encarada dele no altar.

Embora tivesse acabado minha pesquisa e minha tese tivesse sido publicada, ainda mantínhamos contato com Lydia e Umberto. No primeiro domingo de todo mês, Caine e eu levávamos Murphy para visitá-los. Não sabia quem se privilegiava mais de nossas visitas, nós ou eles.

Enchi duas caixas com as fotos, ficando sentimental à medida que embalava cada lembrança com plástico-bolha. A última que embalei foi a foto de minha mãe no balanço em nosso jardim. Passei os dedos por seu rosto lindo através do vidro. *Obrigada, mamãe.* Sem seu conselho de buscar a igreja, eu poderia nunca ter conhecido Caine.

Os ganchinhos flexíveis que mantêm a moldura no lugar devem ter se mexido quando tirei a foto da parede. Quando fui pegar o plástico-bolha, o papelão de trás do porta-retratos caiu, e alguma coisa flutuou até o chão. Era um pedaço de papel dobrado. Pensando que provavelmente fosse um recibo ou a foto de amostra que tinha vindo dentro do porta-retratos, peguei-o e desdobrei.

Congelei quando vi a letra nele.

Porque era a minha própria.

Era menos desenvolvida e mais bagunçada do que agora, mas era minha. E eu sabia exatamente o que era — a carta que havia escrito para o padre falso há dezesseis anos. Até aquele momento, não tinha me lembrado de ter colocado atrás da foto de mamãe. Equilibrei-me e respirei fundo antes de ler o que tinha escrito.

Querido padre,

Desculpe por não te encontrar quando combinamos. Meu padrasto descobriu que íamos fugir e ficou bem bravo. Disse que, se algum dia pegasse a pessoa que estava ajudando a gente, iria bater nela. Então, não posso mais conversar com você aos sábados, porque não quero que ele te machuque. Mas queria dizer obrigada. Obrigada pelos fones e por me dizer para escutar música para melhorar tudo. Obrigada por me ouvir quando eu estava com muito medo de falar. Mas, o mais importante, obrigada por ser meu anjo quando Deus estava muito ocupado. Espero que te veja de novo algum dia.

Rachel

Encarei a folha. E li a carta uma segunda vez. Depois uma terceira. Mamãe havia enviado meu anjo. Não tinha dúvida disso.

Dois dias depois, caminhava pelo corredor para me casar com o amor da minha vida. Minhas novas sobrinhas, Lizzy e Alley, eram as daminhas das flores. Entraram na minha frente, jogando pétalas de rosa. Quando chegaram ao altar, Alley olhou para trás com um sorriso enorme, e assenti, indicando que era hora de jogar as outras coisas que eu tinha colocado em sua cesta. Ela olhou para o tio, depois jogou duas moedas aos seus pés. Ambas caíram com a cara para cima.

Charlie me levou pelo corredor ao som de uma versão popular de uma música antiga de Gene Clark, "Full Circle". Havia lágrimas nos olhos de Caine quando cheguei ao seu lado no altar. Ele pegou minha mão quando a música acabou e, juntos, sorrimos e nos viramos para trás, a fim de olhar para nosso confessionário. Assim como a letra dizia, demos uma volta completa. Tínhamos seguido caminhos diferentes para voltar aonde havíamos começado, mas havíamos terminado. Agora era o primeiro dia do resto de nossas vidas, e eu mal podia esperar para começar.